DUMONT

Der norwegische Botschafter wird in einem Nobelhotel in Islands Hauptstadt Reykjavik tot aufgefunden. Ein peinlicher Unglücksfall, scheint er doch bei einem Sexspiel versehentlich stranguliert worden zu sein. Kriminalkommissarin Lisa Lunde glaubt nicht an einen Unfall und zieht den Psychologen Sander Mørk zur Beratung hinzu. Bei ihren Ermittlungen zeichnet sich bald ein Profil des Täters ab: eine Frau, die alles perfekt plant, es aber geradezu darauf anlegt, dass ihr Mord entdeckt wird. Als auch der norwegische Botschafter in Wien getötet wird, ist klar, dass die beiden Fälle zusammenhängen.
Lisa Lunde und Sander Mørk versuchen fieberhaft, das Dickicht diplomatischer Bürokratie zu durchdringen, um weitere Morde zu verhindern. Ein Wettlauf gegen die Zeit beginnt – und gegen ein System, das alles tut, um die Angelegenheit zu vertuschen …

Jan-Sverre Syvertsen wurde 1968 in Ski/Norwegen geboren und lebt als Autor und Kommunikationstrainer in Oslo. 2008 erschien sein hochgelobtes Debüt ›Blaue Augen‹ im DuMont Buchverlag. Mit ›Verschworen‹ setzt er die Serie rund um das Ermittlerduo Lisa Lunde und Sander Mørk fort.

Jan-Sverre Syvertsen

Verschworen

Kriminalroman

Aus dem Norwegischen
von Hanne Hammer

DUMONT

Deutsche Erstausgabe
Februar 2011
DuMont Buchverlag, Köln

Vermittelt durch Leonhardt & Høier Literary Agency A/S, Kopenhagen
Die norwegische Originalausgabe erschien 2007 unter dem Titel
›Stillest vann‹ bei Piratforlaget, Oslo

Umschlag: Zero, München
Umschlagabbildung: Getty Images/Geoffrey Clifford
Gesetzt aus der Adobe Garamond
Druck und Verarbeitung: CPI – Clausen & Bosse, Leck
Gedruckt auf säurefreiem und chlorfrei gebleichtem Papier
Printed in Germany
ISBN 978-3-8321-6148-4

www.dumont-buchverlag.de

1

»Du musst mir vertrauen.«

Das Seil war elastisch und verströmte einen kräutrigen Duft, der Erinnerungen weckte. Sie schnupperte daran, bevor sie es sachte durch ihre Hände gleiten ließ und spürte, wie es ihre Handflächen kitzelte. Dann riss sie sich zusammen, konzentrierte sich. Sie durfte nicht versagen, nicht jetzt.

Er saß nackt vor ihr, die Arme hinter dem Rücken gefesselt, die Beine an den Stuhl, den sie vom Schreibtisch in die Mitte des Raumes geschoben hatte. Das Zimmer war größer, als sie erwartet hatte. Das vereinfachte alles.

»Schließ die Augen.«

Er lächelte und tat, worum sie ihn bat. Als sie den Reißverschluss der Jacke aufzog, die er ihr gekauft hatte, bevor sie ins Hotel gegangen waren, blinzelte er schelmisch. Sie erwiderte sein Lächeln, als ob nichts wäre, und zog sich weiter aus.

Die Luft war kühl. Sie entledigte sich des engen Tops und stand halbnackt vor ihm. Ihre Brustwarzen wurden hart, ohne dass sie sie berührte. Er beobachtete sie heimlich.

Sie zog die schwarze Strumpfhose und den Tanga aus, behielt den Rock jedoch an. Er reichte bis zur Mitte der Oberschenkel. Sie wusste, dass ihn das anmachte. Sie hatte Gänsehaut und plötzlich Lust auf eine warme Dusche. Später, dachte sie und streckte die Hand nach der Tasche auf dem Doppelbett aus.

»Vertraust du mir?«, fragte sie. Sie stand vor ihm, als er erneut die Augen aufschlug und sie ansah.

»Du bist schön.«

Er versuchte die Hand nach ihr auszustrecken, hatte jedoch vergessen, dass sie an den Stuhl gefesselt war. Aus einem der anderen Räume war CNN zu hören. Draußen schwebten schwere Schneeflocken fast waagerecht durch die Luft. Auf dem Flugplatz hatte sie aufgeschnappt, dass es über das Wochenende aufhören sollte, aber es schneite noch immer, und die Straßen außerhalb des Zentrums waren leer.

Ihr Herz schlug schneller. Sie schob den Rock hoch und ließ ihn schauen. Er berührte sie mit seinem Blick und rutschte auf dem Stuhl weiter vor. Er war bereit.

Sie hatte den schwarzen Seidenbeutel vor ihrer Abreise aus Norwegen selbst genäht. Sie zeigte ihm den Beutel, stellte einen Fuß zwischen seine Beine und wiederholte ihre Frage.

»Ja, ich vertraue dir«, antwortete er. »Kann ich das?«

»Natürlich«, sagte sie und bat ihn, die Augen wieder zu schließen. Vorsichtig ließ sie den weichen Beutel über seinen Kopf gleiten, während sie beruhigend auf ihn einredete. Sie wollte ihn nicht erschrecken, das war nicht ihre Absicht. Er würde früh genug begreifen, und dann würde es zu spät sein.

Sie hatte ein Bein auf jeder Seite seiner Schenkel, ihr Unterleib war nur wenige Zentimeter von ihm entfernt. Das letzte Seil hing über der Stuhllehne, und als sie danach griff und es durch ihre Handflächen gleiten ließ, merkte sie, wie er sich anspannte.

»Hast du Angst?«, fragte sie.

»Was willst du mit dem Seil?«, sagte er.

Statt zu antworten, legte sie das Seil über dem Seidenstoff

um seinen Hals. Dann band sie die beiden Enden zu einem losen Knoten zusammen, ohne ihn zuzuziehen.

»Hast du das schon einmal gemacht?«, fragte er.

»Schon oft«, antwortete sie. »Du brauchst keine Angst zu haben.«

Als sie vor wenigen Stunden aus dem Terminalgebäude gekommen war, hatte er sie auf dem Busparkplatz erwartet. Er hätte seinen Fahrer schicken können, doch dann hätte jemand davon erfahren. Er hätte ein Auto für sie mieten können, aber auch das war zu riskant. Außerdem liebte er die Spannung und er versicherte ihr, dass Kari und die Kinder am Vortag nach Oslo abgereist waren. Wahrscheinlich waren sie bereits in Lyngør, auf der Hütte der Schwiegereltern, und sahen den Schnee schmelzen und die ersten Frühlingsblumen zwischen den kahlen Felsen hervorsprießen. Er klang fast neidisch, als er ihr das erzählte, sich den schweren Osterschnee abbürstete, der auf Reykjavik fiel, und sich anschließend ins Auto setzte und den Zündschlüssel drehte. Im nächsten Augenblick lächelte er und legte die Hand auf ihren Schenkel, oberhalb des Rocksaums.

»Ich habe dich vermisst«, sagte er.

Sie lehnte sich zu ihm hinüber, küsste ihn und schob ihre Zunge in seinen Mund. Mit geschlossenen Augen ließ sie eine Hand an der Innenseite seines Schenkels hinaufwandern, bevor er sich plötzlich aufrichtete und sie anlachte.

»Wir haben es nicht eilig, oder?«, sagte er.

Ich habe es nicht eilig, dachte sie.

Er fuhr los und bog auf die Straße nach Grindavik ein.

»Wo willst du hin?«, sagte sie. Er fuhr in die entgegengesetzte Richtung von Reykjavik.

»Warte ab. Es wird dir gefallen.«

Nach nur einem Date, einen Tag nachdem sie sich in Oslo wiedergetroffen hatten, hatte er sie nach Island eingeladen. Er hatte angebissen, ohne nachzudenken und ohne sich über die Konsequenzen klar zu werden.

Als würde man eine reife Frucht pflücken, hatte sie gedacht, während sie im *Gabelshus* auf ihn wartete, wo sie für die zwei Stunden, die er sich hatte freimachen können, ein Zimmer gemietet hatte. Er hatte sie gefragt, ob sie ihn nicht in Reykjavik besuchen wollte, und sie hatte ohne zu zögern Ja gesagt.

Sie hatte von der Blauen Lagune gehört, und als sie den Dampf wie niedrige Wolken über den Lavaformationen und dem Parkplatz aufsteigen sah, freute sie sich. Arbeit kombiniert mit Spaß, warum nicht?

Er hatte Massagen und zwei nebeneinanderstehende Liegen gebucht. Sie hatte gespürt, wie ihre verkrampften Muskeln weich wurden und sich schon nach einigen Minuten Behandlung lockerten. Anschließend tauchten sie vorsichtig in das trübe Wasser ein. Unter der Wasseroberfläche ließ sie ihre Hände über seinen Körper wandern, um ihn daran zu erinnern, weshalb sie gekommen war. Er versuchte sie zu berühren, doch sie gebot ihm Einhalt, lächelte und gab ihm zu verstehen, wer das Sagen hatte. Auf dieses Spiel hatte er sich bereits in Oslo eingelassen, und das passte ihr ausgezeichnet.

Nach dem Mittagessen fuhren sie nach Reykjavik. Er erzählte und gestikulierte, während sich das Auto langsam in der kilometerlangen Schlange vorwärtsbewegte.

»Das ist das Wetter«, sagte er. »Es läuft immer träge, wenn es so schneit wie jetzt.«

»Seltsam, eigentlich. Man sollte meinen, man sei hier an

schwierige Wetterverhältnisse gewöhnt. Aber in Norwegen ist es ja auch nicht anders.«

Er sah sie an, um zu sehen, ob sie ihm zuhörte. Das tat sie. »Der erste Schnee im Herbst, und alles steht still. Selbst die Züge rollen aus den Bahnhöfen, als seien sie nicht für dieses Wetter gemacht, das wir sechs Monate im Jahr haben. Die Straßenbahnen rutschen über die Kreuzungen und die Busse stehen am Straßenrand, während die Fahrer Schneeketten aufziehen. Seltsam, findest du nicht?«

»Magst du den Sommer lieber?«, fragte sie.

»Immer mehr. Die Jahre in Dakar waren herrlich, aber auch dort gab es schlechtes Wetter. Die Regenzeit war die Hölle. Alles war feucht, selbst das Druckerpapier wellte sich und blieb im Drucker stecken. Perfekt ist wohl nichts, was?«

»Das ist es wohl nicht. Und was machen wir jetzt?«

Sie wollte nicht ungeduldig erscheinen, aber sie wollte es hinter sich bringen.

»Ich dachte, wir bummeln zuerst über die Hauptstraße und gehen dann ins Hotel«, antwortete er. »Es liegt direkt an der Straße. Nummer 101, kennst du es?«

Sie kannte das Hotel gut. Sie hatte über die Eröffnung vor ein paar Jahren gelesen. Es war nach dem Film »101 Reykjavik« benannt, bei dem der Schwager der Hotelbesitzerin Regie geführt hatte.

»Nein«, antwortete sie. »Ist es schön?«

»Warte ab.«

Er fand einen Parkplatz neben dem Kulturhaus und versprach, Auto und Gepäck holen zu lassen, sobald sie eingecheckt hatten. Dann spazierten sie die Bankastræti entlang. Erst zum Taxistand hinunter und dann in die andere Richtung, bis sie erneut umdrehten und Richtung Hotel gingen. Sie schauten bei Kenzo herein. Er schenkte ihr eine Jacke. Sie gefiel ihr, und sie behielt sie an, nachdem sie sich im Spiegel betrachtet und bedankt hatte. »Ich werde mich nachher richtig bedanken«, hatte sie gelächelt, und er hatte schnell mit seiner American-Express-Karte bezahlt, noch bevor sie den Mantel angezogen hatte.

»Lass uns einchecken«, sagte er und ergriff ihren Arm, als sie Richtung Hotel gingen.

»Hast du keine Angst, erkannt zu werden?«

Sie waren allein im Aufzug, und sie hatte ihn an die Wand gedrückt und ihren Unterleib gegen seinen gepresst. Die Rezeption hatte einen Pagen nach dem Gepäck geschickt und versprochen, dass es innerhalb von zehn Minuten auf dem Zimmer sein würde.

»Hier nicht«, sagte er. »Die meisten sind über Ostern nach Hause geflogen. Davon einmal abgesehen, bist du das Risiko wert.«

Er versuchte seine Hände unter ihren Mantel zu schieben, doch sie machte sich von ihm los und lachte.

»Spielverderberin«, sagte er und griff nach ihr.

Sie trat einen Schritt zurück und ging in die Hocke. Sie holte ein Kondom aus der Tasche, und er seufzte kaum hörbar, als sie es über seinen Schwanz zog. Dann beugte sie sich vor und ließ die Lippen über sein Glied gleiten, erst langsam, dann schneller, ohne in einen voraussehbaren Rhythmus zu fallen.

Sie versuchte an etwas anderes zu denken, aber sie durfte nicht zu unaufmerksam werden. Das Timing war wichtig. Nicht zu früh und nicht zu spät. Begriff er nicht, was passierte, war die

Mühe vergebens. Doch sie konnte auch nicht riskieren, dass er mehr Widerstand leistete, als sie zu bewältigen imstande war.

Sein Körper spannte sich an, und sie spürte, dass er kurz davor war. Sie nahm ihre Hände von seinen Schenkeln und steigerte mit der Zunge das Tempo. Er versuchte etwas zu sagen, aber seine Laute waren unverständlich. In dem Moment, als er die Füße hart auf den Parkettboden setzte und ihr seinen Unterleib entgegenschob, griff sie nach den beiden Seilenden und zog den Knoten fest zu. Dann stand sie auf, trat zwei Schritte zurück, drehte sich um und erreichte genau in dem Moment die Toilettenschüssel, als sich ihr Magen umdrehte und das Mittagessen die Speiseröhre heraufschoss. Lammfleisch, Salat und Pannacotta ergossen sich in die WC-Schüssel. Anblick und Geruch ließen sie ein weiteres Mal erbrechen.

Anschließend zog sie ab, griff nach einem Handtuch und machte es nass. Obwohl weder auf der Toilette noch auf dem Boden sichtbare Spuren von Erbrochenem waren, wischte sie alles gründlich ab und steckte das Handtuch in eine Tüte.

Als sie zurück ins Zimmer kam – es waren vielleicht fünf Minuten vergangen –, saß er leblos da. Sein Kopf hing nach hinten über und der Seidenstoff klebte auf seinem offenen Mund. Die Erektion war in sich zusammengefallen. Sie entfernte das Kondom, steckte es in die Tüte mit dem Handtuch, band sie zu und stellte sie neben die Tür. Dann zog sie Slip, Strumpfhose, Rock, Top und Jacke an. Sie passte perfekt, und sie hatte sie sich verdient.

Als sie das Zimmer mit der Reisetasche über der Schulter und der Tüte in der Hand verließ, sah sie hinten im Gang den Rücken eines Zimmermädchens. Sie wartete, bis alles still geworden war, ließ die Tür hinter sich zufallen und ging ruhig

Richtung Aufzug. Daneben befand sich eine Tür, auf der in kleinen, diskreten Buchstaben »Staff only« stand.

2

»Ich könnte ihn erwürgen, diesen Scheißkerl. Er verdankt mir alles, und dann führt er sich auf, als gehöre ich zu einer Art Servicepersonal, das immer dann bereitsteht, wenn er zu Hause vorbeischaut, um neue weiße Hemden zu holen, zu ficken und den Kindern Märchen vorzulesen. Verdammt, sie erkennen ihn kaum noch wieder, und Lust, ihn im Fernsehen zu sehen, wenn er mit wichtigen Nachrichten aus irgendeinem Land erscheint, von dem sie nicht einmal den Namen kennen, haben sie auch nicht mehr. Schließlich könnte er sie ab und zu auch mal mitnehmen, nicht?«

Sander antwortete nicht.

»Das könnte er doch, oder?«, wiederholte sie und hob zum ersten Mal seit einigen Minuten den Blick.

Sander richtete sich auf und versuchte sich daran zu erinnern, was sie gesagt hatte. »Das könnte er doch?« Was könnte er doch?

»Könnte er das?«, sagte er und sah sie an. Er bemühte sich, engagiert und neutral zugleich zu sein. »Wäre das rein praktisch möglich?«

Sie saß bequem in einem der beiden Lobby-Stühle, die er aus Ski mitgebracht hatte. Den größten Teil der Einrichtung hatte er zusammen mit dem Haus verkauft, doch diese Stühle waren etwas Besonderes. Es waren Originale, hergestellt in den sechziger Jahren, und als er sie in einem Secondhand-Laden für Gebrauchtmöbel unten im Hegdehaugsveien kaufte, hatte der Inhaber behauptet, sie hätten einmal im Time-Life-Gebäude in New York gestanden.

Die restliche Büroeinrichtung war um diese beiden Stühle herum arrangiert, die er auf den ihnen zugewiesenen Platz gestellt hatte, bevor die Innenarchitektin hineindurfte. Als er ihren Einrichtungsvorschlag zum ersten Mal gesehen hatte, hatte er sich gefragt, ob die strengen Möbel mit den schwarzen Tischplatten und den blanken Stahlbeinen nicht zu kalt für einen Raum waren, in dem die Leute sich öffnen sollten. »Ich verstehe, was Sie meinen«, hatte sie geantwortet, »aber Sie wollen nicht nur, dass die Leute sich öffnen, Sie wollen auch, dass sie Ihnen 2.500 Kronen die Stunde dafür zahlen, dass Sie ihnen zuhören. Da muss man ihnen schon das Gefühl geben, für ihr Geld etwas zu bekommen, und diese Einrichtung zusammen mit der Adresse zeugt von Qualität.«

Er hatte ihr die Argumente im wahrsten Sinne des Wortes abgekauft, nachdem sie die Schrankflächen durch grüne und gelbe Fronten aufgelockert hatte. Zu den Stühlen hatte er sie ein großzügiges Sofa kaufen lassen, auf dem die Patienten sitzen konnten, wenn ihnen die Stühle zu unbequem waren. Und er hatte auf einem Teppich bestanden.

Als er anfangs in dem Büro gesessen, gelesen und auf den ersten Patienten gewartet hatte, hatte er sich tatsächlich zu Hause gefühlt. Es roch neu, die Dachfenster gaben ein gutes Licht, und der Raum machte einen großzügigen Eindruck, obwohl er im Dachgeschoss lag.

Als die erste Patientin zu ihrer ersten Stunde erschienen war, hatte sie die Einrichtung kommentiert, noch bevor sie sich vorgestellt hatte und er ihr eine Tasse Kaffee anbieten konnte. Die Designerin hatte recht gehabt.

Fünf Monate später hatte er zehn Patienten, die alle einmal die Woche kamen. Wobei die eine Hälfte vielleicht eher als Klienten zu bezeichnen war, da sie ihn als weiteren Dienstleister betrachtete, den sie als Kompensation für sehr wenig Zeit, eine große Arbeitslast, viele Reisen oder in diesem speziellen Fall das Gefühl, dass das Leben nicht ganz entsprechend den eigenen Erwartungen verlief, in Anspruch nehmen konnten. Hier hatten sie Gelegenheit, ihren Frustrationen Luft zu machen und ihn anstelle ihrer Angestellten oder Geschäftspartner anzuschreien. Sie konnten über Dinge weinen, über die man eigentlich keine Tränen vergoss. Mit einer Ausnahme waren sie alle Manager, Firmengründer oder sonstige Gewinnerpersönlichkeiten, die sich stattdessen auch einen Coach hätten leisten oder sich in einem Wellness-Institut mehrmals im Monat hätten massieren lassen können. Er war ein Statussymbol, und damit konnte er leben, solange ihm ausreichend Zeit blieb, sich in Bücher über forensische Psychologie und Gerichtsmedizin zu vertiefen und in das ein oder andere amerikanische Buch über Profiling.

Dann waren da aber noch die anderen Patienten, die, die sich immer für das Sofa entschieden. Die, die ihm nachts den Schlaf raubten und ihn lange E-Mails an Kollegen schreiben oder im Internet beziehungsweise in einigen der von ihm abonnierten Magazine nach entsprechenden Artikeln suchen ließen. Fünf Teenager, im Alter von dreizehn bis neunzehn, die zusammen eine faszinierende Reihe von Diagnosen aufwiesen, Befunde aus Jahren mit endlosen Untersuchungen, verzweifelten Eltern, wütenden Lehrern und Beratungslehrern, die alle hatten aufgeben müssen. Schließlich waren sie in der Klinik in Ullevål gelandet – jedenfalls einige von ihnen –, von der aus fünf an Sander weiterüberwiesen worden waren, der ein unbändiges Glücksgefühl und eine große Befriedigung empfand, endlich wieder helfen zu können. Bereits nach der ersten Stunde mit einem vierzehnjährigen Mädchen, das 46 Kilo wog, aber der festen Meinung war, das Doppelte auf den Rippen zu haben, war ihm klar geworden, wie sehr er seine Arbeit in Stockholm vermisst hatte. Und die Menschen, die ihn brauchten und die seinem Leben einen Sinn gaben.

Von seinen fünf Klienten war die Frau, die ihn jetzt von dem Stuhl aus anstarrte, die Einzige, die nicht berufstätig, erfolgreich und hoch oben auf irgendeiner Karriereleiter angekommen war. Tove Sandal war Hausfrau und Mutter und engagierte sich vom Turnverein bis zu Gourmetklubs und Lesezirkeln so ziemlich überall. Wäre da nicht der Mann, den sie gerade gedroht hatte umzubringen, wäre sie wahrscheinlich mit ihrem Leben zufrieden.

»Ich finde, das ist nicht zu viel verlangt«, fuhr sie fort.

»Ich bin ihm immerhin fast zwölf Jahre gefolgt, von einem gottverlassenen Ort zum nächsten. Und jetzt, wo wir uns endlich hier in Norwegen niedergelassen haben – davon haben wir immer geredet –, nimmt er weiter Aufträge an, die ihn das halbe Jahr über in Länder führen, deren Namen ich nicht einmal aussprechen kann. Wissen Sie eigentlich, wie die Hauptstadt der Mongolei heißt?«

Plötzlich lächelte sie. Sie regte sich selten so auf wie heute. Er hatte keine Ahnung, wie die Hauptstadt der Mongolei hieß.

»Die alte Hauptstadt heißt Karakorum, aber jetzt haben sie eine neue, Ulan Bator.«

»Aha?«, sagte Sander. Er war sich nicht sicher, worauf sie hinauswollte.

»Ich meine, ich bin 41 Jahre alt, ich habe zwei Kinder, ich sehe ganz okay aus, nicht?«

Sie wartete nicht auf seine Antwort. »Wir haben ein Einfamilienhaus in einer guten Gegend, zwei Autos, ein Wochenendhaus, ein Boot, einen Jetski und genug Geld, um samstags bei *Fjeldberg* in der Bygdøy Allé einzukaufen. Und ich weiß, dass Ulan Bator die Hauptstadt der Mongolei ist, die Anzahl der Armen im Land ständig steigt und dass die Jugendlichen, die auf der Müllhalde leben, mit den Schweinen um das Essen kämpfen müssen, das die Lkws jeden Tag dort abladen.«

Schön für dich, dachte Sander und kniff die Lippen zusammen. Er erinnerte sich an die gestrige Patientin, die an Bord eines Air-France-Fliegers einen Wutanfall bekommen hatte, weil sie in der Business Class an der Rückseite der Stuhllehne vor ihr ein Haar entdeckt hatte.

Sie hatte übrigens recht, sie sah gut aus. Sie war schlank, ihre Brüste waren formvollendet, sodass Sander gewettet hätte, dass sie der Natur etwas nachgeholfen hatte, und sie kleidete sich auf eine Weise, die ihre Stärken betonte und ihre Schwächen kaschierte. Maniküre, bestimmt auch Pediküre, Massage, Spa-Aufenthalte, Gesichtsmasken und Wachsbehandlungen für den gesamten Körper. Diskrete Eleganz, altes Geld und Kodes, die von den Eingeweihten verstanden und von den anderen nicht bemerkt wurden.

Mit seinem Geld, das keine hundert Jahre alt war, fiel er in die Kategorie der anderen. Gleichzeitig verwirrten seine Einrichtung, seine Adresse und sein Anzug sie jedoch so, dass sie das Visier herunterließ und sich entspannte.

»Vielleicht sollten Sie ihn einmal mitbringen, um in einer anderen Umgebung mit ihm über Ihre Gefühle zu reden.«

»Zu Ihnen? Wie zu einer Eheberatung?«, sagte sie überrascht. »Darauf lässt er sich nie ein. Außerdem weiß er nicht, dass ich eine Therapie mache. Es würde ihn auch nicht interessieren, selbst wenn ich es ihm erzählte.«

»Sind Sie sich dessen sicher?«, fragte Sander. »Meiner Erfahrung nach überrascht es viele, wie interessiert der Partner daran ist, ein Problem zu lösen, wenn er erst einmal erfährt, dass es besteht. Haben Sie einmal versucht ihm zu sagen, was Sie fühlen?«

»Nicht direkt, nein, nicht auf die *Hör mal zu, Helge, wir müssen miteinander reden*-Art. Aber ich mag nicht jedes Mal antreten, wenn er unter die Decke kriecht und herumzutatschen beginnt, es gibt Grenzen. Wenn er sich verweigert, tue ich das auch.«

»Sie meinen eine Art sexueller Verweigerung?«, fragte Sander. »Glauben Sie, das hilft?«

»Vielleicht?«

Sie klang unsicher. »Er holt sich das, was er braucht, bestimmt anderswo. Er ist immerhin fast 180 Tage im Jahr unterwegs.«

»Hat er eine Geliebte?«

»Mit Sicherheit nicht nur eine; das dürfte ihm zu verpflichtend sein. Er kommt nicht zu kurz, da bin ich mir sicher.«

»Und Sie?«, fragte Sander. »Was ist mit Ihren Bedürfnissen?«

»Ich leide keine Not«, antwortete sie. Dann konnte sie nicht länger ernst bleiben und brach in Gelächter aus.

»Kein Grund, vor dem Brotkasten zu verhungern, finden Sie nicht?«

Als sie gegangen war, blieb Sander sitzen und dachte darüber nach, wie sie das gemeint hatte. Sie hatte ihn mit einem Blick angesehen, den er als flirtend interpretieren würde, und er fragte sich, ob der Brotkasten als Anspielung auf ihn gedacht war oder ob ein Jahr ohne näheren Kontakt zum anderen Geschlecht bewirkte, dass er sich Dinge einzubilden begann. Im nächsten Moment griffen die Verteidigungsmechanismen, und er rief sich in Erinnerung, was das eine Mal passiert war, als er es nicht geschafft hatte, Job und Privatleben auseinanderzuhalten.

Als er die Umzugskartons in dem neuen Haus ausgepackt hatte, hatte er sich als Erstes von alten Unterlagen und Erinnerungen getrennt. Das Foto von Elin hatte dazugehört. Er hatte es in einem Aschenbecher draußen vor der Garage verbrannt, um nicht einen der sensiblen Brandmelder auszulösen, die in allen Etagen installiert waren.

Mit der Fernbedienung startete er die CD, die bereits in der Anlage lag, und die Stimme von Robbie Robertson erfüllte das Zimmer. Regenwettermusik, angemessen melancholisch, aber nicht deprimierend. Immerhin war Mai und nicht September.

Sander überlegte einen Moment, ob er sich Notizen zu dem Gespräch machen sollte, um nächste Woche einige der Fäden wieder aufnehmen zu können. Vor ihm lag ein leerer Block, und er fragte sich, ob Tove etwas angesprochen hatte, auf das sie nicht in einer der nächsten Stunden von selbst zurückkommen würde. Er kam zu dem Ergebnis, dass er nichts notieren musste, sie würde die Sprache ohnehin wieder darauf bringen.

Er schaute kurz auf das Foto, das er während der ersten Sitzung gemacht hatte, und befestigte es an der Innenseite der noch leeren Mappe, bevor er sie schloss und seinen Einkaufszettel für das Wochenende schrieb. Er hatte ganz vergessen, dass es *O. Fjeldberg Fisch & Wild* gab. Gewöhnlich ging er in die entgegengesetzte Richtung, am *Hotel Havanna* in Grünerløkka vorbei. Tove Sandals zufällige Bemerkung hatte ihn auf ein paar Ideen gebracht, was er heute Abend kochen könnte.

Es hatte den ganzen Tag geregnet, und er nahm den kürzesten Weg zum Auto, das vor der Garage geparkt stand, und ging durch die leere Wohnung im Souterrain. Kurz darauf bog er in die Bolteløkka Allé ein, fuhr hoch bis zum Ullevålsvei, bog nach rechts ab und ordnete sich an der ersten Kreuzung nach Bislett ein, um auf die andere Seite der Stadt zu kommen. Der schlimmste Verkehr war vorbei, und in der Sofies Gate bewegten sich die Autos in mittelmäßigem Tempo nach Frogner hinunter. Im Radio brachten sie Nachrichten, der Mai war bald vorbei, der Sommer hatte seit einigen Wochen Einzug gehalten, und Sander war weniger rastlos, als er es nach mehreren Monaten im gleichen Job und im gleichen Haus erwartet hatte. Ein gutes Zeichen, dachte er und ließ das Fenster ein paar Zentimeter herunter, sodass feuchte Luft und der Geruch von nassem Asphalt ins Auto drangen.

Um kurz vor sechs war er der Vierte in der Schlange derjenigen, die in der letzten Minute losgezogen waren, um das freitägliche Abendessen zu retten. Ausnahmslos Männer, und bis auf ihn alle in Anzug und Schlips, mit Aktentasche oder -koffer und einem kurzen Heimweg. Nachdem ein älterer Mann sich Beluga-Kaviar für ein kleines Regiment hatte einpacken lassen und die Nummer zwei in der Reihe sich auf der Jagd nach etwas Passendem durch vier Käsesorten bis zu einem Niepoort Colheita von 1979 probiert hatte, beschloss Sander, Pasta mit Kammmuscheln und Trüffeln zu machen. Gerade als er an der Reihe war und den bedienenden Koch fragen wollte, was sich gut mit Kammmuscheln und Trüffeln kombinieren ließ, vibrierte in seiner Tasche das Handy. Er fischte es heraus, um das Gespräch an die Mailbox weiterzuleiten, doch dann sah er den Namen des Anrufers. Er lächelte dem Mann hinter der Theke entschuldigend zu und trat einen Schritt zur Seite, um die Leute, die hinter ihm warteten, vorbeizulassen.

»Ja?«

»Sander?«

»Lisa?«

»Hallo. Ist das lange her. Geht es dir gut?«

Er hatte nicht mehr mit Lisa Lunde gesprochen, seit er im vergangenen Herbst in zwei Fällen mit der Polizei in Ski zusammengearbeitet hatte; zuerst bei einer Entführung, die mit Verabredungen per Chat im Internet zusammenhing, und anschließend bei einem brutalen Mord in Siggerud, in den ein Internet-Lover und ein Ingenieur mit Hang zu Sadomaso-Sex verwickelt gewesen waren. Er wusste, dass Lisa und William Horgen, ein weiterer Ermittler aus Ski, einen Job in Oslo angenommen hatten. Mehrmals war ihm der Gedanke gekommen, sie anzurufen oder ihr eine SMS zu schicken. Doch es war bei dem Gedanken geblieben, und jetzt kam Lisa ihm zuvor.

»Ja, es geht mir gut, danke. Und dir?«

»Ausgezeichnet«, antwortete Lisa. Er hörte Geräusche im Hintergrund, als stände sie an einer verkehrsreichen Straße, und sie schien im Stress zu sein.

»Kann ich dich zurückrufen?«, fragte er. »Ich bin gerade in einem Laden und hinter mir bildet sich bereits eine Schlange. In zehn Minuten?«

Lisa schwieg kurz. »Können wir uns nicht treffen? Ich möchte mit dir über etwas reden. Über etwas, das du dir ansehen musst.«

Sander verstand nicht, was sie meinte; er fragte sich, ob es sich um etwas Dienstliches oder etwas Persönliches handelte. Er merkte, dass er sich über ihren Anruf freute und dass er nicht sicher war, was von beidem ihm lieber wäre.

»Doch, natürlich, ich habe nichts weiter vor. Wo?«

»Kann ich vorbeikommen?«, antwortete Lisa.

Die Unsicherheit machte der Neugier Platz. Sander gab Lisa seine neue Adresse und lud sie zu dem Abendessen ein, für das er gerade einkaufte. Nichts Besonderes, nur eine kleine Abendmahlzeit mit Pasta und Kammmuscheln und gehobelten Trüffeln.

3

Ester war noch zu jung, um verbittert zu sein. Sie konnte dieses alles absorbierende Gefühl nicht mit ihrem Selbstbild in Übereinstimmung bringen; die zuvorkommende Gastgeberin, die zuhörte, die kleine Unstimmigkeiten registrierte und ausglich und die dafür sorgte, dass alle offiziellen Veranstaltungen in der Botschaft glatt und ohne Zwischenfälle über die Bühne gingen.

Sie war ein Genie, was gesellschaftliche Anlässe anging, pflegte er abends zu sagen, wenn sie mit einem Drink auf der Terrasse saßen, während das Personal aufräumte. Die Grillen im Hintergrund oder die Geräusche der Großstadt, gedämpft durch die hohen Hecken und die weichen Rasenflächen, bildeten die Hintergrundmusik ihres Lebens. Immer wieder ein neues Haus, eine neue Stadt.

Ohne sie wäre das nicht möglich gewesen. Er hob sein Whiskyglas und lächelte, und sie wusste, dass er es auch so meinte. Sie war die perfekte Botschafterfrau, sie waren ein perfektes Team.

Die Sonne blendete sie und erinnerte sie an den Vormittag am Fuß des Himalajas vor knapp sechs Monaten. Spiegelblank breitete sich der Oslofjord am Ende des Hanges aus. Sie hatten eine gute Aussicht über die anderen Häuser auf der Lichtung, die zum Wasser hinunterführte. Er hatte das Haus geerbt, und sie hatten es behalten, während sie im Ausland stationiert gewesen waren – teils aufgrund der Adresse, teils weil sie es vom ersten Augenblick an geliebt hatte. Jetzt waren sie plötzlich zurück; nicht, weil sie das gewollt hatten, sondern weil jemand der Meinung gewesen war, dass so die richtigen Signale an Medien und Politiker gesandt wurden.

Sie stand mit dem Rücken zum Raum, nackt unter dem Hemd, das sie sich von ihm geborgt hatte. Sie spürte, wie ihr in der kühlen Gebirgsluft die Härchen auf ihren Armen zu Berge standen.

Bis zu ihrer nächsten Aktivität hatte sie noch zehn Minuten Zeit. Die Aussicht auf den Himalaja genügte, um ihren Puls ruhiger werden zu lassen und ihr Seelenfrieden zu geben. So gesehen, brauchte sie die Yogastunde nicht. Aber sie liebte die Stille, das Zusammensein mit den anderen Gästen und die Gewissheit, dass sie die Nachweihnachtswoche umgeben von Luxus, Ruhe, Massagen und mit einem beheizten Swimmingpool in einer Suite verbringen würden, die größer war als die ihnen von der Botschaft in Bangkok zur Verfügung gestellte Wohnung.

Im Hintergrund, drinnen im Raum, liefen die Nachrichten. Sie merkte, dass das Geräusch sie irritierte, dass es in dieser Ruhe, in der sie vor einigen Tagen gelandet waren, fehl am Platz war, Hunderte von Kilometern vom nächsten Konsulat oder der nächsten Botschaft entfernt. Gleichzeitig wusste sie, dass er das brauchte. Ganz abschalten konnte er nie. Dieses Leben war ein Teil von ihm geworden, und er setzte seine Ehre darein, immer die Nachrichten zu verfolgen, sodass er nie überrascht war, wenn einer der anderen in der Region stationierten Kollegen anrief und einen Rat oder irgendetwas mit ihm diskutieren wollte. So war er an die Spitze gelangt oder richtiger, so waren *sie* an die Spitze gelangt, nach Hunderten von Gin Tonics, staubigen afrikanischen Ländern, deren Namen niemand aussprechen konnte, Kriegsgefahren, Stromausfällen, Diarrhö, unzuverlässigen Haushaltshilfen und Köchen, die sie nicht verstanden. Er war Botschafter Daniel Melby geworden, und dafür liebte sie ihn noch mehr.

Sie ging wieder hinein und zog sich an. Er sagte nichts, starrte weiter auf den Fernsehschirm, während er unruhig das Gewicht von einem Bein auf das andere verlagerte.

»Das ist nicht gut«, sagte er plötzlich wie zu sich selbst. Sie war es gewohnt, dass er mit den Nachrichtensprechern sprach, doch die Sorge in seiner Stimme gefiel ihr nicht. Statt zu antworten, hob sie die Stofftasche vom Boden auf, ging zu ihm und küsste ihn auf die Wange, bevor sie die Tür öffnete und auf den Gang hinaustrat.

»Wir sehen uns beim Abendessen, mein Lieber.«

Sie wartete seine Antwort nicht ab, schloss schnell die Tür hinter sich und war bereits halb den Korridor hinunter, bevor ihm überhaupt auffiel, dass sie gegangen war.

Sie hatten den Zug nach Ekeberg genommen. Das war über zwanzig Jahre her, und damals kannten sie sich erst seit wenigen Wochen. Er wollte sie seiner Großmutter vorstellen, der einzigen Familienangehörigen in der Stadt. Jedes Mal, wenn er von ihr sprach, wurde sein Blick ganz sanft. Als die alte Dame die Tür in dem riesigen Haus im Solvei am Nordstrand, 15 Minuten von Oslos Zentrum entfernt, öffnete, wusste sie, dass das ihr Leben werden würde. Hinter dem Stirnrunzeln, der aufrechten Haltung und der von ihr ausgehenden Autorität verbarg sich ein Mensch, der sein Enkelkind über alles liebte und der Ester in Haus und Familie aufnahm, ohne Fragen zu stellen oder Antworten zu fordern.

Das Essen wurde auf altem Porsgrund-Porzellan serviert, und Ester zitterte die Hand. So wird es werden, dachte sie und nahm die Erinnerung mit, als sie, sobald er mit dem Diplomatenanwärterkurs fertig war, ins Ausland gingen.

Sie brach mitten im Semester ihr Psychologiestudium ab und nahm ihre Bücher mit in dem Glauben, Zeit zum Studieren zu haben. Nairobi ist schön, hatte Daniel gesagt, sie hätten es erheblich schlechter treffen können. Vor ihrem inneren Auge sah sie langgestreckte Savannen, exotische Tiere und Abendessen unter dem Sternenhimmel, beschützt von einem Strohdach und Dienern mit Gewehren. Doch durch Staub und Abgase bekam sie bereits in der ersten Woche Asthma, und selbst die Klimaanlage im Auto und ihre Aufforderung an den Fahrer, stets mit geschlossenen Fenstern zu fahren, hinderten den Gestank vom Straßenrand und die Menschen draußen nicht daran, bis zu ihr vorzudringen.

Sie versuchte an etwas anderes zu denken. Sie erinnerte sich an das Kapitel über Empathie, das sie in einem ihrer Lehrbücher gelesen hatte, schaffte es aber nicht, den Ekel zu verdrängen, der sie zu übermannen drohte. Langsam wurde sie willenlos und fühlte sich ihrer Umgebung ausgeliefert, während Daniel ihr jeden Abend in der Residenz von den Tagen im Büro erzählte, ohne dass sie wirklich Anteil daran nahm.

Schließlich begriff sie, dass es so nicht weitergehen konnte. Es brauchte Monate, doch sie akzeptierte die Situation, engagierte sich und fand langsam Gefallen an dem Zusammensein mit den anderen Botschaftsangehörigen, dem Milieu und seinen Möglichkeiten, alles zu vergessen, was sich außerhalb der hohen Hecken befand. Zum Schluss waren sie ein perfektes Paar, aufeinander eingestimmt bis ins kleinste Detail – sie zu Hause, er draußen – in einer Art gegenseitigen Respekts. Und Liebe. Sie zweifelte nie an seinen Gefühlen, und sie zweifelte nie an ihren eigenen. Alles, was sie bekamen, hatten sie sich verdient. Sie gegen die anderen. Sie gegen die Bürokraten in Oslo, die erst Faxe und später E-Mails mit Forderungen und Befehlen schickten; immer mit irgendeinem Amateur an der Spitze, einem Politiker, der nicht eine Stunde in einem Land am Äquator überlebt hätte, wäre es darauf angekommen.

Das Glück fand sie in Kairo. Ester hatte das Mädchen bereits am ersten Tag in der Küche ihres neuen Hauses gesehen und den Koch gefragt, wer sie war. Eine Aushilfe, hatte er geantwortet, die für Abfall, Abwasch, Besorgungen und dergleichen zuständig war. Die Kleine war zehn Jahre alt, vielleicht auch erst acht, und Ester konnte das sanfte Gesicht mit den müden Augen nicht vergessen. Als sie herauszufinden versuchte, wo sie wohnte, wollte ihr keiner antworten. Daniel sagte, dass sie aufhören musste, sich für die Einheimischen einzusetzen, doch er hatte ihre Kinderlosigkeit immer leichter genommen als sie. Sie hatten es zehn lange Jahre versucht, und sie hatte die Hoffnung noch immer nicht aufgegeben.

Der alte Fahrer sagte es ihr schließlich. Jeden Tag, wenn er Daniel ins Büro gefahren und keine anderen Aufträge mehr zu erledigen hatte, kam er zurück, um das Auto zu waschen. Ester hatte ihn zunächst nur gegrüßt, doch als sie herausfand, dass er fließend Englisch sprach und in seiner fünfzigjährigen Fahrertätigkeit sowohl Nasser als auch Sadat gefahren hatte, unterhielt sie sich gerne mit ihm. Die Geschichten, die er erzählte, brachten sie auf andere Gedanken; bis zu dem Tag, an dem er sie fragte, was sie von dem kleinen Mädchen in der Küche hielt.

Ester hatte zuerst nicht geantwortet. Sie stand schweigend an eine der alten Palmen gelehnt, die den Hof umgaben, und wusste nicht, was sie sagen sollte.

»Sieht man es so deutlich?«, hatte sie nach fast einer Minute gefragt, und er hatte genickt, als würde er verstehen, ohne zu urteilen und ohne Stellung zu beziehen. Er ist ein Profi, aber er hat ein gutes Herz, dachte sie. Er kannte das System, beherrschte die Regeln und wusste, wann er sie brechen durfte.

Das Mädchen wohnte zusammen mit einer Tante und drei Geschwistern in einem der armen Stadtteile. Sie kam mit dem Bus oder einem Kleintaxi zur Arbeit und brauchte die Hälfte ihres Tagelohns für die Fahrt. Manchmal musste sie auch laufen oder irgendwo in der Nähe übernachten, der Fahrer wusste nicht, wo. Das konnte ein Schuppen oder eine Toreinfahrt sein,

ein Ort, an dem sie sich sicher fühlte, bis sie wieder in die Residenz musste.

»Sie kann doch hier schlafen«, hatte Ester gesagt, ohne weiter darüber nachzudenken. Der Fahrer hatte freundlich gelächelt, aber nicht geantwortet.

Ihr Vater war bei einem Unfall in der Werkstatt umgekommen, die ihm zusammen mit seinem Bruder gehört hatte; ihre Mutter war psychisch krank. Das Geld, das das Mädchen verdiente, bekam die Tante. Der Onkel kümmerte sich um die Kleine, weil er so die Kontrolle über die Geschäfte hatte.

Daniel wusste, wann er verloren hatte. *Pick your fights,* hatte er sie gelehrt, und sie hatte sich gut vorbereitet. Zunächst hatte sie sich mit dem Mädchen angefreundet, hatte sie heimlich in der Botschaft übernachten lassen, wenn die Kleine sie um Erlaubnis gefragt hatte. Sie hatte nichts dazu gesagt, dass das immer öfter vorkam. Als sie den Bescheid bekamen, dass Lima ihr nächster Posten sein würde, stand ihr das Mädchen bereits so nahe, dass die anderen Angestellten tuschelten. Sie sagte Daniel, dass sie das Kind mitnehmen wollte, dass er seine Kontakte nutzen sollte, um eine formelle Adoption durchzusetzen. Er hatte tief durchgeatmet, um schnell die richtigen Gegenargumente zu finden, doch dann hatte er innegehalten. Vielleicht wusste er mehr, als sie glaubte? Vielleicht war der Fahrer nicht nur ein guter Mensch, sondern auch ein guter Stratege? Wie dem auch sei, sie waren zu zweit in Kairo angekommen, und jetzt verließen sie die Stadt zu dritt. Als das Flugzeug über den flachen Dächern von Kairo aufstieg, empfand sie eine ihr bis dahin unbekannte Dankbarkeit.

Im Ananda Spa hatten bereits nach wenigen Stunden die Telefone geklingelt. Ester war von ihrer Yogastunde zurückgekommen, und gerade als sie sich für das Abendessen umzogen, unterbrach sie der Klang des Telefons. Sie wusste, dass es zu den Verpflichtungen des Botschafters gehörte, 24 Stunden erreichbar zu sein. Trotzdem hatte sie mit dem Gedanken gespielt, das Ladegerät abzuschalten und die Batterie leerlaufen zu lassen, ohne dass er es merkte. Diese Woche gehörte ihr. Sie hatten sie sich verdient.

Er redete lange, während Ester zusah, wie auf CNN Karten und Grafiken von den ersten Filmaufnahmen der Welle abgelöst wurden. Hunderte von Menschen konnten umgekommen sein. Alles war jetzt wichtiger als diese Woche, die sie fast seit einem halben Jahr geplant hatten.

Daniel veränderte sich, er wurde zu dem Botschafter, den sie mitgeschaffen hatte, während sie zurückblieb und den Mann vermisste, mit dem sie die Ferien hatte verbringen wollen.

Ihnen blieb keine andere Möglichkeit, als einen Hubschrauber zu chartern, der sie vom nahe gelegenen Hubschrauberflugplatz direkt zum Indira Gandhi International Airport brachte. So umgingen sie die Zwischenlandung in Palam, dem Flugplatz für die Inlandflieger, und konnten direkt an Bord des Flugzeugs gehen, das sie zurückbrachte.

Er hielt ihre Hand, als der Hubschrauber abhob und er das Memo las, das von Ananda herübergefaxt und ihm im letzten Moment ausgehändigt worden war. Später versanken sie in den bequemen Sitzen der Business Class, und sie versuchte den letzten Rest Luxus zu genießen. Sie hatte keine Ahnung, was sie erwartete.

4

Das Bild des norwegischen Botschafters auf Island, nackt und leblos in einem Hotelzimmer in Reykjavik, ließ keinen Zweifel aufkommen: Lisa Lunde war dienstlich hier. Sie hatte mehrere Fotos auf der großen Arbeitsinsel ausgebreitet, die die Küche gegen das Wohnzimmer abgrenzte. Nachdem sie in der Diele abgelegt hatte, hatte sie sich auf einen der sechs um den Arbeitsplatz gruppierten Barhocker gesetzt und an dem Wein genippt, den er ihr eingeschenkt hatte.

Sander nahm die Fotos eins nach dem anderen in die Hand und studierte sie eingehend. Er hatte keine Ahnung, wonach er suchte, und dachte plötzlich, dass das vielleicht sein Vorteil war. Keine vorgefassten Meinungen und die Möglichkeit, etwas zu entdecken, das die anderen übersehen hatten.

Der Fotograf hatte an der Tür angefangen und sich in kleinen Schritten durch das ganze Zimmer gearbeitet, bis zum Bad und wieder zurück. Sander erkannte das Interieur. Er wollte gerade fragen, ob er mit seiner Annahme recht hatte, als Lisa sich vorbeugte.

»Die Fotos sind vor ein paar Wochen aufgenommen worden, unmittelbar nach Ostern. Sie haben das Zimmer geöffnet, als er am Gründonnerstag nach zwölf noch nicht ausgecheckt hatte. Die Frau, mit der er eingecheckt hatte, war natürlich verschwunden. An der Rezeption hätten sie schwören können, dass sie Norwegisch gesprochen hat.«

Sander hatte das Haus von einem lesbischen Paar gekauft, das mit einem Lokal und diversen Außenaktivitäten zu Geld gekommen war. Zunächst hatte er sich in Grünerløkka nach einem Haus umgesehen, das mit dem Ähnlichkeit hatte, in dem er während seiner Studienzeit zusammen mit Morten gewohnt hatte; den Plan hatte er jedoch wieder aufgegeben, als ihm klar geworden war, dass das ein vergangenes Kapitel seines Lebens war.

Daraufhin hatte er die östlichen Stadtteile außen vor gelassen und sich nach Westen hin orientiert und war ungefähr in der Mitte, in Bolteløkka, gelandet.

Vieles an dem Haus ließ vermuten, dass die früheren Besitzer einen Großteil ihrer Freizeit darauf verwandt hatten, das perfekte Heim zu schaffen. Perfekt für ein Paar ohne Kinder, Hund, Katze und hohe Absätze. Perfekt für Menschen, die beim Essen nicht kleckerten, sich immer die Füße abputzten, wenn sie hereinkamen, und nicht im Traum daran dachten, die Zeitung liegen zu lassen, nachdem sie sie ausgelesen hatten. Perfekt für Sander Mørk, der sich sofort, als er über die Türschwelle trat, in das Haus verliebte.

Im Erdgeschoss befanden sich eine große Küche und ein Wohnzimmer mit Platz für eine Sofagruppe und einen Esstisch. In der ersten Etage gab es ein großes Bad, ein Schlafzimmer, ein Gästezimmer und einen Bereich, den Sander Musik, Fernsehen und Büchern zugeordnet hatte. Den entsprechenden Medienraum in seiner Villa zu Hause in Ski sowie die gesamte Anlage mit Bildschirm und Lautsprechern, Fernbedienungen und Kabeln hatte er abbauen und von dem Lieferanten im Lauf eines langen Tages neu montieren lassen.

Außerdem war da noch das Büro im Dachgeschoss, in dem er oft saß und las, mit Blick auf die Sterne, dem neuesten Mac-Laptop und dem größten Flachbildschirm, den Apple liefern konnte.

Bolteløkka war eine Oase zwischen Kirkevei und Karl Johan Gate, eine stille Zone zwischen Ullevålsvei und Pilestrede, die Sander nicht gekannt hatte, bevor er nach einem fünfzehnminütigen Gang von Grünerløkka aus dort gelandet war. Die Verkehrsgeräusche waren in der Eugenies Gate, wo er gestanden und auf eine der Villen mit Drachen auf dem Dach geblickt hatte, nur schwach zu hören. Aus dem Fenster eines niedrigen Mietshauses auf der linken Seite hallte ein Fernseher. Hinter einem Zaun redete jemand und klirrte mit Gläsern. Geschirr wurde abgespült, ein Auto startete und eine Armee von Vögeln lieferte eine unsichtbare Geräuschkulisse. Er war mitten in Oslo, fühlte sich aber an eine kleine Stadt in Südeuropa erinnert.

Trotzdem war da ein Missklang. Er wusste, dass er die Mittel hatte, jedes Haus zu kaufen, das ihm gefiel, aber es fehlte ihm an Begeisterung. Was er empfand, ließ sich in gewissem Sinne als Überdruss bezeichnen, und er fragte sich, wann er dieses Gefühl zum ersten Mal empfunden hatte.

Als er nach dem Tod seiner Eltern das viele Geld geerbt hatte, war sein erster Gedanke gewesen, für alle Zeiten abgesichert zu sein. Doch mit der Zeit war ihm klar geworden, dass die mit dem Geld verbundene Sicherheit auch ihre Opfer forderte. Er hatte keine Träume mehr. Das Geld hatte sie ihm genommen. Jedes Mal, wenn er etwas sah, das er gerne haben wollte, wenn er an etwas dachte, das er unternehmen, oder wenn er irgendwohin reisen wollte, wusste er im selben Moment, dass sein Wunsch erfüllbar war. Ich brauche einen Traum, hatte Sander Mørk gedacht.

»Ich dachte, er wäre bei irgendeinem Sexspiel umgekommen«, sagte Sander und griff nach seiner Bierflasche. Eigentlich hätte er anfangen müssen zu kochen, doch die Fotos hielten ihn davon ab. Vor einigen Wochen hatte er im *Dagbladet* einen Artikel über den peinlichen Unglücksfall gelesen. Doch diese Fotos und die Tatsache, dass Lisa sie ihm zeigte, ließen das vermeintliche Unglück in einem ganz anderen Licht erscheinen.

»Möglich«, antwortete Lisa und lächelte. Sander fragte sich, ob man angesichts von Tatortfotos lächeln durfte, freute sich aber so, Lisa wiederzusehen, dass er einfach kein ernstes Gesicht machen konnte. Er lächelte zurück und hätte am liebsten seine Hand auf ihre gelegt. Aber er tat es nicht.

»Es sah wirklich eine ganze Zeit lang so aus, und die isländische Polizei hat zunächst auch von einem Unfall gesprochen, als sie das Außenministerium kontaktierte, das wiederum die norwegische Polizei über den Todesfall informiert hat. Die Frau des Botschafters war vor ihm mit beiden Kindern nach Norwegen geflogen, und die Erklärung lag gewissermaßen auf der Hand, dass er sich mit einer Geliebten in Zimmer 101 getroffen hat, wo dann etwas furchtbar schiefgelaufen ist.«

»Könnte man so sagen, ja. Ist nicht irgendein Rockstar auf diese Weise umgekommen? Eine unglaubliche Art, den Löffel abzugeben. Du bist high. Kurz vor dem Abheben, die Mischung aus Sauerstoffmangel, Orgasmus und körpereigenen Substanzen muss sich anfühlen wie ein Silvesterfeuerwerk im eigenen Körper. Verrückt, nicht?«

Lisa sah ihn überrascht an.

»Aus physiologischer Sicht, meine ich. Von der psychologischen ganz zu schweigen.«

Sander hatte keine Erfahrung mit Asphyxie, aber genug über das Phänomen gelesen, um es lebendig beschreiben zu können.

»Ja, sicher«, sagte Lisa und senkte den Blick. Einen Augenblick sah es aus, als würde sie rot werden, und Sander fragte sich, ob er zu direkt gewesen war.

»Michael Hutchence. INXS.«

»War er das?«, fragte Sander, erleichtert, dass er ihr nicht zu nahe getreten war.

»Jepp«, sagte Lisa. »Am 22. November 1997, in einem Hotelzimmer in Australien.«

»Woher weißt du so etwas?«, fragte Sander.

»Recherche. Ich habe natürlich Erstickungssex, Asphyxie und ein Dutzend anderer Worte gegoogelt, die etwas damit zu tun haben könnten. Aber jetzt hat sich ja herausgestellt, dass der Botschafter nicht die Antwort der Diplomatie auf einen der großen Rockstars ist. Und je mehr wir graben, desto weniger hat das Ganze mit Sex zu tun, das ist das Merkwürdige.«

Sander betrachtete die Fotos erneut und fragte sich, wie sie nichts mit Sex zu tun haben konnten. Er sah Lisa an. Sie suchte ein Foto heraus, das in dem Stapel vor ihnen vergraben lag. Eine Nahaufnahme des Kopfes, verborgen unter einem Seidenbeutel.

»Sieh dir mal den Knoten an«, sagte sie.

Sander sah sich den Knoten genauer an.

»Genauer. Such nach dem Fehler.«

Für Sander sah er wie ein perfekter Knoten aus; er war fast schön, ganz anders als die unförmigen Gebilde, die er zustande brachte, wenn er etwas festbinden oder eine Hängematte aufhängen wollte.

»Ich finde nichts«, antwortete er. »Er sieht perfekt aus.«

»Genau«, antwortete Lisa, und ein Anflug von Triumph lag in ihrer Stimme. Er merkte, dass ihr die Situation gefiel. Obwohl sie den Fall in- und auswendig kannte und natürlicherweise über mehr Informationen verfügte als er, genoss sie die Kontrolle, die ihre scheinbare Oberhand ihr gab. Sie spielt ein Spiel, dachte Sander und fragte sich, was das zu bedeuten hatte. Dann konzentrierte er sich wieder auf das Foto.

»Der Knoten ist perfekt, und genau deshalb kann es sich unmöglich um einen Unfall handeln. Denn wenn du auf dem Stuhl gesessen hättest, einen Seidenbeutel über dem Kopf, die Hände gefesselt und ein Seil um den Hals, wärst du vor allem an einem interessiert gewesen: an Sicherheit. Die Typen, die Asphyxie praktizieren, sind absolut durchgeknallt, aber keine Selbstmordkandidaten. Genuss, ja. Tod, nein danke. Und deshalb hättest du auch peinlich darauf geachtet, dass der Knoten leicht wieder aufgeht. Das gilt für alle Arten von Erstickungssex. Es ist genauso wichtig, das Seil zum richtigen Zeitpunkt zu lockern, wie es genau in dem Augenblick anzuziehen, in dem der Orgasmus einsetzt. Doch dieser Knoten ist für die Ewigkeit gemacht. Er soll nicht wieder aufgehen.«

»Ja …«, sagte Sander langsam. »Das war kein Spiel, mit anderen Worten. Aber trotzdem … Der, der das getan hat, muss gewusst haben, dass irgendjemand über den Knoten stolpern wird. Oder kann gerade das der Unfall gewesen sein? Der Botschafter überredet seine unerfahrene Geliebte zu einem Spiel, das sie nicht kennt, und als er gefesselt dasitzt, macht sie diesen Knoten, der sich nicht mehr lösen lässt. Als ihr klar wird, was sie angestellt hat, nimmt sie die Beine in die Hand und haut ab.«

»Nichts ist unmöglich«, antwortete Lisa. »Aber diesen Knoten kennt nicht jeder. Wir haben uns ein bisschen schlaugemacht und herausgefunden, dass er noch am ehesten im Kletter- und Segelmilieu bekannt ist. Und in der SM-Szene.«

»In der SM-Szene?«

»Ja, in der Sado-Maso-Szene; Dominanz, Kontrolle, Unterwerfung und so.«

»Und da findet dieser Knoten Anwendung?«, fragte Sander.

»Nicht unbedingt, nur bei gewissen Sachen. SM ist eigentlich eine Sammelbezeichnung für eine ganze Menge verschiedener Praktiken, die alle das eine gemeinsam haben, nämlich dass es um Dominanz und Unterwerfung geht. Bei einer Variante fesselt der dominierende Part den Sklaven und bedient sich.«

Sander musste plötzlich lachen. Ihm war natürlich klar, wovon Lisa redete, doch die Formulierung war originell. »Er bedient sich?«

»Ja, er bedient sich.«

Lisa schien das Witzige daran, was sie gesagt hatte, nicht zu erkennen. »*Master of Knots* wird derjenige genannt, der den Knoten bindet, oder manchmal auch diejenige. Und wenn das, was ich herausgefunden habe, stimmt, sind das oft regelrechte Künstler, die mit verschiedenen Arten von Seilen und mit einer unglaublichen Anzahl von Knoten und Kombinationen arbeiten. Alle haben eine Bedeutung und viele eine bestimmte Funktion. Und diesen Knoten benutzt man, damit er hält, dauerhaft hält.«

»Die Schlussfolgerung ist demnach …?«

»Dass die Person, die diesen Knoten gemacht hat, wusste, was sie tat. Hier haben wir es nicht mit einem Fehler oder einem Unfall zu tun. Da hat jemand das Seil stramm gezogen und die Sauerstoffzufuhr in das Gehirn des Botschafters gekappt, und dieser Jemand hatte nicht vor, den Knoten wieder zu lösen.«

»Le grand mort«, sagte Sander.

»Le was?«

»Im Französischen wird der Orgasmus hin und wieder *le petit mort* genannt, der kleine Tod. Die Geliebte des Botschafters hat da offenbar etwas durcheinandergebracht. Aber ich verstehe noch immer nicht, warum das Ganze als Unfall getarnt wurde, wenn der Täter oder die Täterin gewusst haben muss, dass der Mord entdeckt werden wird.«

»Genau«, sagte Lisa. »Und da haben wir an dich gedacht.«

Lisa redete weiter, als Sander mit der Zubereitung des Abendessens begann. Sie hatte einen dicken Stapel Unterlagen mitgebracht, den er sich ansehen sollte. Während er die Pasta herausholte und Wasser aufsetzte, die Kammmuscheln öffnete und Trüffel mit einem Käsehobel zu dünnen Scheiben hobelte, berichtete sie in groben Zügen von den Untersuchungen, die die isländische Polizei durchgeführt hatte, und den von Kripos, der Zentrale der Kriminalpolizei, ermittelten Fakten. Sander hörte zu, versank jedoch in regelmäßigen Abständen in seiner Arbeit. Die Pasta war frisch, er war auf dem Heimweg bei einer Pastabäckerei vorbeigegangen, die Muscheln lebten noch und wehrten sich, als er sie mit einem Brotmesser öffnete. Die Trüffel waren eine Sache für sich. Er spürte, wie ihm das Wasser im Mund zusammenlief, und fragte sich, wie Lisa darauf reagieren würde, wenn er eine Flasche Champagner öffnete. Einen Bollinger oder einen Krug, mit Säure und Apfelgeschmack, der ein Kribbeln auf der Zunge hinterließ. Die Muscheln würden ein Genuss werden, doch für jemanden, der darauf vertraute, dass sich der tägliche Nahrungsbedarf bei McDonald's decken ließ, mochte zum Abendessen eine Flasche, die mehr als 800 Kronen gekostet hatte, hart an der Grenze sein.

Nach der Auffindung des Toten hatte die isländische Polizei das Zimmer in Rekordzeit durchsucht, bevor die Medien von der Neuigkeit Wind bekamen. Das Außenministerium schien den lokalen Ermittlern nahegelegt zu haben, den peinlichen Unfall geheimzuhalten, und seltsamerweise hatten weder die norwegische noch die isländische Presse große Ressourcen darauf verwandt, herauszufinden, was genau passiert war.

Da der Tote Norweger war und die Umstände schon ziemlich speziell waren, hatte die norwegische Polizei eine Ermittlerin nach Reykjavik geschickt, die sich vor Ort informieren und das Material durchgehen sollte, das in Island gesammelt worden war.

»Alles, was du über Island erzählt hast, stimmt«, lächelte Lisa. »Ich war nur zwei Tage dort, und das Programm war ziemlich straff, aber ich bin zu einem Ausflug und einem Essen in einer Art Steakhouse eingeladen worden, und auf dem Weg zum Flugplatz sind wir an der Blauen Lagune vorbeigekommen.«

Einer der isländischen Ermittler, ein gemütlicher Typ, der Erlendur hieß, hatte sich als Erster über den Knoten gewundert. Lisa war sofort klar gewesen, was er meinte. Elínborg, die leitende Ermittlerin im Hotel, war daraufhin erneut die Unterlagen durchgegangen, sozusagen mit einer neuen Brille.

»Ihr war gleich aufgefallen, dass die Frau, die mit dem Botschafter eingecheckt hatte, keine Spuren hinterlassen hat. Bis auf die Beobachtung der Rezeptionsangestellten, dass die Frau Norwegisch gesprochen hat, hatten sie keine Anhaltspunkte. Und der einzige Hinweis darauf, dass es in dem Zimmer zu sexuellen Handlungen gekommen ist, waren die Samenreste auf dem Geschlechtsorgan des Toten und die Spuren von etwas, das der Gerichtsmediziner für ein Gleitmittel oder Talkum von der

Innenseite eines Kondoms gehalten hat. Doch das Kondom war nirgends zu finden, und nichts hat darauf hingedeutet, dass der Botschafter nicht alleine gewesen ist.«

»Und im Licht der neuen Theorie, dass es sich um einen Mord handeln könnte, machten einige Entdeckungen am Tatort für Elínborg Sinn?«, fragte Sander. Er versuchte Lisa zu folgen, obwohl gerade die Muscheln fertig waren und die Pasta nur noch knapp eine Minute brauchte.

»Nicht nur für Elínborg, auch für mich. Und Erlendur«, sagte Lisa. »Daraufhin haben wir uns natürlich das Seil genauer angesehen. Die isländischen Techniker meinten, es könnte handgemacht sein, aber nicht auf Island. Sie haben es an Kripos geschickt, wo man jetzt mehr herauszufinden versucht. Den Herkunftsort und so. Das wäre immerhin aufschlussreich, vor allem wenn die Frau und nicht der Botschafter das Seil mitgebracht hat.«

Das Essen war fertig, und Sander stellte einen dampfenden Teller vor Lisa hin. Sie blieben in der Küche sitzen, es war immerhin nur ein Abendessen. Lisa reagierte nicht weiter, als Sander vorsichtig eine Flasche Champagner öffnete und jedem ein Glas eingoss.

Bevor Lisa nach ihrer Gabel griff, holte sie ein weiteres Foto und eine Notiz aus der Tasche, die sie offenbar während des Essens mit ihm durchgehen wollte. Nach dem ersten Bissen Pasta mit Muschel nahm ihr Gesicht einen zufriedenen Ausdruck an. Sander nickte zum Weinglas hin, und Lisa trank einen kleinen Schluck. Sie belud erneut ihre Gabel, dann wurde es still.

5

Sie hatte sich auf dem Flug gelangweilt und den Reiseführer herausgeholt, den sie in Gardermoen vor dem *Boarding* gekauft hatte. Obwohl sie bereits viele Male in Wien gewesen war, wurde ihr peinlich bewusst, wie wenig sie von der Geschichte der Stadt kannte. Gewöhnlich checkte sie im *Triest* ein, versuchte dabei immer dasselbe Zimmer in der fünften Etage zu bekommen, ging ins Bett und war den folgenden Tag in Besprechungen. Wenn es sich machen ließ, nahm sie bereits den Abendflieger zurück, wenn nicht, verbrachte sie noch einen Abend auf dem Zimmer und reiste am kommenden Morgen nach dem Frühstück ab.

Dieses Mal hatte sie ein Zimmer in dem alten, ehrwürdigen *Hotel de France* direkt am Schottenring gebucht. Sie wollte es ihnen nicht zu leicht machen. Im *Triest* hätte man sie wiedererkannt. In diesem Hotel war sie noch nie abgestiegen.

Island war einfacher gewesen, als sie gedacht hatte. Der praktische Teil natürlich; aus dem Hotel heraus auf die Straße zu kommen und ein Taxi zu finden, das sie direkt nach Keflavík brachte, durch die Sicherheitskontrolle in den Flieger, lange bevor jemand sich zu wundern begann, warum niemand aus dem Zimmer auscheckte. Aber auch später, als ihr klar geworden war, was sie getan hatte. Es hatte perfekt funktioniert, und sie war stolz und zufrieden und überhaupt nicht nervös.

Er hatte es verdient, daran zweifelte sie keinen Augenblick. Trotzdem hatte sie die eine oder andere Reaktion erwartet, zumindest nach einer Weile. Doch sie blieb aus.

Am Tag nach ihrer Rückkehr war sie nach Geilo gefahren und hatte die restlichen Ostertage auf Skiern verbracht. Am

Dienstag war sie zurück im Büro. Fast kam es ihr vor, als wäre nichts passiert. Sie sah den Artikel im *Dagbladet*, doch er schien sie nichts anzugehen. Sie musste nach vorne blicken; sie hatte mit ihrer Arbeit gerade erst begonnen, und die kommenden Aufgaben forderten sie mindestens ebenso sehr wie die erste.

Es war dunkel, als das Flugzeug kurz vor zehn landete. Nicht einmal der Gestank von Kerosin, Abgasen und dem verschwitzten Taxifahrer überdeckten den hereinströmenden Geruch der Stadt, als sich das Auto dem Zentrum näherte. Sie hatte ihre Nase gegen das Fenster gedrückt, wie sie das immer tat, und genoss das Gefühl, an einem anderen Ort zu sein, wo man eine andere Sprache sprach, wo die Menschen sie nicht kannten und neue Eindrücke auf sie warteten. Jedes Mal, wenn sie bei Rot an einer Kreuzung hielten, nahm sie die Freitagsstimmung in sich auf, hörte das Lachen der Menschen, die nach der Arbeit noch ein Pils oder einen Wein getrunken hatten, oder erkannte den Geruch eines schweren Parfüms, wenn Leute aus der Oper kamen und zu ihren reservierten Tischen im einen oder anderen teuren Restaurant eilten.

Die Hotelfassade wurde angestrahlt und zwei Hotelpagen kamen angerannt, als das Taxi vor dem monumentalen Eingang hielt. Sie checkte unter seinem Namen ein, und niemand wunderte sich über ihre Erklärung, dass ihr die Tasche mit Pass und Personalausweis am Flughafen gestohlen worden war und sie mit der gesetzlich vorgeschriebenen Identifikation bis morgen warten mussten. Sie hatten faktisch keine andere Wahl. Im *Hotel de France* setzte man niemanden auf die Straße, vor allem niemanden, der seinen Aufenthalt bezahlen konnte und darüber hinaus eine der teuersten Suiten gebucht hatte.

Die Suite war größer, als sie gedacht hatte. Alles roch nach Seife und Desinfektionsmitteln. Sie inspizierte zunächst alle Räume, sah in die Garderobe, ging die Treppe hinauf, die zu Schlafzimmer und Bad führte, und schaute aus dem Fenster, um zu sehen, ob gegenüber jemand wohnte. Nach einigen Minuten war sie zufrieden, öffnete ihren Koffer, holte den Kulturbeutel heraus und stellte ihn neben das Waschbecken. Aus der Minibar nahm sie eine kleine Flasche Wein – einen Grünen Veltliner, von dem sie wusste, dass er eine sichere Wahl war –, schraubte den Verschluss auf und setzte sich vor den Fernseher auf das Sofa. Auf ORF brachten sie Spätnachrichten, auf BBC Prime eine Dokumentation und eine Oben-Ohne-Talkshow auf einem der RAI-Kanäle, die das Hotel aus irgendeinem dubiosen Grund anbot.

Der Wein schmeckte frisch. Er ließ sie an Abende in einem der vielen Dörfer denken, die um die Hauptstadt herum lagen, wo die Bauern selbst gekelterten Wein verkauften und Schweinefleisch mit gemischten Salaten, Brot und Käse auf dem Hof servierten. Sie hoffte, dass diese Reise ihr Verhältnis zu Wien nicht beeinträchtigen würde, und beruhigte sich damit, wie einfach nach Reykjavik alles gewesen war. Sie beschloss, so bald wie möglich aus einem dienstlichen Anlass wiederzukommen, und freute sich bereits auf den Heimflug am Sonntag.

Als am Samstagmorgen das Telefon klingelte, war sie schon fast eine Stunde wach. Die metallische Computerstimme wünschte ihr einen guten Tag und informierte sie, dass samstags bis elf Uhr Frühstück serviert wurde. Sie holte ihr Handy heraus und stellte fest, dass sie noch zwei Stunden hatte, wenn sie das Angebot nutzen wollte.

Die Kleider hatte sie am Vorabend im Bad bereitgelegt. Sie wusste, worin er sie sehen wollte, und sie hatte nicht vor, ihn zu enttäuschen. Sie ließ sich Zeit unter der Dusche, seifte Beine und Achseln ein, entfernte die Haare und genoss das wohlige Gefühl. Dann rasierte sie sich zwischen den Beinen, sanfter; sie ließ den Rasierer vorsichtig über die Haut gleiten und zog die Falten jedes Mal, wenn die Klinge an den empfindlichen Lippen entlangglitt, mit den Fingern auseinander. Sie hatte es nicht eilig und brauchte länger, als streng genommen nötig gewesen wäre.

Später fragte sie sich, ob der Gedanke an Macht und Kontrolle sie so erregt oder ob sie einfach Entspannung gebraucht hatte. Wie dem auch sei, sie fühlte sich wie ein neuer Mensch, als sie die Füße auf das weiche Handtuch setzte, das sie vor dem Duschen auf den Boden gelegt hatte. Kaltes Wasser perlte von ihrem Körper ab und wurde von dem weichen Frottee aufgesaugt. Von der Seife, die sie am Vortag im Duty-free-Shop in Gardermoen gekauft hatte, war ihre Haut so weich, dass sie die Lotion, mit der sie sich vor dem Anziehen eincremte, eigentlich nicht brauchte.

Er liebte formelle Kleidung, aber je enger die Hose saß, desto leichter brachte sie ihn dahin, wo sie ihn haben wollte. So war es das erste Mal gewesen. Bei dem Empfang, als sein Blick auf ihrem Körper geklebt hatte. Er hatte sie nicht mehr losgelassen, bis sie ihn in dem kleinen Raum, in dem das Personal das Essen zwischen Küche und Speisesaal vorübergehend abstellte, auf das Sofa gezogen hatte. Als er kam und ihm Tränen in die Augen stiegen, wusste sie, dass der Rest einfach sein würde.

Sie zog einen kleinen, durchsichtigen String an und einen maßgeschneiderten Hosenanzug mit Chinakragen, der den

Kurven ihres Körpers Millimeter für Millimeter folgte. Die Schuhe ließen sie größer erscheinen, als sie eigentlich war. Ihr Make-up war unauffällig, diskret und signalisierte Selbstvertrauen. Wer etwas davon verstand, sah, dass sie Schminke einsetzte, um zu betonen, nicht um zu verbergen.

Zum Schluss holte sie das Parfüm heraus, das er ihr geschickt hatte, riss die Plastikversiegelung auf und sprühte die Handgelenke mit einer moderaten Menge Jil Sander ein.

Während der Alkohol verdunstete und das Parfüm sich langsam auf der Haut entfaltete, aß sie das Omelett, das sie sich auf das Zimmer bestellt hatte, und trank zwei Tassen Kaffee. Er war mittlerweile kalt geworden.

An der Rezeption stellte sie zufrieden fest, dass die beiden jungen Männer, die Vormittagsdienst hatten, sich nach ihr umdrehten, als sie auf die Straße hinaustrat. Sie überlegte, ein Taxi zu bestellen, entschied sich jedoch, die zehn Minuten bis zu *Julius Meinl* im Graben zu laufen. Sie überquerte den Ring und ging Richtung Stephansplatz. Die Luft war klar, als hätte es in der vergangenen Nacht geregnet, doch die Straßen waren trocken und der Himmel wolkenlos.

In dem Delikatessenladen, in dem sie nach langen Besprechungstagen manchmal einkaufte, unterdrückte sie die Lust, an den Weinregalen entlangzuschlendern, und tröstete sich damit, dass sie bald wieder hier sein und Gelegenheit haben würde, ein paar Flaschen mit nach Hause zu nehmen. Sie ging an Pasta, Reis und Co. vorbei zu den Konserven und blieb vor einem Regal stehen, in dem mehr Honigsorten standen, als sie sich hatte vorstellen können. Mehrere Sorten waren in kleine Steinguttöpfe abgefüllt, und sie las sich bei einigen die Beschreibung von Geschmack und Qualität durch, die auf der Rückseite stand. Sie suchte, bis sie einen Honig gefunden hatte, dessen Beschreibung mit einem fruchtigen, kaum zu übertreffenden Geschmack prahlte, der durch die unterschiedlichen Pollenarten im Sammelgebiet der Bienen zustande kam.

Sie wusste nicht, ob die Pollen überhaupt wichtig waren. Doch davon abgesehen, passte der kleine Topf perfekt in ihre Handtasche. Als sie kurz darauf den Graben entlang Richtung Kärnterstraße zu dem Café ging, in dem sie sich verabredet hatten, spürte sie die Deckelkante wie einen leichten Stich in die Seite.

6

Die Zunge klebte am Gaumen. Sander war sofort klar, dass er Wasser hätte trinken und Allergietabletten nehmen sollen, bevor er ins Bett gegangen war. Sie hatten fast bis halb drei in der Küche gesessen, die Flasche Champagner leergetrunken, eine weitere Flasche Cava aufgemacht, und anschließend hatten sie fünfundzwanzig Jahre alten Ardberg gebechert, bis Sander das Gefühl gehabt hatte vom Stuhl zu fallen. Dass Lisa nicht schwankte, als sie von dem Barhocker heruntergerutscht war, hatte ihm imponiert. Er fragte sich, ob sie Alkohol besser vertrug als er oder ob sie eine so eiserne Kontrolle über sich hatte, dass das Gehirn den schlimmsten Rausch ausgleichte. Er glaubte, die Antwort zu kennen, ließ das Thema jedoch auf sich beruhen, als er ihr im Flur in die Jacke half.

In der Tür drehte sie sich noch einmal um, umarmte ihn und küsste ihn auf die Wange. Sander hatte überlegt, ihr ein Bett im

Gästezimmer anzubieten, sich aber spontan dagegen entschieden. Stattdessen wiederholte er das Angebot, ein Taxi zu rufen, das sie erneut ablehnte. Sie brauche frische Luft, sagte sie. Er blieb stehen und sah ihr nach, während er sich darüber klar zu werden versuchte, was er eigentlich fühlte. Er kam zu dem Ergebnis, dass er in seinem momentanen Zustand keine Schlüsse ziehen, sondern sich lieber darüber freuen sollte, eine Freundin gewonnen zu haben.

Er trank direkt aus dem Wasserhahn, warf drei Aspirin ein und stieg im Bad in der ersten Etage unter die Dusche. Er drehte das Wasser immer kälter und dachte dabei an den gestrigen Tag, an Lisa und an die Fallunterlagen, die sie mitgebracht hatte. Der Stapel Papiere, den er versprochen hatte durchzugehen, lag unten in der Küche. Lisa hatte von William gegrüßt und ausgerichtet, dass er hoffte, Sander hin und wieder einschalten zu können.

Er räumte die Sachen vom Vorabend ab, während im ganzen Haus *Pretender* aus den Lautsprechern strömte, schaltete die Spülmaschine ein und setzte Wasser für eine Kanne Kaffee auf. Sein Magen schrie nach Tee mit Milch, doch Sander wusste, dass sich im Laufe der nächsten Stunde ein kleiner, aber bohrender Abstinenzkopfschmerz einstellen würde, wenn er nicht sofort mindestens eine Tasse Kaffee trank.

Er ließ das Wasser kochen und holte erst die Zeitungen, *Dagens Næringsliv* und *Aftenposten*, herein. Die Luft war feucht, es roch nach nasser Erde, doch der Himmel war nahezu wolkenlos. Sander ging wieder ins Haus und öffnete einige Fenster im Erdgeschoss. Er bereitete den Kaffee zu und nahm die Kanne sowie den Stapel mit den Papieren mit ins Dachgeschoss. Dort setzte er sich an den Schreibtisch und checkte seine E-Mails, bevor er die Musik per Fernbedienung leiser stellte und in der ersten Akte zu blättern begann. Lisa hatte die Unterlagen so sortiert, dass sie ein chronologisches Bild der Ereignisse wiedergaben, und vermutlich war es am sinnvollsten, ihrer Ordnung zu folgen. Sander lehnte sich zurück und arretierte den Stuhl mit dem Hebel unter dem Sitz. Er spürte die Erwartung und wusste, dass ihm in den acht Monaten, die seit der Aufklärung des Siggerud-Mordes vergangen waren, genau das gefehlt hatte.

Der Botschafter Karstein Oldeide war 47 Jahre alt, verheiratet und hatte zwei Töchter im Alter von 15 und 17 Jahren. Er war studierter Politologe, bereits beim ersten Anlauf in den Diplomatenanwärterkurs aufgenommen und fast unmittelbar nach Abschluss seiner Ausbildung ins Ausland geschickt worden. Kari Oldeide war zwei Jahre älter als ihr Mann, studierte Pädagogin, hatte ihren Beruf aber nie ausgeübt. An einigen Orten, an denen er Botschafter gewesen war, hatte sie in internationalen Gesellschaften gearbeitet, war aber nur einfacheren, administrativen Tätigkeiten nachgegangen, die sich leicht mit den Anforderungen an eine Botschafterehefrau kombinieren ließen.

Die isländische Polizei hatte bei Kripos eine schnelle Personenüberprüfung des Ehepaars Oldeide angefordert. Man war zu dem Zeitpunkt offenbar mehr daran interessiert gewesen, den Fall abzuschließen, als unnötig Dingen nachzugehen, die höchstwahrscheinlich nichts mit Oldeides Tod zu tun hatten. Das passte gut zu Lisas Erklärung, dass anfangs von allen Seiten großes Interesse bestanden hatte, den Todesfall zu vertuschen, der eher peinlich als kriminell zu sein schien. Die Formulierung

»mit Rücksicht auf die Familie« kam mehrere Male in den Akten vor, in denen Sander jetzt blätterte.

Nichtsdestotrotz gab es zwei Umstände in dem Kripos-Bericht, die unmöglich übersehen werden konnten und für die sich in den Papieren keine Erklärung fand: zum einen war das die Frage, warum Oldeide sich um den Botschafterposten auf Island beworben, und zum anderen, warum er ihn bekommen hatte.

Karstein Oldeide hatte in Rekordzeit Karriere im diplomatischen Dienst gemacht, was auch außerhalb des Ministeriums nicht unbemerkt geblieben war. Er wurde respektiert und geschätzt, allerdings auch – vor allem von seinen Kurskameraden, deren Karrieren im Vergleich zu Oldeides zeitweise stillzustehen schienen – mit Misstrauen und Neid beäugt.

Nachdem er in Sri Lanka Botschafter gewesen war, wo er unter anderem eine diskrete, aber wichtige Rolle bei den Friedensverhandlungen gespielt hatte, war man davon ausgegangen, dass er sich um den einen oder anderen zentralen Posten in Europa bewerben würde. Vielleicht sogar, falls er das nötige Selbstvertrauen hatte, um den in London, von dem alle wussten, dass er bereits für einen der Topbürokraten im Ministerium reserviert war.

Als er sich um den Botschafterposten in Reykjavik bewarb, runzelten nicht wenige die Augenbrauen. Zum einen verstand man nicht, warum Oldeide ihn haben wollte, obwohl er sich etwas in der obersten Liga hätte aussuchen können. Island wurde als Rückzugsposten betrachtet, als letztes Ausruhen und als Anerkennung für Botschafter, die ihre Pflicht getan hatten und jetzt ihr Recht einforderten.

Zum anderen war unklar, warum er ihn bekam. Logisch

wäre gewesen, man hätte ihn zu einem Posten in Berlin oder Wien überredet oder an einen anderen Ort beordert, der Status und Verantwortung mit sich brachte. Das hätte nicht schwierig sein dürfen. Stattdessen wurde bekannt gegeben, dass Karsten Oldeide Norwegens neuer Mann auf Island war. Wenige Wochen später zog die Familie um.

Sander verstellte den Bürostuhl und beugte sich vor. Er überlegte, ob er Lisa eine SMS schicken und fragen sollte, ob sie dem weiter nachgegangen waren, ließ es dann jedoch. Stattdessen klebte er einen gelben Notizzettel vorne auf den Bericht und malte ein großes Fragezeichen darauf. Lisa würde ganz sicher ein Feedback wollen, wenn er die Akten gelesen hatte, und er konnte seine Kommentare und Fragen auch bis dahin sammeln.

Am Tag vor Gründonnerstag war Kari Oldeide mit den beiden Kindern nach Norwegen, ihrem Zuhause, geflogen. Es war vereinbart, dass Karstein am Abend des Karfreitags nachkommen sollte. Die Zeit bis dahin wollte er für anfallende Arbeiten und die Vorbereitung eines Treffens der Fischereiminister Norwegens und Islands im Mai nutzen.

Zwei Stunden vor Abflug war er mit der Familie von der Botschafterwohnung aus abgefahren. Er hatte Frau und Kinder in Keflavík abgesetzt, wo er von zwei Stewardessen der Iceland Air gesehen worden war, die ihn von den Flügen in den vorangegangenen Wochen her kannten. Im Anschluss daran wusste niemand etwas über Karstein Oldeides Verbleib, bis seine American-Express-Karte bei Kenzo in der Posthusstræti am Nachmittag desselben Tages benutzt worden war. Er hatte damit eine

Damenjacke bezahlt, doch niemand in dem Laden erinnerte sich an den Botschafter oder die Frau, in deren Begleitung er möglicherweise gewesen war.

Als Nächstes war er an der Rezeption des *Hotels 101* gesehen worden, wo sich mehrere der Angestellten an Oldeide und seine Begleiterin erinnerten. Eine Rezeptionsangestellte mit dem wohlklingenden Namen Sol hätte bei der Befragung durch die isländische Polizei zwar schwören können, dass sie Norwegisch gesprochen hatte, konnte aber keine auch nur annähernde Beschreibung der Frau geben. Passenderweise war die Überwachungskamera in der Rezeption zu der fraglichen Zeit aufgrund einer Programmaktualisierung ausgeschaltet gewesen, und die Kameras an der Außenseite des Gebäudes waren so schmutzig, dass nur Schatten zu sehen waren, wenn jemand auf der Straße vorbeiging.

Am darauffolgenden Tag war es eins geworden, bis jemand sich fragte, warum die Gäste aus Suite 101 nicht ausgecheckt hatten. Der Roomservice wurde mit frischem Kaffee und Croissants hinaufgeschickt, um herauszufinden, was passiert war, und kam mit dem Bescheid zurück, dass das Paar möglicherweise Raum und Zeit vergessen hatte.

Nachdem auf mehrmaliges höfliches Klopfen niemand reagierte, wurde der Hotelsicherheitsdienst benachrichtigt. Mit einem Generalschlüssel verschafften sich die Sicherheitskräfte Einlass in das Zimmer, in dem sie Karstein Oldeide nackt, mit einem Seidenbeutel über dem Kopf und einem Seil um den Hals fanden.

Der Botschafter hatte mit der Wahl des Hotels Glück gehabt. Im *Hotel 101* stiegen Filmstars, Politiker, Realitystars, Journalisten und ganz gewöhnliche Leute mit ungewöhnlich viel Geld ab. Diskretion gehörte zu den Dingen, für die diese Leute bezahlten.

Der Hoteldirektor hatte seinen Schwager kontaktiert, der zufälligerweise eine hohe Position im Justizministerium innehatte, und anstelle der üblichen uniformierten Polizisten rückten zivile Ermittler an.

Sie brauchten nicht lange, um den Mann zu identifizieren; das norwegische Außenministerium wurde informiert und das Zimmer in Rekordzeit durchsucht, aufgeräumt und wieder hergerichtet.

Die Protokolle der Voruntersuchungen waren eine faszinierende Lektüre. Sander nahm sich reichlich Zeit für die Berichte der isländischen Polizei, die ins Norwegische übersetzt worden waren. Die Akten ließen sich in drei Teile unterteilen. Die ersten beiden hatte Sander bereits durch: den Hintergrundbericht und ein paar Befragungen von Mitarbeitern des Außenministeriums sowie eine Rekonstruktion von Karstein Oldeides Tun an dem fraglichen Mittwoch. Der letzte Teil umfasste die Untersuchung des Tatorts sowie einen Stapel Fotos, von denen Sander einige bereits am Vorabend gesehen hatte.

Eigentlich wäre jetzt eine Pause nötig gewesen, doch ihm gingen zu viele Fragen durch den Kopf. Er würde irgendwo etwas essen, wenn er auch den letzten Teil gelesen hatte.

Karstein Oldeide war von der Tür aus fotografiert worden. Er saß mit dem Rücken zur Tür auf einem Stuhl mitten im Zimmer. Neben ihm lag ein Haufen Kleider, penibel zusammengelegt, als hätte ihn jemand ausgezogen und anschließend aufgeräumt.

Von der Seite aus war zu erkennen, dass Oldeide gekämpft haben musste, als ihm klar geworden war, dass er erwürgt werden sollte. Sander war überrascht, dass der Stuhl nicht umgekippt war. Das konnte ein Zufall oder dem Umstand zuzuschreiben sein, dass der Botschafter fest davon überzeugt gewesen war, dass der Knoten aufgehen würde, und erst Widerstand geleistet hatte, als er schon fast bewusstlos war.

Er saß ganz vorne auf dem Stuhl, seine Zehen waren gekrümmt, seine Finger verkrampft und sein Kopf nach hinten gelegt, als hätte er verzweifelt versucht Luft zu bekommen.

Mehrere Fotos konzentrierten sich auf Oldeides Hals. Sander betrachtete eingehend diejenigen, die den Knoten zeigten. Das Seil sah elastisch aus, und der Hals des Opfers wirkte grotesk schmal an der Stelle, wo der Knoten zugezogen worden war.

Alles andere im Zimmer glich den Fotos im Hotelprospekt, der mit in der Akte lag. Der Bericht bekräftigte den von den Fotos gewonnenen Eindruck. Nirgends im Zimmer hatte man Spuren gefunden, weder organische noch synthetische. Klinke, Wasserhähne, Duschkopf und Knöpfe an Fernseher und Fernbedienung waren auf Fingerabdrücke hin untersucht worden, doch selbst dort, wo Abdrücke von Zimmermädchen oder früheren Gästen hätten sein müssen, waren die Oberflächen sauber.

Lisa hatte erwähnt, dass das Fehlen jeglicher Spuren ebenso gut auf die schnelle Durchsuchung des Zimmers wie auf die Tatsache zurückzuführen sein konnte, dass es keine gab. Das änderte jedoch nichts daran, dass sie für die Suche nach der Frau keine physischen Spuren hatten.

Im Zimmer fehlten mehrere Handtücher und Waschlappen,

und da der relativ objektive Bericht weder Annahmen noch Schlussfolgerungen dazu enthielt, ging Sander davon aus, dass die Person, die mit dem Botschafter im Zimmer gewesen war, diese zum Saubermachen benutzt hatte.

7

Lisa war in besserer Form, als sie befürchtet hatte. Das rauchige Aroma des Whiskys, den Sander nach der zweiten Flasche Champagner herausgeholt hatte, lag ihr noch immer auf der Zunge. Sie beschloss, als Erstes die Zähne zu putzen.

Die Uhr zeigte nach zwei, doch in der Wohnung war es dunkel. Sie vermisste das Licht, das lange bevor der Wecker klingelte in Ski zu den Fenstern hereingeströmt war. Es war wie eine Vitaminspritze gewesen, die sie morgens brauchte, um in Gang zu kommen. Ihre Wohnung hier in der Romsdalgate lag zu einem kleinen Hinterhof, und nur am Abend, wenn die Sonne über den Hausdächern unterging, schafften es einige Strahlen bis zu ihr herein. Das war der Preis, den sie dafür zahlte, zentral zu wohnen; zwei Minuten vom Wäldchen in Grünerløkka entfernt und direkt an der Buslinie, die zu Kripos in Bryn fuhr. Ihr Ziel war es, ihre Wohnlage parallel zu ihrer hoffentlich steil verlaufenden Karriere zu verbessern, doch bis auf Weiteres konnte sie sich nichts anderes leisten.

Die Luft in der Wohnung war stickig. Sie schlich nackt an der Gardine entlang und stellte die Verandatür auf Kipp, bevor sie ins Bad ging und sich die Zähne putzte. Die Kleider von gestern lagen auf dem Boden, und sie versuchte angestrengt sich zu erinnern, was sie nach ihrem Aufbruch bei Sander getan hatte. Es war sechs gewesen, als sie ins Bett gekrochen war; das hieß, ihr fehlten dreieinhalb Stunden. Als sie sich im Spiegel betrachtete, sah sie den Knutschfleck am Hals und lächelte.

Sie kannte diese Blackouts seit ihrer Teenagerzeit, seit sie kurz nach dem Verschwinden ihres Vaters angefangen hatte zu trinken. Sie erschreckten sie nicht länger. Sie wusste, wo die Grenze war, und aus dem einen oder anderen Grund war sie überzeugt, diese nicht zu übertreten, selbst wenn der Körper per Autopilot funktionierte, mehr oder weniger unabhängig von ihrem Gehirn. Bedachte man die Umstände, hatte sie bisher äußerst wenig Unangenehmes erlebt. Im Bad fand sie einen Slip und im Schlafzimmerschrank saubere Jeans und ein Top, das sie mochte, von dem sie aber vergessen hatte, dass sie es besaß. Der Tag fing gut an.

In ihrer Küche, die zum Wohnzimmer hin offen war und ein Fenster zum Hinterhof hatte, setzte sie Wasser auf, schüttete Pulverkaffee in eine Tasse und schmierte zwei Scheiben Brot mit Leberwurst. Die Gurke im Kühlschrank war schimmlig.

Sie nahm Tasse und Brote mit ins Schlafzimmer und setzte sich an den kleinen Schreibtisch, der kaum groß genug war für den Laptop, den ihr der Job eingebracht hatte.

Im Posteingang von Spraydate lagen drei neue Nachrichten. Zwei hatten einen Bildanhang, der Lisa dazu veranlasste, sie sofort zu löschen. Sie hatte schon mehrmals erwogen, ihr Porträt wieder herauszunehmen, weil viele Idioten Netdating mit dem Austausch von Pornobildern gleichsetzten, doch die letzte Nachricht von Nice2know erinnerte sie daran, weshalb sie es nicht getan hatte. Ein »Danke« und ein Smiley, geschrieben um kurz nach halb sechs am selben Morgen.

Sie widerstand der Versuchung, sich in chat.no oder in MSN einzuloggen, und rief sich in Erinnerung, dass sie beschlossen hatte, weniger Zeit im Internet und mehr im wirklichen Leben zu verbringen. Gleichzeitig spürte sie die Faszination und den Sog, die manchmal noch genauso stark waren wie beim ersten Mal, als sie im letzten Herbst nach zwei Mordfällen, in denen die negativen Aspekte dieses Mediums eine große Rolle gespielt hatten, die Möglichkeiten des Internets erforscht hatte.

Eine Stunde später schaltete sie den Computer aus und ging in die Küche. Sie hatte gerade beschlossen, nach Løkka hinunterzugehen, einen Kaffee zu trinken und nach Bekannten Ausschau zu halten, als ihr Handy klingelte. Das Geräusch war gedämpft, so als steckte das Telefon in einer Tasche oder unter einem Haufen Kleider, und sie versuchte sich zu erinnern, wo sie es bei ihrer Heimkehr am Morgen hingelegt hatte.

Als sie es unter einem Handtuch im Bad fand, zeigte das Display zwei versäumte Anrufe. Der letzte kam von Sanders Handy.

Vier Minuten später hatte sie gegen das Versprechen, den Abend alkoholfrei zu gestalten, zugesagt, im Weinhaus im Markvei mit ihm zu essen und den Fall durchzusprechen.

8

Sander hatte schon öfter in dem Restaurant im Markvei zu Abend gegessen und wusste aus Erfahrung, dass man nur schwer widerstehen konnte, wenn einer der Kellner Gerichte empfahl und Weine vorschlug, die den Genuss derselben noch erhöhten. Aus Schaden klug geworden, legte er Allergietabletten und Aspirin bereit, ehe er das Haus verließ.

Als Sander auf dem Weg nach Løkka am St. Hanshaug Park vorbeikam, war es dort noch immer sehr voll. Die Leute lagen auf Decken in der Sonne. Eine Gruppe Jugendlicher hatte ein Volleyballnetz gespannt, das Spiel aber wegen der Hitze aufgegeben. An mehreren Plätzen verkohlten Würstchen auf dem Grill.

Es war kurz nach sieben. Er hatte noch knapp eine Stunde bis zu seiner Verabredung mit Lisa. Um sich die Zeit zu vertreiben, ging er ins *Il Moro* an der Thorvald Meyersgate und trank einen Espresso. An seinem Fenstertisch ließ er in Gedanken noch einmal Revue passieren, was er vor ein paar Stunden gelesen hatte, und er spürte, wie der starke Espresso sein Herz schneller schlagen ließ.

Er hatte keine Ahnung, was er erwartet hatte, konnte sich aber des Gefühls nicht erwehren, Lisa nicht wirklich weiterhelfen zu können. Ihm war auf den Fotos nichts Außergewöhnliches aufgefallen. Die Fragen, die er sich während des Lesens gestellt hatte, waren im Großen und Ganzen die gleichen wie die der isländischen Ermittler, und die Einschätzung der Täterin war reine Spekulation. Gleichzeitig wusste er, was Lisa ihm antworten würde: Du betrachtest den Fall auf ganz andere Weise und manches, worüber du gar nicht weiter nachdenkst, kann uns die Ermittlungen aus einer neuen Perspektive sehen lassen.

Letztes Jahr hatte er sich mit dieser Erklärung zufriedengegeben, doch diesmal reichte ihm das nicht. Vielleicht war das nur natürlich, dachte er, während er sein Spiegelbild im Fenster betrachtete. Plötzlich merkte er, dass Lisa draußen stand und über ihn lachte.

»Ich habe nicht daran gedacht, dass du gleich drüben in der Straße wohnst«, sagte er und lächelte, als sie sich vor dem Café kurz umarmten und die Straße hinunter zum Olav Ryes Platz gingen. »Was macht die Kondition?«

Lisa sah unverschämt frisch aus, während Sander sich trotz eines fetten Burgers, mehrerer Fruchtdrinks bei Helios und einer Vitamintablette, die die Sinne schärfen, Energie spenden und die sexuelle Lust erhöhen sollten, noch immer ein wenig unpässlich fühlte. Die Wirkung schien Sander gleich null zu sein, und in ihm regte sich der Verdacht, dass nur ein langer Nachtschlaf ihn wieder auf die Beine bringen konnte. Oder mehr Alkohol.

Er hatte telefonisch reserviert und sie wurden zu einem Fenstertisch mit Blick auf die Straße geführt. Lisa trug ein dünnes Sommerkleid. Um die Hüften hatte sie eine leichte Baumwolljacke gebunden. Ihre Augen waren dezent geschminkt, und Sander nahm einen schwachen Kräuterduft wahr, der von ihrem Parfüm herrühren musste.

»Bist du gut nach Hause gekommen?«, fragte er. »Mir ist erst später eingefallen, dass gerade Sperrstunde war und du wahrscheinlich Schwierigkeiten hattest, ein Taxi zu bekommen.«

Lisa blickte zu Boden. Dann sah sie ihn an und versicherte ihm, dass es keine Probleme gegeben hatte.

»Es war angenehm warm, fast wie in einer Tropennacht, ich bin den ganzen Weg gelaufen. Niemand schien wirklich nach Hause zu wollen; überall waren Leute, die Stimmung war super.«

»Ziemlich beeindruckend, dass du nach dem ganzen Alkohol noch aufrecht nach Hause gekommen bist – im wahrsten Sinne des Wortes. Ich habe mich die Treppe hochgeschleppt, bin ins

Bett gefallen und habe die ganze Nacht von wütenden Frauen und heimlichen Dates in Hotelzimmern geträumt. Und du ziehst einfach weiter, genießt die Stimmung und betrachtest Leute. Wirst du eigentlich nie betrunken?«

Lisa lachte.

»Doch. Ich glaube, ich hatte ganz schön einen im Kahn. Hast du das nicht gemerkt?«

»Abgesehen von deinem Nuscheln und dem kranken Humor, den ich nicht ganz verstanden habe? Nein, du hattest dich ziemlich unter Kontrolle.«

Lisa wurde plötzlich ernst. Sie wollte gerade etwas sagen, als der Kellner an ihren Tisch trat und sie erwartungsvoll ansah. Sie hatten die Speisekarten noch nicht einmal aufgeschlagen.

»Ich weiß nicht, wie es dir geht, aber ich brauche jetzt etwas zu trinken. Schadensbegrenzung sozusagen.«

»Du hast es versprochen«, sagte Lisa und versuchte vorwurfsvoll zu klingen. Sie schaffte es nicht.

»Sorry, ich weiß, aber es hilft nichts. Entweder ich muss nach Hause ins Bett oder irgendwas Alkoholisches in mich hineinschütten. Du entscheidest.«

»Das ist Erpressung.«

Lisa schlug die Weinkarte auf, überflog schnell ein paar Seiten und bestellte zwei Gläser »Brause«. Sander wollte gerade fragen, welche Marken sie offen hatten, damit ihnen nicht irgendeine klebrige Katastrophe serviert wurde, doch Lisa hob die Hand, bevor er etwas sagen konnte.

»Ich entscheide«, sagte sie und bedeutete dem Kellner zu gehen. Sander resignierte und war froh, dass *er* das Restaurant ausgewählt hatte.

»Du wolltest etwas sagen. Dazu, dass du dich so unter Kontrolle hattest?« sagte er und erinnerte sich, dass sie plötzlich ernst geworden war.

»Nein …«, antwortete sie gedehnt. »Heben wir uns das für ein anderes Mal auf.«

»Warum? Warum willst du das Thema wechseln?«

Sander hatte plötzlich das Gefühl, dass Lisa ihm etwas über sich hatte erzählen wollen, und mochte sie nicht so einfach davonkommen lassen.

»Okay, aber auf deine Verantwortung. Erinnerst du dich daran, dass ich dir erzählt habe, dass ich eine schwierige Kindheit hatte?«

Sander nickte. Er erinnerte sich gut. Er hatte Lisa verschwiegen, dass eine Zeugin ihn am Abend vor ihrem Verschwinden besucht hatte. Das Mädchen war fünfzehn Jahre alt gewesen, und Sander hatte Angst davor gehabt, was Lisa von ihm denken würde, wenn sie die Wahrheit erfuhr. Als sie sie trotzdem herausbekam, war sie explodiert. Später hatte sie sich für ihren Ausbruch entschuldigt, obwohl sie streng genommen im Recht gewesen war. Sie hatte ihm erzählt, dass ihre schwierige Kindheit es ihr schwermachte, Leuten zu vertrauen.

»Schwierig trifft es vielleicht nicht ganz. Die Kurzversion ist die, dass mein Vater kein angenehmer Mann war. Er hat meine Mutter kennengelernt, als sein Schiff in Oslo vor Anker lag. Sie waren nur einen Abend zusammen, aber natürlich ist sie schwanger geworden. Sie war 23 und er 33, und als sie ihm von dem Kind erzählt hat, hat er nur mit den Schultern gezuckt und gesagt, dass sie selbst sehen muss, wie sie zurechtkommt.«

»Scheißkerl«, sagte Sander.

»Stimmt«, bestätigte Lisa. »Mama hätte sich das zu Herzen nehmen sollen. Es vergingen fünfzehn Jahre, ohne dass sie etwas von ihm gehört hat. Sie hat sich zu Tode geschuftet, um als alleinerziehende Mutter zu überleben. Und eines Tages, nachdem er endgültig abgemustert hatte, stand er plötzlich vor der Tür und wollte Papa und Ehemann spielen. Offensichtlich brauchte er einen Platz zum Unterkriechen. Mama war so kaputt, dass sie nahezu jede Hilfe angenommen hätte.«

»Wie hast du reagiert?«

»Ich erinnere mich nicht … ich bin mir nicht sicher. Vielleicht habe ich es verdrängt, aber ich erinnere mich wirklich nicht daran, wie er eingezogen ist. Das Erste, woran ich mich erinnere, ist, dass ich eines Abends von einer Freundin nach Hause gekommen bin und Mama mit einem blauen Auge und einer aufgesprungenen Lippe am Küchentisch saß und weinte.«

»Er hat sie geschlagen?«

»Jepp. Und dann ist er losgezogen, um sich zu besaufen; als er zurückgekommen ist, war er voller Reue, kam mit tausend Entschuldigungen, und Mama hat ihm verziehen.

Nach ein paar Tagen ist es dann wieder passiert. Herrgott noch mal, du musst diese Geschichte doch Tausende von Malen gehört haben.«

Lisa sprach so unbeteiligt, als hätte das alles nichts mit ihr zu tun.

»Es spielt keine Rolle, wie oft ich das schon gehört habe«, sagte er. »Von Bedeutung ist, dass jemand es wirklich erlebt hat. Für den, der das durchlebt, ist es jedes Mal die gleiche Hölle«, sagte er und versuchte ihren Blick einzufangen. Lisa blickte auf den Tisch.

»Es hat nie aufgehört. Er schlug, sie weinte, er bat um Verzeihung, sie verzieh ihm. Das Problem war, dass er immer fester zuschlug. Am Anfang war da noch so eine Art Hemmschwelle.

Er ist nie auf sie losgegangen, wenn ich zu Hause war. Als ich nicht mehr ausgegangen bin und jeden Abend zu Hause gesessen habe, um Mama zu beschützen, hat er sich fast eine Woche lang beherrscht, bevor er wieder zugeschlagen hat. Und da schien die ganze aufgestaute Wut hinauszuwollen. Er hat total die Kontrolle verloren und so hart zugeschlagen, dass er ihr den Kiefer gebrochen hat und sie die Nacht im Krankenhaus verbringen musste.«

»Das ist doch Wahnsinn«, sagte Sander. »Er hätte sie umbringen können.«

»Das hat sie gewusst. Sie hat Angst gehabt, dass er sich auch an mir vergreift.«

»Hat er das? Dich geschlagen, meine ich?«

Lisa antwortete ohne zu zögern. »Nein. Nie«, sagte sie. »Aber wir konnten uns auch nicht sicher sein. Und eines Tages, als ich von der Schule nach Hause kam, hatte sie zwei Koffer gepackt, um sofort zu gehen, wenn ich zur Tür hereinkam. Ihr war klar geworden, dass wir von ihm weg mussten, bevor es zu spät war. Wir haben am Ostbahnhof den Zug nach Kristiansand genommen und sind mit dem Bus ins Setesdal gefahren, wo Mamas Schwester wohnte. Dort haben wir uns ein kleines Haus gemietet. Mama war in Sicherheit, und ich fand neue Freunde. Weil es Mitte Juni war, als wir ankamen, konnte die Familie sagen, dass wir den Sommer über zu Besuch waren, ohne dass jemand Fragen stellte, bevor der August fast herum war.«

»Aber wie lange …?«

»Bis er uns fand.«

»Er hat euch gefunden?«

»Das war nicht so schwer. Ich meine, wohin konnte eine alleinerziehende Mutter mit wenig Geld schon gehen? Er hatte sich über ihre Vergangenheit schlau gemacht und zwei und zwei zusammengezählt. Eines Abends stand er da und donnerte gegen die Tür. Er wollte herein.«

»Und …?« Sander war sich nicht sicher, ob er die Fortsetzung hören wollte.

»Er hat die Tür natürlich leicht aufbekommen. Er war außer sich vor Wut. Er hat gedroht, Mama umzubringen. Wir schliefen in der ersten Etage und als wir ihn hörten, hat Mama mir gesagt, dass ich mich auf dem Speicher verstecken soll. Ich habe mitbekommen, wie sie sich angeschrieen haben und wie er sie geschlagen hat. Vielleicht hat es ein paar Minuten gedauert, ich weiß es nicht. Aber plötzlich hat sie laut aufgeschrien. Es hat sich angehört, als würde jemand die Treppe hinunterfallen. Dann war alles still. Ich war unter ein paar Teppiche gekrochen in der Hoffnung, dass er nicht nach mir suchte; ich hörte ihn im ersten Stock rumoren. Schließlich ist er abgehauen – ich habe die Tür knallen hören –, und seitdem hat ihn niemand mehr gesehen.«

»Er ist verschwunden?«, fragte Sander.

»Ja.«

»Für immer?«

»Ja.«

Sander musste plötzlich an Lisas Mutter denken. »Und deine Mutter, was war mit ihr?«

»Als ich herunterkam, lag sie unten an der Treppe. Sie hatte sich den Arm gebrochen und ein Zahn war ausgeschlagen, aber sie hat sich davon erholt.«

Sander hatte sich während Lisas Erzählung zurückgelehnt. Er wusste nicht, was er sagen sollte. Sie waren noch immer stocknüchtern, und das Geständnis war ohne Vorwarnung gekommen. Der Kellner musste die Stimmung bemerkt haben, er hatte sich die ganze Zeit von ihrem Tisch ferngehalten.

»Warum …?«, begann er, bevor Lisa ihm zuvorkommen konnte.

»Ich hätte es dir beinahe schon gestern erzählt«, sagte sie und starrte auf einen Punkt hinter ihm. »Es war schön, dich wiederzutreffen. Man kann gut mit dir reden. Ich glaube, ich brauche das einfach, dass jemand davon weiß. Und ich wollte es lieber erzählen, während ich noch nüchtern bin.«

»Weiß niemand davon?«, fragte Sander.

»Doch, doch; Freundinnen und ein paar Freunde. Es macht den Umgang mit ihnen leichter, wenn sie die Geschichte kennen. Aber ich habe es nicht vielen erzählt, du darfst dich also als privilegiert betrachten.«

Sander fühlte sich einerseits privilegiert, war aber auch ein wenig verwirrt. Er wusste, dass er sich zu dem, was Lisa ihm gerade erzählt hatte, nicht unbedingt professionell verhielt. Erst hatte sie ihm leidgetan, dann war er auf den Typen wütend geworden, ohne auch nur ansatzweise die Situation zu analysieren, um vernünftig darauf zu reagieren. Das war ungewöhnlich für ihn. Gleichzeitig ließ die Art, wie Lisa ihn in ihre Vergangenheit eingeweiht hatte, darauf schließen, dass sie sich ganz und gar nicht als Opfer sah.

»Sieht ganz so aus, als wärst du trotz allem gut zurechtgekommen?«

Lisa lächelte. »Zumindest habe ich deswegen schon lange keine Alpträume mehr. Und als Mama ein paar Monate nach diesem Abend auch ruhiger wurde, hat das auf mich abgefärbt. Wir haben das miteinander geteilt, haben es überlebt, und es hat uns stärker gemacht.«

»Aber es hat auch Narben hinterlassen?«, sagte Sander. Er dachte an den Ausgangspunkt ihres Gesprächs.

»Vielleicht«, antwortete Lisa. »Ich weiß, dass ich anderen mehr vertrauen sollte, und ich weiß, dass viele mich zu kontrolliert finden, dass ich nicht locker sein kann, wenn ich nicht alles im Griff habe.«

Sie hielt inne, und Sander wartete darauf, dass sie fortfuhr. Es dauerte nicht lange. »Andererseits könnte ich auch total durchgeknallt sein; das wäre nicht merkwürdig, wenn man bedenkt, was ich erlebt habe. Alles in allem habe ich mich wohl ganz gut geschlagen, nicht?«

Sander musste lachen. Im Vergleich zu den Schicksalen, mit denen er in seiner Arbeitswoche überwiegend konfrontiert wurde und deren Ursachen oft weniger dramatische Ereignisse waren, musste man sie als wohlauf und glücklich bezeichnen.

»Du hast dich wirklich gut geschlagen, ja«, sagte er.

Lisa lächelte und griff nach der Speisekarte. »Eigentlich wollten wir doch etwas essen und arbeiten. Vielleicht sollte ich dem Kellner winken, damit er sich hertraut?«

Sie bestellten jeder eine Vorspeise und ein Hauptgericht und beschlossen, das Dessert zugunsten von Käse und einem Calvados ausfallen zu lassen, falls sie dafür noch Platz hatten. Lisa hatte ihren Vorsatz aufgegeben, heute Abend keinen Alkohol zu trinken. Sie ließ Sander zu dem Lamm einen Rotwein auswählen, während sie zu der Gänseleber, die der Kellner als Vorspeise empfohlen hatte, weiter Brause tranken.

»Und? Was sagst du?«, drängte Lisa und hielt Sanders Blick fest, nachdem sie ihren Teller leergegessen und ihr Glas in einem Schluck ausgetrunken hatte.

»Okay«, antwortete Sander, während er seine Gedanken sortierte und zu gliedern versuchte. »Ich habe mir zwei Sachen notiert. Die eine deckt sich mit dem, was die Isländer angemerkt haben. Warum wollte Oldeide nach Island, und warum hat er den Job bekommen?«

»Ich weiß. Bislang ist kaum ermittelt worden, da man zunächst nicht von einer Straftat ausgegangen ist. Jetzt gehört das natürlich zu den Dingen, über die wir mit dem Außenministerium sprechen müssen. Sie bestehen darauf, dass das diskret und auf höchstem Niveau geschieht. Es hat also ein paar Tage gedauert, ein Treffen zu arrangieren. Am Montag bin ich zusammen mit William im Außenministerium, um mit dem Leitenden Ministerialdirektor und einem Typ aus der Personalabteilung zu reden. Um dem Protokoll Genüge zu tun, gibt man uns Aufpasser mit, Gerüchten zufolge den Polizeidirektor höchstpersönlich und jemanden vom Justizministerium. Aber egal, genau über diese Dinge müssen wir mehr erfahren. Ich kann dich anschließend anrufen.«

»Gut. Dann ist da das Seil, über das wir gestern gesprochen haben. In der Akte lag eine Notiz von der Technik in Island. Ich wüsste gerne …«

»Da wissen wir auch noch nicht mehr«, unterbrach ihn Lisa. »Das Seil ist zur Analyse bei Kripos; wir warten noch auf die Ergebnisse. Die erste Rückmeldung war, dass sie Pollen gefunden haben, aber dass es eine Weile dauern kann, bis sie wissen, woher er stammt.«

Der Kellner servierte jetzt zwei Teller mit Lamm. Der unverkennbare Geruch nach Kräutern und Knoblauch breitete sich aus, und Lisa schnupperte an dem Fleisch.

»Trüffel?«, fragte sie.

»Stimmt. Sehr gut. Aber nicht auf dem Fleisch, sondern im Linsenmus.«

»Kannst du das riechen? Worin die Trüffel sind?«

»Das steht in der Speisekarte«, antwortete er und versuchte ernst zu bleiben.

»Schlaumeier.«

Sie begannen zu essen und genossen einige Minuten schweigend das Gericht, bevor Lisa Sander zu verstehen gab, dass sie mehr hören wollte.

»Mir ist etwas durch den Kopf gegangen, als ich die Hintergrundüberprüfung des Botschafters gelesen habe«, sagte er.

»Ja?«

»Ich glaube, dass die Frau sehr jung ist. Jedenfalls im Vergleich zu ihm. Und schön.«

»Jung und schön?«, sagte Lisa. »Ist das nicht ein wenig voreingenommen? Was, wenn er auf übergewichtige Damen mit Doppelkinn stand?«

»Eins zu null für dich. Doch die Statistik gibt mir recht, wenn ich sage, dass sie jung und schön ist.«

»Okay, ich gebe mich geschlagen«, sagte Lisa. »Fahr fort.«

»Attraktiv trifft es vielleicht besser als schön. Ich denke, dass Oldeide so arriviert war, dass er nicht einfach für irgendwen dieses Risiko eingegangen wäre – denk mal an seine Karriere, seine Ehefrau und seine Kinder und an die Möglichkeit, auch nach Island weiter die Karriereleiter hochzufallen. Die Frau muss etwas haben, das er mehr als alles andere gewollt hat, und bei Männern dieses Alters ist das oft das genaue Gegenteil von dem, was sie haben. Er wollte den Nervenkitzel und das Gefühl, an das er sich nur noch schwach aus der Zeit erinnerte, als er in Frau Oldeide verliebt war. Wenn er das Glück gehabt hat, einmal richtig in sie verliebt gewesen zu sein. Das hat die Mörderin meiner Meinung nach ausgenutzt. Außerdem muss er ihr vertraut haben, sonst hätte er sich niemals fesseln lassen. Es braucht ziemlich viel, damit wir einem anderen Menschen dermaßen die Kontrolle überlassen; die meisten hätten das wahrscheinlich nie getan. Entweder hatten sie schon länger ein Verhältnis oder ihr sucht eine Frau, die er von früher kannte und zu der er von Anfang an ein gewisses Vertrauen hatte.«

Lisa hatte mehr als die Hälfte des Lamms und der Beilage gegessen, das Besteck jedoch zur Seite gelegt, während sie Sander zuhörte.

»Okay«, sagte sie. »Damit hätten wir zwei Ausgangspunkte für die Suche nach dem Täter: entweder in Oldeides direkter Umgebung oder in einem etwas weiteren Kreis, wo vielleicht irgendjemand in den letzen Monaten etwas beobachtet hat.«

»Genau«, sagte Sander.

»Kannst du präzisieren, nach wem wir suchen?«

»Das wäre reine Spekulation, ein qualifiziertes Raten. Ich weiß nicht, ob das so interessant ist …«

»Komm schon … du siehst doch, dass ich das Lamm geopfert habe, um dir zuzuhören.«

Sie lächelte und wischte sich mit der weißen Stoffserviette den Mund ab. Eine Haarlocke war ihr in die Stirn gefallen, und sie strich sie zurück, während sie auf die Fortsetzung wartete. Draußen war es noch hell, obwohl die Sonne hinter den Dächern untergegangen war.

»Gut«, sagte er und sammelte erneut seine Gedanken. »Ihr geht also davon aus, dass das Ganze geplant war, und dass es geplant war, sagt einiges über die Frau aus. Bevor sie sich mit dem Botschafter getroffen hat, hat sie ein Seil gekauft, sich einen

Knoten ausgeguckt und darüber informiert, wie sie rechtzeitig entkommt. Mit anderen Worten, sie ist eiskalt. Und der Mord selbst – das Seil, das ganze Szenario mit Sex und Asphyxie, was beides mit Macht und Kontrolle zu tun hat – setzt auch ein Signal. Wenn du dir die Fotos von dem Botschafter ansiehst, die Seide klebt auf seinem Mund, seine Fäuste sind geballt, dann wird klar, wer in diesem Verhältnis die Macht hatte. Vielleicht wollte sie genau das, seine Ohnmacht.«

»Ihn entmachten, meinst du?«

»Vielleicht. Macht spielt auf jeden Fall eine Rolle. Und ein Mangel an Affekten; eine extreme Kontrolle. Du darfst nicht vergessen, dass sie aller Wahrscheinlichkeit nach im Zimmer war, als er starb, und dass sie hinterher gründlich aufgeräumt hat. Das fordert seinen Mann. Beziehungsweise seine Frau.«

»Was sagt uns dieser Mangel an Affekten? Was meinst du?«, sagte Lisa. »Dass sie sich derart unter Kontrolle hat?«

»You tell me«, sagte Sander. Er sah Lisa direkt an. Sie verstand, worauf er anspielte, ohne verletzt zu sein.

»Verstanden. Wir müssen nach etwas in ihrer Kindheit oder Jugend suchen, richtig? Nach irgendetwas, das seine Spuren hinterlassen und sie zu dem Menschen gemacht hat, der sie ist.«

»Vielleicht. Aber hinterfrag das. Es kann durchaus sein, dass ich total danebenliege. Es kann aber auch sein, dass ich recht habe.«

Er stand auf.

»Was ist?«, fragte sie überrascht. »Musst du nach Hause, schlafen?«

Als er von der Toilette zurückkam, hatte ein neues Paar am Nachbartisch Platz genommen. Beide waren Ende zwanzig, lässig gekleidet und machten den Eindruck, als wollten sie nicht nur den Abend, sondern auch die Nacht miteinander verbringen. Noch bevor Sander wieder saß, hielten sie unter dem Tisch Händchen, und es war nur eine Frage der Zeit, bis sie sich küssen würden. Sie wirkten so frisch verliebt, dass man sie einfach nicht übersehen konnte. Sander fiel Lisas eigentümliches Lächeln auf.

»Hat William gesagt, was er von mir erwartet?«, fragte er, als er sich setzte und seinen Rotwein austrank.

Kripos und Polizei setzten Psychologen nur selten für etwas anderes ein als die Erstellung von Täterprofilen zu Verhören und Zeugenanalysen. Wenn sich ihre Zusammenarbeit jedoch diskret gestalten ließ, sagte Lisa, hatte William von ganz oben das Okay, in diesem Fall etwas weniger konventionell vorzugehen. Es zählten einzig und allein die Resultate, hatte man ihm zu verstehen gegeben.

»An mir soll es nicht liegen«, sagte Sander.

»Das bedeutet in der Praxis, dass wir dich möglicherweise zu mehreren Besprechungen hinzuziehen, dass wir dir hin und wieder Arbeitsmaterial schicken und dass du bei den Verhören dabei bist, wenn wir denn so weit sind.«

»Für mich ist das okay«, sagte Sander. »Bei meinen wenigen Patienten bin ich äußerst flexibel; außerdem möchte ich mehr in dieser Richtung arbeiten. Ich werde mich freimachen, wenn es nötig ist.«

»Du wirst schnell merken, wann es nötig ist«, antwortete Lisa.

Sander schwieg, und die Stille zwischen den beiden Tischen war fast peinlich. Für einen kleinen Moment drängte sich Sander der Eindruck auf, dass das Pärchen am Nachbartisch ihrem

Gespräch lauschte, doch dann verrieten die Geräusche, dass sie ihr Gespräch nur zugunsten anderer Kommunikationsarten unterbrochen hatten.

»Deine Überlegungen helfen uns schon einen Schritt weiter«, fuhr Lisa fort und zwang sich, nicht zum Nachbartisch hinüberzustarren. »William wird zufrieden sein, wenn ich morgen mit ihm rede.«

»Sie ist eine Verführerin«, sagte Sander und meinte damit nicht die Frau am Nachbartisch. »Ich würde viel darauf wetten, dass sie ganz genau weiß, welche Wirkung sie auf Männer hat. Und ich würde auch nicht ausschließen, dass diese Macht sie erregt.«

9

Die Lichter der Autos unten auf dem Schottenring blendeten sie, als sie hinunterblickte. Sie standen oben im Halbdunkel, das Fenster weit geöffnet, und nahmen die milde Abendluft, den Geruch der Abgase, die Geräusche des Wochenendes und die Wärme ihrer Körper in sich auf.

Er war anders. Während Oldeide zärtlich, jungenhaft und fast dankbar für ihr Interesse gewesen war, war dieser Mann sein diametraler Gegensatz. Jarle Heffermehl war groß und dünn wie ein Marathonläufer und trug maßgeschneiderte Kleidung, die perfekt saß. Er strahlte eine Ruhe und eine Autorität aus, die sie wahrscheinlich anziehend gefunden hätte, hätte sie ihn zufällig irgendwo getroffen. Sie wusste, dass er eine große Familie hatte, viel Geld und eine Vorliebe für den schönen Schein.

Aber niemand war perfekt, und ein kleiner Riss in der Fassade war alles, was sie brauchte.

Jarle Heffermehl drehte sich zu ihr um und küsste sie auf die Stirn. Er roch nach Aftershave. Sie spürte, wie er seine Hände auf ihren Hintern legte, sie an sich zog und seinen Unterleib gegen ihren presste. Er war hart.

Sie machte sich frei und trat einen Schritt zurück. Sie war noch nicht bereit.

»Ich hätte gerne ein Glas Wein«, sagte sie. Er war zu gut erzogen, um sich ihr erneut zu nähern, ohne dass sie ihn dazu aufgefordert hätte. Es faszinierte sie, dass er sich wie ein altes Schwein aufführen, untreu und unehrlich sein und ihr gleichzeitig einen Respekt entgegenbringen konnte, der sie sich begehrenswert und einzigartig fühlen ließ. Sie rief sich in Erinnerung, was sie vorhatte, und merkte, dass es ihr ein Leichtes war, die Anziehung außen vor zu lassen und sich stattdessen auf den Scheißkerl zu konzentrieren.

Sie griff nach ihrer Tasche, als er zur Minibar ging und einen Weißwein herausholte. Die Flasche hatte einen Schraubverschluss, der einen scharfen, knirschenden Laut von sich gab, als er ihn aufdrehte.

»Fang nicht ohne mich an«, sagte sie, öffnete die Tür zum Bad und wurde von dem Licht geblendet. Er hatte zwei Gläser eingeschenkt und prostete ihr mit einem zu.

Vor wenigen Stunden hatten sie im Café Gutenberg hinter dem Stephansdom gesessen und wie zwei Geschäftsleute bei einem besseren Mittagessen ausgesehen. Sie war eine halbe Stunde vor ihm da gewesen und hatte eine Melange und ein Glas Wasser getrunken, während sie auf ihn gewartet hatte. Nach einer Viertelstunde hatte sie ihren iPod herausgeholt und *Crime in the City* von Kojak gesucht. Rhythmus, Bass und Tempo der Musik ließen ihr Herz schneller schlagen. Als Jarle Heffermehl um die Ecke kam, waren ihre Wangen rot.

Er war diskret; es waren die kleinen Dinge, die ihn verrieten. Die etwas zu lange Berührung, die wohlerwogenen Fragen, die sie dazu bringen sollten, auszuplaudern, ob sie noch andere Liebhaber hatte, das zusätzliche Glas Wein, das er bei einem Geschäftsessen nicht getrunken hätte.

Kurz vor zwei hatte er die Rechnung bestellt und mit der Kreditkarte der Botschaft bezahlt. Sie wusste, dass er am späten Nachmittag an einem Empfang teilnehmen musste, und war erleichtert, dass er nicht die Zeit hatte, sie zum Abendessen einzuladen.

Stattdessen verabredeten sie sich nach dem Empfang im Hotel. Seine Frau erwähnte er mit keinem Wort, und sie wollte auch nicht wissen, welche Entschuldigung er ihr auftischen würde.

Als er ging, küsste er sie auf die Wange, während seine Hand flüchtig ihre Brust streifte. Sie war beruhigt. Es würde einfacher werden, als sie zu hoffen gewagt hatte.

Die Gewissheit, dass Heffermehl angebissen hatte, erfüllte sie plötzlich mit Verachtung. Es waren noch acht Stunden, bis sie ihre Mission erfüllt haben würde, und ihre Gedanken beschäftigten sich jetzt schon damit, wie sie mit dem Auto zum Sognsvann herauffahren würde, um zu trainieren, wenn sie am kommenden Tag wieder zu Hause war.

Sie zog vor dem Spiegel Hosenanzug und Slip aus und holte aus einer Tüte die schwarze Spitzenunterwäsche, den Strumpfhalter und das Negligé, die sie aus Norwegen mitgebracht hatte. Als sie die Sachen angezogen hatte, griff sie nach ihrer Handtasche, holte das Honigglas heraus und brach das Siegel auf. Der Honig roch süßlich nach Blumen und Pollen, und sie dachte an Tee mit Honig und Milch, an ihre Mutter, wie sie ausgestreckt auf dem schmalen Bett gelegen hatte, und an die Wochen, die sie auf der Matratze neben ihr verbracht hatte, obwohl die anderen sie die ganze Zeit gerufen hatten.

In Ermangelung eines Löffels steckte sie den Finger in den Topf und leckte ihn ab. Der Honig schmeckte anders, als sie es gewohnt war, parfümiert und leicht ekelerregend. Trotzdem zwang sie sich, den Finger noch einmal hineinzustecken, bevor sie den Topf wieder zumachte, sich die Hände wusch und ihn zurück in die Tasche steckte.

Er war wieder ans Fenster getreten, doch als er sie sah, schloss er es schnell und zog die schweren Gardinen vor. Sein Jackett hing über einem Stuhl, er hatte den Schlips gelöst und den obersten Hemdknopf geöffnet.

Das Glas, das er für sie eingeschenkt hatte, stand auf dem Tisch vor dem Sofa. Sie trank zwei große Schlucke, leckte sich den Mund ab und hoffte, dass der Geschmack des Honigs sich mit dem fruchtigen Wein verband. Als er vor ihr stand, stellte sie sich auf die Zehenspitzen und küsste ihn leicht auf den Mund. Seine Lippen öffneten sich, und er lehnte sich gegen sie. Als sie seiner Bewegung entgegenkam und ihren Mund weit genug öffnete, dass seine Zunge die ihre spürte, schwanden die letzten Reste von Erziehung und Diplomatie.

Sie hielt ihn fest und küsste ihn fast eine Minute lang. Seine Hände waren überall, und sie wartete darauf, dass sie versuchten unter die Seide zu gleiten. Als seine Fingerspitzen an ihrer

Slipkante entlangfuhren, machte sie sich frei und schob ihn von sich, sodass er einen Schritt zurückweichen und sich auf das Sofa setzen musste. Er wirkte überrascht, war jedoch sofort wieder versöhnt, als sie einen Strumpf vom Strumpfhalter löste und ihn dabei herausfordernd anlächelte. Ein leichter Rotton färbte sein Gesicht. Sie löste den zweiten Strumpf. Er kratzte sich plötzlich den Kopf, als hätte sich ein Insekt in seinen grauen Haaren verirrt. Er wirkte erstaunt.

Als sie die Strümpfe herunterrollte und auszog, war die Farbveränderung in seinem Gesicht unübersehbar. Sein Atem ging in kurzen Stößen, und sie war schockiert, wie schnell die Reaktion einsetzte. Als er aufzustehen versuchte, konnte sie ihn problemlos zurückstoßen. Sie ignorierte, dass er auf das Jackett zeigte, das über der Stuhllehne hing. Sie wusste, dass er die kleine Spritze immer bei sich trug und dass er auf Hilfe angewiesen war, wenn die Reaktion so heftig war wie jetzt.

Seine Gesichtshaut schien zu schrumpfen. Die Lippen waren bläulich. Auf seinen Händen nahm sie große weiße Blasen wahr. Er schwitzte und presste die Fingerspitzen gegen den Hals. Sein Körper war vornübergebeugt, seine Ellenbogen ruhten auf den Knien. In unregelmäßigen Abständen schien er die Kontrolle über sich zu verlieren, bis er schließlich zwischen Tisch und Sofa auf den Boden glitt, von Krämpfen geschüttelt. Sekunden später war der Kampf vorbei.

10

Das Paar am Nachbartisch war fast beim Dessert angelangt, als Sander bezahlte und sie aufstanden, um zu gehen. Er fühlte sich besser als vor dem Restaurantbesuch und war überzeugt, dass es am Alkohol lag. Und er hatte den Eindruck, dass Lisas Vertrauensbeweis, ihm von ihrer Kindheit zu erzählen, wichtig für ihr Verhältnis zueinander war. Er konnte sich lebhaft vorstellen, dass sie nicht jedem x-beliebigem von ihrem Vater erzählte. Dass sie mit ihm über ihn redete, ließ Sander sich auserwählt fühlen. Vielleicht weil er es gewohnt war, weil es Teil seines Jobs war, dass die Leute ihm ihre tiefsten Geheimnisse anvertrauten? Vielleicht gehörte nicht mehr als der Beginn einer potentiellen Freundschaft dazu, dass er anderen gegenüber auftaute? Dass jemand ihm als Erster vertraute.

Sie gingen schweigend den Markvei entlang. Die Uhr näherte sich halb zwölf, es war fast dunkel, und Lisa hatte sich bei ihm eingehakt. Sie hatte leicht geschwankt, als sie das Restaurant verlassen hatten, und nach seinem Arm gegriffen. Seitdem hatte sie ihn nicht mehr losgelassen.

Am Olav-Ryes-Platz saßen die Leute noch immer auf dem Rasen. Lisa blieb vor *Frau Hagen* stehen und hielt Sander an der Jacke fest.

»Zu *Frau Hagen*?«, fragte er. »Nicht in die *Boca Bar*?«

Er wusste, was er vorzog, und als er durch das Fenster auf die vielen Menschen blickte, die fast bis zur Tür standen, war er sich noch sicherer.

»Später«, sagte Lisa. »Nur auf ein Bier. Irgendein DJ legt hier auf.«

Sander gab nach und folgte Lisa in das Lokal. In dem engen

Raum musste es um die 30 Grad sein, und Lisa hatte recht. Ganz hinten vor den Toiletten stand der DJ des Abends mit riesigen Kopfhörern, geschlossenen Augen und einer Vinylplatte in der Hand. Aus den Lautsprechern drangen die Anfänge eines Donna-Summer-Hits und kurz darauf übertönten die Bässe von einem Sander völlig unbekannten Stück ihre Stimme.

Er drängte sich zwischen zwei Mädchen mit hochgeschlossenen Pullovern und Perlenketten hindurch, die an der Bar standen, und hatte sofort Blickkontakt mit dem Barkeeper. Als er eine Weinflasche und zwei Gläser aus der größten Enge hinausbalancierte, sah er, dass es Lisa gelungen war, zwei Plätze auf einem Sofa hinter der Eingangstür zu ergattern. Erst als er sich setzte und in die Polster sank, spürte er, wie müde er war. Das Essen lag ihm schwer im Magen und er wünschte, er hätte Fisch zum Hauptgericht gewählt und kein Lamm.

Lisa nickte noch immer Leuten zu, die sie kannte. Sander sah keine bekannten Gesichter. In dieser Entfernung zu den Lautsprechern war die Musik gut zu ertragen. Man konnte sich unterhalten, ohne mit dem Mund am Ohr seines Gesprächspartners kleben zu müssen. Lisa lehnte den Kopf an seine Schulter und lächelte. Sie hatte ihr Glas in einem Zug halb ausgetrunken. Sander überlegte, ob er ihr eine Flasche Mineralwasser holen sollte.

»Hast du wieder viele Patienten?«

Sander nickte.

»Ja«, sagte er und drehte den Kopf zu ihrem Ohr hin. »Es ist schön, wieder richtig zu arbeiten. Einerseits war das Jahr in Ski nicht schlecht – die Schüler und die Herausforderungen, die sie mit sich brachten –, doch andererseits glich es einem Leben in einem Vakuum. Irgendwie unwirklich. Wie damals, als meine

Eltern starben und das ganze Geld plötzlich mir gehörte. Ich weiß nicht, ob es gesund ist, so viel Geld zu erben. Anfangs fühlte es sich jedenfalls besser an als jetzt.«

»Hast du schon genug davon?«, fragte Lisa überrascht.

Sander wurde plötzlich klar, wie undankbar er sich anhören musste. »Ich hatte gedacht, dass es mehr verändern würde. Dass ich mich cooler und sicherer fühlen würde und dass die Frauen reihenweise vor meiner Tür Schlange ständen und so. Aber das, wonach ich mich wirklich sehne, ist für Geld wahrscheinlich nicht so leicht zu haben. Und wenn ich mir alles leisten kann, verliert auch alles seinen Reiz.«

Lisa sah ihn verwundert an.

»Hört sich das völlig krank an?«, fragte er. Er hatte Angst, dass sie ihn nicht verstehen würde. Er verstand es selbst kaum, und er hatte wirklich keinen Grund sich zu beklagen. Vor allem gegenüber Lisa nicht, die von ein paar hunderttausend Kronen im Jahr leben musste, mit Zulagen und Überstunden vielleicht ein bisschen mehr.

»Nein, eigentlich nicht«, antwortete sie. »Es ist wohl schöner, von Dingen zu träumen, die man sich nicht leisten kann, als alles kaufen zu können, was einem in den Sinn kommt. Das Wichtigste am Träumen geht dabei verloren, nicht?«

Er war überrascht, wie schnell sie auf den Punkt gebracht hatte, worüber er im letzten halben Jahr so oft nachgedacht hatte.

»Genau das meine ich«, sagte er. »Geld ist ein Wahnsinnsprivileg und eine Sicherheit, doch alle gehen davon aus, dass ich glücklich, gelassen und innerlich ausgeglichen bin, nur weil ich so verdammt viel Geld geerbt habe. Sie glauben, dass man das alles mit dem Geld mitgeliefert bekommt, und deshalb habe ich nicht das Recht, mich zu beklagen oder über solche Fragen überhaupt nachzudenken. Das ist eigentlich ungerecht.«

»Wenn du sagst, dass das Leben ungerecht ist, werden die meisten dir bestimmt recht geben«, lachte Lisa.

»Du verstehst mich«, sagte er. »Wir sollten heiraten.«

Er merkte, dass seine Worte durch den Alkohol langsam undeutlich klangen. »Du solltest die Hälfte bekommen.«

»No way. Ich liebe meine Träume; vielleicht werden sie ja eines Tages wahr. Also, vergiss es.«

Er wusste, dass sie ihn aufzog. Ihr Glas war leer, und er schenkte ihr nach. Auf dem Sofa hinten an der Wand saß ein Mädchen und starrte ihn an. Ihre Haare waren dunkel und sie trug sie offen. Sie umrahmten ein ovales Gesicht und als er zurückstarrte, wich ihr Blick nicht einen Millimeter. Schließlich wandte er die Augen ab.

»Aber zurück zu deinen Patienten«, fuhr Lisa fort. »Wie ist das mit dir und den jungen Mädchen?«

Sander war zu betrunken, um sich zu fragen, ob Lisas Frage harmlos war oder ob sie etwas damit bezweckte. »Ich glaube wohl, dass ich sie retten kann.«

»Ernsthaft?«

Er richtete sich auf, um einen klaren Kopf zu bekommen und ihr eine vernünftige Antwort zu geben, aber er schaffte es nicht.

»Ja, sicher, ernsthaft. Ich würde das nicht machen, wenn ich nicht überzeugt wäre, dass es ihnen gut tut, zu mir zu kommen. Aber …«

Lisa leerte erneut ihr Glas, und Sander wusste, dass er dieses Mal aus dem Schneider war.

Die *Boca Bar* erwies sich als schlechte Idee. Stattdessen bummelten sie bis zum Birkelund hoch, und Sander fragte sich, ob er Lisa nach Hause bringen sollte. Sie lehnte den Vorschlag entschieden ab und versuchte einer imaginären Linie zu folgen, um ihm zu beweisen, dass sie durchaus noch in der Lage war, die nächsten zweihundert Meter auf sich selbst aufzupassen. Er fing sie auf, als sie beinahe gefallen wäre, und rang ihr das Versprechen ab, auf direktem Weg nach Hause zu gehen.

Es war halb zwei. Er konnte die Sannergate hochgehen und hoffen, dass ein Taxi vorbeikam, oder zum *Cuba* hinunter und den Telhusbakke hoch Richtung St. Hanshaug/Bolteløkka. Er entschloss sich zu Letzterem und spürte, dass die Temperatur im Laufe der Stunden, die er mit Lisa bei *Frau Hagen* verbracht hatte, um mehrere Grad gefallen war. Die Jacke eng um sich gezogen, setzte er sich in Bewegung. Die frische Luft und die körperliche Aktivität ließen ihn wieder klarer denken.

Lisas letzte Frage ging ihm nicht aus dem Kopf. Natürlich wusste er, was es mit ihm und den jungen Mädchen auf sich hatte, denen er zu helfen versuchte; nicht erst als Psychologe, sondern schon lange bevor Titel und Ausbildung ihn dazu berechtigt hatten. Er wollte nur nicht daran denken.

Plötzlich fiel Sander ein, wer ihn von dem Sofa bei *Frau Hagen* aus angestarrt hatte: das Mädchen vom Nachbartisch aus dem Restaurant im Markvei. Und er wäre jede Wette eingegangen, dass er genau dieses Gesicht in den letzten Monaten häufig neben einer Verfasserangabe im *Dagbladet* gesehen hatte.

11

Ester trank ihren Tee mit Milch im Wintergarten. Vor ihr auf dem Tisch lag unangerührt die Sonntagsausgabe der *Aftenposten*. Es war kurz nach neun, und Daniel lag noch immer im Bett. Sie bezweifelte, dass er schlief.

Das alte Porzellan klirrte jedes Mal leise, wenn sie die Tasse auf die Untertasse zurückstellte. Selbst so viele Jahre nach der ersten Begegnung mit Daniel und seiner Großmutter hatte sie immer noch Angst, etwas zu zerbrechen.

Der bittere, scharfe Geschmack des Tees, der von der Milch gemildert wurde, erinnerte sie an Thailand. Sie hatte die Aussicht im Solvei immer vermisst – die Stille am Abend und die Vögel, die jedes Jahr zurückkehrten –, ungeachtet dessen, wo sie und Daniel stationiert gewesen waren, doch in Bangkok hatte sie zum ersten Mal eine Ruhe gefunden, wie sie sie noch nirgendwo anders erlebt hatte.

»Es ist schon ein Paradox«, hatte Daniel gesagt, »dass du hier in diesem Chaos aus Menschen und Autos, Dreck und Abgasen hoch oben in einem Hochhaus Frieden finden kannst, wo dir das in dem prachtvollen Garten in Lima oder in der Residenz in Nairobi mit all ihren Zimmern und dem riesigen Balkon nicht möglich war. Ganz zu schweigen von dem Klub in Kairo. Du bist schon seltsam, Ester«, hatte Daniel Melby, ihr Botschafter, gesagt und sie in den Arm genommen und festgehalten.

»Aber du liebst mich trotzdem?«, hatte sie gespaßt. Er hatte ihr nicht geantwortet. Sie nur fester an sich gezogen.

Auf dem Fjord waren mehrere Boote unterwegs und plötzlich dachte sie an das *Reiseradio*. Das hatte sie auch vermisst, doch seit es überall Internet gab, konnte sie das Programm auf dem PC hören. Die Saison hatte noch nicht wieder angefangen, und sie fragte sich, wer dieses Jahr Moderator werden würde. Berulfsen zählte zu ihren Favoriten. Nie war mehr Sommer als in den Augenblicken, wenn er die Wassertemperatur in Hamresand vorlas und Louis Armstrongs *What a beautiful world* auflegte, ungeachtet, was in der Welt gerade passierte.

Sie hatte es genau in dem Augenblick gespürt, als sie unmittelbar vor Einsetzen der Dunkelheit spätabends gelandet waren. Nichts würde mehr wie vorher sein. Ein Fluch schien auf dem Ort zu lasten. Die Stimmung war elektrisch aufgeladen. Die Flugplatzangestellten tuschelten miteinander und sahen in eine andere Richtung. Überall saßen Touristen, die mit den ersten Bussen oder mit dem Auto nach Bangkok gekommen waren.

Die Ruhe vor dem Sturm, hatte sie gedacht. Dann brach die Hölle los.

Die Botschaft lag in der 18. Etage, und Daniel verschwand in seinem Büro, sobald sie aus dem Aufzug getreten waren. Sie kam sich überflüssig vor. Zehn Botschaftsangestellte waren im Lauf des Tages eingetroffen, und alle liefen konfus durch die Gegend, nahmen Anrufe entgegen, versuchten auf Festnetz oder Handy nach draußen zu telefonieren, redeten miteinander oder mit sich selbst, während ein Gefühl der Panik sich wie ein Teppich über alles legte.

Nach einer Weile versammelten sie sich im Konferenzraum, eine bunte Mischung aus einheimischen Angestellten, in Thailand stationierten Norwegern, Ehepartnern und einigen Anwohnern, die im Laufe des Tages gekommen waren und ihre Hilfe angeboten hatten.

»Wer macht Telefondienst?«, fragte Silje, eine der Sekretärinnen, als alle Platz genommen hatten und Daniel gerade anfangen wollte.

»Der Anrufbeantworter ist eingeschaltet, bis wir hier fertig sind«, sagte er. Ester dachte an die Menschen, die während der Besprechung anriefen und damit abgefertigt wurden, dass die Bürozeit von 11 bis 13 Uhr war, und ob sie vielleicht mit dem Gedanken spielten, in Thailand zu heiraten.

Auf sie wirkte Daniel jetzt schon erschöpft. Während er sprach, kamen die Worte leise, aber deutlich, als wollte er niemanden unnötig erschrecken. Was er zu sagen hatte, war erschreckend genug.

Die Welle hatte um halb elf die Südwestküste überrollt und Takuapa im Norden heimgesucht, war der Küste hinunter nach Phuket gefolgt und hatte PhiPhi und mehrere andere Inseln fast völlig verwüstet. Unmittelbar vor der Katastrophe hatte das Meer sich zurückgezogen, und die Leute waren zum Strand gelaufen, um die Fische zu fotografieren, die zappelnd dort lagen, und das Ufer, das plötzlich nicht mehr da war.

Die erste Welle war zehn Meter hoch. Sie hatte sich auf dem Meeresboden viele Kilometer Richtung Land gegraben und war voller Sand, Steine und Korallen, von denen die Unglücklichsten zermalmt wurden. Andere hatten Glück und kamen mit Schrammen und anderen kleineren Verletzungen davon. Diejenigen, denen es gelungen war, sich auf das Hoteldach oder an einen höher gelegenen Ort zu retten, wurden zu hilflosen Zeugen des Geschehens.

»Kinder wurden ihren Eltern aus den Händen gerissen«, sagte Daniel, »sie waren plötzlich weg. Hunderte von Menschen, vielleicht Tausende; die Welle hat SriLanka heimgesucht, Indonesien und …«

Er hielt inne und blätterte in seinen Notizen, die er sich während der Telefonate gemacht hatte. Ester kannte den Trick und wusste, dass er die Sekunden darauf verwandte, sich zu sammeln, sich vorzubereiten und zu denken.

Die zweite Welle riss die mit, die die erste überlebt hatten. Die dritte war kleiner, traf jedoch auf keinen Widerstand. Und als das Wasser, das das Land mehrere Kilometer weit überschwemmt hatte, in ebenso hohem Tempo zurückkam, war die Katastrophe total.

»Heute Abend schicken wir zwei Leute nach Phuket«, fuhr Daniel fort. »Wir schalten die Telefone frei und registrieren die Vermissten. Tore stellt gleich eine Datenbank zusammen, die wir anstelle der Excel-Tabellen nutzen können. Die Leute kommen mit Zug und Bus nach Bangkok; jemand muss sie in Empfang nehmen. Wir müssen Leute auf dem Flugplatz haben. Dahin kommen die Katastrophenopfer, und die meisten haben weder Pässe noch Geld. Da müssen wir vor Ort sein.«

Er verteilte die Aufgaben und wusste, dass sie zu wenige waren. Dann ging er zurück in sein Büro und machte sich an die zu erledigenden Anrufe. Zuerst auf Festnetz, dann auf Handy, bis das Netz zusammenbrach. Sie brauchten Leute, und sie brauchten Hilfe, und beides lag in seiner Verantwortung.

Ester nahm die hereinkommenden Anrufe entgegen, und im Nachhinein wurden die nächsten Tage zu einem einzigen Marathon, wo ein Gespräch in das nächste überging und das Gefühl mangelnder Kontrolle das Herz kontinuierlich schneller schlagen ließ.

Als sie aufstand, um eine Pause zu machen, war es Morgen geworden, und der Wachdienst hatte die ersten eingetroffenen Überlebenden hereingelassen. Für einige machte sie Kaffee, mit anderen sprach sie und sah für sie in den Listen nach, wenn sie gefragt wurde, ob sie etwas wisse, und um wieder andere, die nicht hier hätten sitzen, sondern zur Behandlung in einem Krankenhaus sein oder mit einem Psychologen hätten reden sollen, sorgte sie sich.

Später wurden die Leute zur Seemannskirche weitergeschickt. Daniel flog mit ein paar anderen Botschaftsangestellten nach Phuket, während Ester weiter in der Botschaft arbeitete. In vier Tagen hatte sie sieben Stunden geschlafen. Am Nachmittag traf weiteres Personal aus Norwegen ein, und eine der Krankenschwestern schickte Silje, Ester und drei der anderen sofort nach Hause, um zu schlafen.

»Ihr habt genug getan«, sagte sie. »Ihr müsst euch ausruhen.«

Ester hatte fünf Stunden geschlafen, bevor sie übermüdet und außerstande, wieder einzuschlafen, aufgewacht war. Sie hatte ein T-Shirt angezogen, war durch die Diele ins Wohnzimmer gegangen und hatte sich einen Gin ohne Tonic eingeschenkt. Es war Nacht, doch die Stadt war wach wie am Tag. Die Klänge von Sirenen, von einem Motorrad, das beschleunigte, und von den Flugzeugen, die unablässig landeten und starteten, erfüllten den Raum, bevor sie die Verandatür schloss. Sie schaffte es nicht, den Fernseher einzuschalten. Daniel hatte nicht angerufen. Sie ging davon aus, dass das Netz noch immer überlastet war und in regelmäßigen Abständen zusammenbrach. Sie rechnete nicht damit, etwas von ihm zu hören, bis er wieder in der Botschaft war.

Nichts würde mehr wie vorher sein, und sie vermisste ihr früheres Leben schon jetzt.

Sie erinnerte sich an ihre Rückkehr nach Oslo, an den Leitenden Ministerialdirektor, der sie mit gesenktem Blick in Gardermoen empfangen hatte, von wo aus sie mit dem Taxi ins Außenministerium gefahren waren. Sie hatte ihm die Hand gegeben, ihre Finger um seine klamme Hand mit den Wurstfingern geschlossen und gedacht, dass sie ihnen das nicht antun konnten. Nicht nach allem, was geschehen war, nicht nach allem, was sie durchgemacht hatten; nach den durchwachten Nächten, der Verzweiflung, der Erschöpfung, der falschen Berichterstattung durch die Medien. Einen Augenblick lang hatte sie geglaubt, dass sie alle an einem Strang zögen, sie, Daniel und all die anderen. Und während sie so dastand, die Hand des Leitenden Ministerialdirektors in ihrer, und er ihrem Blick auswich, begriff sie, dass sie alleine waren. Sie und Daniel gegen den Rest der Welt, genau wie vor der Katastrophe.

Daniel war weiterhin wie üblich zur Arbeit gegangen. An den ersten Tagen verließ er das Haus um kurz nach sieben, küsste sie zum Abschied und versuchte einen gleichgültigen Eindruck zu machen. Sie wusste es besser. Abends saß er reglos vor dem Fernseher. Wenn er nicht schlafen konnte, legte er die DVD ein, auf der irgendjemand aus dem Ministerium die norwegischen und die internationalen Nachrichtensendungen zusammengeschnitten hatte. »Um euch auf den neuesten Stand zu bringen, bevor ihr den Medien gegenübertretet«, hatte der junge Mann aus der Presseabteilung gesagt. Sie hätten ihm ebenso gut ein Messer oder einen Strick geben können, um sich aufzuhängen.

Am dritten Tag hatte sie ihn im Wintergarten gefunden, an derselben Stelle, wo sie jetzt saß, im Anzug und mit der Aktenmappe auf dem Stuhl neben sich. Als sie ihn angesprochen hatte, hatte er nicht geantwortet.

12

Als Sander nach Hause gekommen war, hatte er mehrere Minuten im Badezimmer vor dem Spiegel gestanden, bevor ihm eingefallen war, warum ein kleines Arsenal von Tabletten neben der Zahnbürste lag. Ihm war schwindelig gewesen und er hatte sich an der Kante des Waschbeckens festhalten müssen, während eine lange Reihe von Freitag- und Samstagabenden aus seiner Jugend vor seinem inneren Auge vorbeigezogen war. Dann hatte er sich ein Glas Wasser eingegossen, die Kopfschmerz- und Allergietabletten geschluckt und noch zwei weitere Gläser Wasser getrunken.

Die Uhr des Handys zeigte elf. Er hatte unruhig geschlafen. Eine Autoalarmanlage in der Nachbarschaft hatte ihn geweckt. Die Bettdecke war im Bezug ganz nach unten gerutscht, und der weiße Baumwollstoff klebte wie Plastikfolie an seiner Haut. Ein paar Kinder spielten in einem der Hinterhöfe, und das Licht, das sich durch die dicken Gardinen hereinstahl, ließ ihn überlegen, wo er eigentlich seine Sonnenbrille gelassen hatte.

Er stand auf, ging ins Bad und duschte einige Minuten kalt. Anschließend fühlte er sich gut, sehr viel besser als nach dem Whisky-Gelage mit Lisa. In seinem Hinterkopf nahm eine Idee Form an. Ein Gedanke, der ihm letzte Nacht auf dem Heimweg gekommen war und den er vergessen hatte, noch bevor er im Bett lag. Doch jetzt tauchte er langsam wieder auf.

In der Küche schüttete er Müsli in eine Schale, gab ein paar Rosinen hinzu und schnitt eine Banane klein. Die eine Hälfte aß er sofort, den Rest verteilte er über dem Getreide und den Trockenfrüchten.

Die Schale in der einen Hand, einen Espresso in der anderen, ging er ins Büro und schaltete den Computer ein. Eigentlich verstand er nicht, warum er ihn überhaupt ausschaltete, doch irgendwie war es ihm lieber, der PC war nicht an, wenn er ihn nicht brauchte. Ständig stand dies oder das über Internetpiraten in der Zeitung, die sich fremder Computer bemächtigten und sie zur Verbreitung von Musik bis hin zur Lagerung von Pornos nutzten, ohne dass die Besitzer eine Ahnung davon hatten.

Sander sah sich selten das Vormittagsprogramm im Fernsehen an, doch manchmal, wenn er morgens keine Patienten hatte, ließ er den Fernseher im Hintergrund laufen, während er Artikel oder Bücher las oder auf E-Mails antwortete. Vor einigen Monaten hatte er eine Sendung gesehen, die Eindruck auf ihn gemacht hatte. Bei weiterem Nachdenken kam er zu dem Schluss, dass er sich wegen des Mädchens daran erinnerte, um das sich die Reportage gedreht hatte. Sie war überdurchschnittlich schön gewesen, aber offenbar waren auch ein paar Fakten hängen geblieben.

Er gab bei Google Seilmacher ein und hatte sieben Treffer. Einer davon war die Fernsehsendung. Die richtige Bezeichnung für diesen Beruf lautete Seiler, und in Norwegen gab es nur zwei. Beide arbeiteten in einem Wartungscenter für Wasserfahrzeuge in Norheimsund, aber nur eine stammte aus Oppegård. Als er im Online-Telefonbuch nach Ina Økland suchte, fand er eine Handynummer und eine Adresse in Kolbotn.

Sander fuhr über Ekeberg und Prinsdal, um den Verkehr auf der Autobahn zu umgehen. Die meisten waren bestimmt schon auf den Beinen, lagen an einem Badestrand oder saßen im Zentrum in einem Café, und er konnte gut auf das Parkchaos am Mossevei an einem sonnigen Tag bei 23 Grad Luft- und 20 Grad Wassertemperatur verzichten.

Der Autoatlass lag aufgeschlagen auf dem Beifahrersitz, aber er wusste in etwa, wie er fahren musste. Kolbotn war ein Ort in der Gemeinde Oppegård, mit einem Bahnhof, einer Reihe von Betonbauten im sogenannten Zentrum und großen Villenvierteln an der Peripherie. Ina Økland verbrachte die Pfingstferien bei ihren Eltern, und obwohl Sander nicht viel verraten hatte, hatte sie eingewilligt, sich mit ihm zu treffen, um über Seile zu reden.

Das Haus lag inmitten eines Gartens, verborgen hinter einer Hecke und mehreren Apfelbäumen, die bestimmt schon lange dort gestanden hatten, bevor die jetzigen Besitzer eingezogen waren. Die Hauptstraße war ein gutes Stück entfernt, und die ganze Gegend wirkte wie tot in der sonntäglichen Stille und der zunehmenden Wärme. In einigen anderen Gärten sah er Nachbarn in Liegestühlen oder auf Handtüchern im Gras liegen. Sander bekam plötzlich Lust, an den Strand zu fahren. Es musste Jahre her sein, und eigentlich hasste er es zu baden, doch er konnte sich durchaus vorstellen, ein paar Stunden in der Menschenmenge alleine vor sich hin zu dösen.

Sie kam ihm in der Einfahrt entgegen, gab ihm die Hand und lächelte. Ihre Hände waren weich. Aus irgendeinem Grund hatte er raue Handwerkerhände mit lederartiger Haut und vielen Schnittwunden erwartet, doch wenig an Ina Økland erinnerte an einen grobschlächtigen Handwerker. Sie war dünn, fast mager, und hatte lange, zu einem tiefen Pferdeschwanz gebundene Haare. Einige Locken waren herausgerutscht und hingen ihr ins Gesicht, das ungeschminkt war, aber leicht gerötet nach einem Vormittag in der Sonne. Offenbar hatte sie das blaue Top mit den Spaghettiträgern schnell über den Bikini gezogen, und Sander war sicher, dass die kurze Hose ein passendes Unterteil verbarg.

»Ein Psychologe, der sich für Seile interessiert, das hört sich schaurig an.«

Sie zeigte auf eine Sitzgruppe vor einem kleinen Haus. Auf dem Tisch standen zwei Tassen und eine Thermoskanne. Ina Økland goss Sander ein, ohne ihn vorher zu fragen.

»Sie trinken Kaffee?«, sagte sie, als sie ihm die Tasse reichte. Er nickte und merkte, dass ihre Art ihm gefiel.

»Was finden Sie daran schaurig?«, sagte er und nahm auf dem Gartenstuhl Platz. Das Kissen war warm, er spürte die Wärme durch den Stoff seines weißen Hemds.

»Vielleicht irre ich mich ja, aber Seile braucht man, um sich umzubringen. Oder um Leute zu fesseln, damit sie sich nicht selber schaden.«

»Ja, natürlich, wenn Sie in diesen Bahnen denken.«

Ihm wurde klar, dass das Telefongespräch vor einer guten Stunde ihre Fantasie beflügelt haben musste. »Es geht nicht um einen Selbstmord – jedenfalls nimmt die Polizei das nicht an –, sondern um Mord.«

»Ist das Opfer erdrosselt worden?«

Sie sah ihn neugierig an. Das Thema ängstigte sie offenbar nicht.

Sander erzählte, was er erzählen konnte, ohne den Botschafter, das Außenministerium oder andere Dinge zu erwähnen, die er nur von Lisa wissen konnte. Dann nahm er zwei Fotos aus einem Briefumschlag und legte sie vor Ina Økland auf den Tisch. Das eine zeigte eine Nahaufnahme des Knotens, das andere einen Ausschnitt des Seils, das um Karstein Oldeides Hals lag.

»Die fragliche Person ist tot?«, sagte Ina Økland.

»Ja.«

»Ein Mann oder eine Frau?«

»Ist das wichtig?«

Sander sträubte sich, mehr zu sagen, als er unbedingt musste. Er war sich völlig darüber im Klaren, dass er auf eigene Faust handelte, und weder William noch Lisa würden besonders erfreut sein, wenn herauskäme, dass er Informationen preisgegeben hatte.

»Ich bin nur neugierig«, antwortete sie.

»Ein Mann«, sagte Sander.

»Und Sie interessieren sich für das Seil?«

»Jepp. Und für den Knoten.«

»Was das Seil angeht, kann ich Ihnen helfen, jedenfalls ein wenig. Aber von Knoten verstehe ich nicht besonders viel.«

Sie hob den Blick und studierte den Knoten fast eine Minute lang.

»Aber …«

»Ja?«, sagte Sander.

Ina Økland lachte plötzlich. »Als Mann müssten Sie diesen Knoten eigentlich kennen.«

»Als Mann? Ist das ein typischer Männerknoten?«

Sander musste lachen. Sie hatte ein ansteckendes Lachen. Er mochte sie.

»Okay, vielleicht ist es nicht so leicht zu erkennen, weil der Knoten so stramm sitzt, dass er die Form verloren hat, aber das ist ein ganz gewöhnlicher Krawattenknoten, die einfache Variante.«

»Ein Krawattenknoten? Sieht der so aus?«

»Der sieht so aus, wenn er sehr stramm gezogen wird. Ich habe ihn allerdings erkannt, weil er oft auch beim Segeln gebraucht wird. Auf Englisch heißt er Buntline Hitch. Früher benutzte man ihn, um die Unterseite eines vierkantigen Segels zu vertäuen. Heutzutage verwendet man ihn hauptsächlich, um Boote an einem Poller festzumachen, einfach weil er so stramm sitzt. Wenn er sich richtig festgezogen hat, bekommt man ihn kaum mehr auf.«

»Das heißt, dass man bestimmt keinen Buntline Hitch nimmt, wenn der Knoten leicht wieder aufgehen soll?«

»Richtig.«

Sie schien sich sicher, doch Sander war noch nicht überzeugt.

»Ein Krawattenknoten? Ich kann das irgendwie nicht richtig nachvollziehen, dass ein Krawattenknoten nicht leicht wieder aufgehen soll. Trifft nicht eher das Gegenteil zu? Ein Krawattenknoten lässt sich doch ganz einfach durch Ziehen lösen.«

»Stimmt, aber jeder, der einmal eine Krawatte gebunden hat, weiß, dass der Knoten verdammt stramm sitzt, wenn er sich verdreht hat. Und wenn das Seil elastisch ist wie dieses, wird jede Bewegung und jeder Versuch, ihn aufzusprengen, ihn nur noch strammer ziehen.«

Ina Økland stand auf und ging in den kleinen Schuppen. Als sie zurückkam, hielt sie ein Seil in der Hand.

»Strecken Sie die Hand aus.«

Sander tat, was sie gesagt hatte. Kurz darauf hatte sie mit schnellen, routinierten Bewegungen einen Knoten um sein Handgelenk gebunden.

»Versuchen Sie, ihn aufzubekommen.«

Es war unmöglich. Der Knoten saß wie ein kleiner Klumpen dicht auf der Haut, und jedes Mal, wenn er zog, war es noch schwerer zu erkennen, wo die beiden Seilenden ineinander übergingen.

»Geben Sie mir jetzt recht?«

Sie war eifrig wie ein kleines Kind, das mit seiner Behauptung recht gehabt hat und gelobt werden will.

»Ich glaube Ihnen«, sagte Sander und streckte ihr die Hand hin. »Helfen Sie mir.«

Ihre Finger bearbeiteten das Seil, bis der Knoten sich löste. Sander spürte das Blut zurück in die Hand strömen. Seine Finger waren ganz weiß.

»Oh je«, sagte Ina Økland und massierte sein Handgelenk, nachdem sie das Seil aufgerollt hatte. »Ich wollte nicht so fest ziehen.«

»Es geht schon. Ich habe begriffen, was Sie meinen. Aber ist es nicht sonderbar, dass jemand sich gerade für diesen Knoten entscheidet, um einen Menschen umzubringen, wenn er gewöhnlich nur da gebraucht wird, wo er sich leicht wieder lösen lässt? Ich wäre bestimmt nicht so schnell darauf gekommen.«

»Ja und nein. Ich hätte auch nicht gleich an den Buntline Hitch gedacht, aber Sie brauchen schließlich nicht lange im Internet zu suchen, um zu sehen, dass ein guter altmodischer Krawattenknoten auch noch andere Eigenschaften hat. Und nicht wenige Frauen binden ihrem Geliebten oder Ehemann die Krawatte. Vielleicht hat die Frau, die Sie suchen, ja festgestellt, dass dieser Knoten sich auch anderweitig einsetzen lässt. Einfach und zuverlässig.«

Sander beschloss, den Nachmittag vor dem Computer zu verbringen. Wenn der Täter oder höchstwahrscheinlich die Täterin im Internet auf den Knoten gestoßen war, konnte er das auch. Und vielleicht erzählten die Treffer etwas über die Person, nach der sie suchten.

»Aber das Seil?«, fragte er. »Das ist doch Ihr Fachgebiet.«

»Zu dem Seil etwas zu sagen ist viel schwieriger als zu dem Knoten«, antwortete Ina Økland und griff nach dem anderen Foto, das Sander mitgebracht hatte. »Das ist Meterware, wie sie in Tausenden von Seilereien auf der ganzen Welt hergestellt wird. Die Rohstoffe sind immer die Gleichen; die Zusammensetzung kann variieren, je nachdem welche Eigenschaften das Seil haben soll, aber durch alleiniges Ansehen zu erkennen, woher das Seil kommt, ist völlig unmöglich.«

Sander wusste nicht, wo er anfangen sollte.

»Rohstoffe? Seile? Zusammensetzung?«

»Okay, eigentlich ist es ganz einfach. Das Seil ist aus Plastik, höchstwahrscheinlich aus Polypropylen. Abhängig von der Qualität, die das Seil einmal haben soll, mischt man das mit anderen Plastikarten, zum Beispiel mit Polyethylen.«

»Und?«

»Der Rohstoff wird in Form von Plastikklumpen oder Tabletten an die Fabriken geliefert. Dann wird er geschmolzen und gemischt und zu papierdünnen Teilen ausgewalzt. Die werden in schmale Streifen geschnitten und zu Garn gedreht. Der Garnfaden wird dann zu sogenannten Kardeelen gedreht, und oft werden drei solcher Kardeele zu einem Seil zusammengenommen. Das macht man in einer Seilerei – einem Fabrikgebäude, das oft mehrere hundert Meter lang ist, entsprechend der Taulängen, die die Fabrik produziert.«

»Und das Endprodukt Seil ist sozusagen identisch, egal wo auf der Welt es hergestellt wird?«

Sander hörte selbst, wie pessimistisch er klang.

»Ich fürchte, ja. Das ist eine Industrie, und die Produktion ist vollkommen standardisiert. Plastik ist billig, sodass diese Art Tau in vielen Teilen der Welt hergestellt wird, auch in den armen Ländern, wo es oft völlig unmöglich ist, die Spur zum Produzenten zurückzuverfolgen, egal, wie intensiv Sie es versuchen.«

Eigentlich war er nicht überrascht, obwohl er sich von dieser Spur mehr erhofft hatte. Er hatte kaum eine andere Wahl, als auf den Bericht der Technik zu warten und zu hoffen, dass sie in dem Tau Pollen oder andere Naturstoffe fanden, die eine Auskunft über seine Herkunft gaben. Abgesehen davon, was er eventuell im Internet über den Knoten herausfinden würde, ließ sich aus der Seil-Spur nicht mehr herausholen.

Als Sander zu Boden sah, stellte er fest, dass Ina Økland noch immer seine Hand hielt. Im gleichen Augenblick errötete sie, ließ die Hand los und rutschte auf dem Stuhl nach hinten.

»Danke«, sagte er und spreizte die Finger.

Sie griff nach der Thermoskanne, goss Kaffee nach und reichte Sander die Tasse. Dann zog sie die Beine unter sich auf den Stuhl.

13

Thomas Wallin roch nach Mann. Eine angenehme Mischung aus Schweiß und Aftershave, Weichspüler und Bettzeug, das an der Luft getrocknet war. Sein Körper war fest, aber nicht muskulös und strahlte mehr Eleganz als Stärke aus. Sein Haar war kurz geschnitten, seine Brust flach, ohne Anzeichen von Haarwuchs, und seine Nägel waren gepflegt.

Lisa hob die Bettdecke an und blinzelte in die Dunkelheit darunter. Sie runzelte die Augenbrauen.

»Bist du …?«

Er antwortete nicht. Lisa war vor ihm aufgewacht und hatte fast eine Stunde neben ihm gelegen, ohne sich zu bewegen. Systematisch war sie den Vorabend durchgegangen: das Abendessen mit Sander, die Stunden bei *Frau Hagen*, der Spaziergang durch den Birkelund, ihr Geradegehmanöver die Schleppegrellsgate hinunter und ihr Entschluss, nicht nach Hause zu gehen. So weit kein Blackout.

Sie war weiter Richtung Rodeløkka zur Fjellgate gelaufen, hatte an der hintersten Tür des Blocks geklingelt und war die acht Treppen in die vierte Etage hochgestiegen.

Sie erinnerte sich an Thomas' Lächeln, als sie über die Schwelle gestolpert war, ein »nice to know you« gemurmelt hatte und von zwei starken Armen aufgefangen worden war. Er hatte ihr bis ins Schlafzimmer geholfen, sie ausgezogen und kopfüber auf die weiche Matratze fallen lassen.

Lisa zog die Bettdecke zurecht. Nachdem sie festgestellt hatte, dass sie nicht zu Hause war, dass sie keinen Blackout gehabt hatte, sondern mit der Situation relativ zufrieden war, konzentrierte sie sich jetzt auf ihre Körper. Zuerst auf ihren eigenen, Körperteil für Körperteil, bis sie beim Kopf angelangt war; sie hob ihn vorsichtig und stellte erleichtert fest, dass der Schmerz auszuhalten war. Sie hatte einen Kater, doch der hielt sich in Grenzen.

Dann auf seinen. Bevor er die Augen öffnen konnte, richtete sie sich auf und biss ihn vorsichtig ins Ohrläppchen. Langsam ließ sie ihre Hand unter der Decke über seinen Bauch nach unten wandern, um eine Bestätigung dessen zu finden, was sie vor einigen Sekunden zu sehen geglaubt hatte. Sie hatte richtig gesehen.

»Danke für gestern.«

»Nichts zu danken«, murmelte er, noch immer im Halbschlaf.

»Ich weiß«, sagte sie. Wahrscheinlich war sie eingeschlafen, noch bevor er sie hatte zudecken können.

Lisa drehte sich um und setzte sich rittlings auf Thomas Wallin. Er öffnete die Augen.

»Das lässt sich ändern«, neckte sie ihn und ließ sich mit dem Oberkörper auf ihn fallen, während sie sich mit den Händen neben seinem Kopf abstützte.

Er richtete sich leicht auf und küsste sie. Lisa sank auf den glatten Brustkasten und spürte seine Hände auf Rücken und Po.

»Richtig«, sagte er, das Gesicht halb in ihrer Halsgrube vergraben. Sie hörte, dass er grinste.

Später blieb sie liegen, während Thomas aufstand, um in die Küche zu gehen und Frühstück zu machen.

»Erst Kaffee«, hatte sie ihm hinterhergerufen und im selben Augenblick gedacht, dass Wasser wohl besser wäre. Sie streckte die Hand aus und suchte neben dem Bett, bis sie die Flasche in der Hand hielt, an die sie sich vom Vortag her erinnerte. Es beunruhigte sie flüchtig, dass sie zwei Tage hintereinander bei Thomas Wallin war, doch sie beschwichtigte sich damit, dass sie nicht in ihn verliebt war. Das wäre zu viel auf einmal. Er war interessant, sowohl im Internet als auch im wirklichen Leben, sie hatte einen Orgasmus bekommen, ohne dass sie selbst hatte nachhelfen müssen – was bei keinem anderen der Fall gewesen war –, und er roch gut. Das musste reichen.

»Was hast du vor?«, fragte sie, als er zurückkam, um zu hören, ob sie im Bett frühstücken wollte. Sie ging lieber mit ihm in die Küche.

Die Wohnung lag am Ende der Fjellgate, die Gøteborggate führte hinten am Haus vorbei. Früher musste es eine gewöhnliche Mietswohnung gewesen sein – den Flur hinunter wohnten ganz normale Menschen wie sie selbst –, doch Thomas hatte sie auf eine Art und Weise renoviert, die sie an Sander denken ließ. Nicht so streng und steif und unpersönlich, wie Sanders Umgebung manchmal auf sie wirkte, aber mindestens ebenso durchgestylt und schön.

Sie setzte sich auf einen Stuhl, von dem aus sie hinaussehen konnte. Thomas hatte Brötchen aufgebacken, Obst geschnitten, Eier gekocht und Kaffee gemacht. Draußen war Sommer. Lisa spürte die Wärme von der offenen Terrassentür her. Plötzlich empfand sie so etwas wie Glück. Glück war vielleicht etwas übertrieben. Glücklich sein fiel in die gleiche Kategorie wie verliebt sein oder zu meinen, jemanden zu lieben, und alle drei Varianten waren ebenso verlockend wie erschreckend, wenn sie daran dachte, was sie beinhalteten. Aber es ging ihr gut, daran bestand kein Zweifel, und sie wollte dieses Gefühl nicht zerstören, indem sie lange darüber nachgrübelte, was sie eigentlich fühlte.

Stattdessen streckte sie die Hand nach dem Kaffee aus und goss sich erneut ein. Thomas stand in Boxershorts und einem blauen Hemd mit dem Rücken zu ihr und teilte die Brötchen auf.

»Ich bin Fotograf«, sagte er.

Lisa sah sich um. Das erklärte einiges.

»Reklame und Models und so?«, fragte sie.

»Nicht wirklich. Ich arbeite als Freelancer, hauptsächlich im Ausland. Da, wo was passiert.«

»Und wo passiert was?«

»Überall und immer. Auf dem Balkan, im Nahen Osten, in Asien, in Lateinamerika, überall passiert was. Die letzten Jahre habe ich viel in Konfliktgebieten gearbeitet, und allmählich wollen die Kunden mehr von meiner Arbeit, deshalb fotografiere ich meistens Krieg, Katastrophen und Unfälle.«

»Wie deprimierend.«

»Ja und nein. Ich hoffe, dass ich den Leuten, die sonntagmorgens in ihren sicheren Häusern sitzen und mit einem super Frühstück, einer schönen Aussicht und der strahlenden Sonne verwöhnt werden, etwas vermitteln kann.«

Er lachte. Er machte nicht den Eindruck, als hätte er von seinem Job Schaden genommen. Vielleicht schaffte er es gerade deshalb, dachte Lisa, weil er locker war. Sie kaute auf einem Brötchen mit Apfelsinenmarmelade herum. Der Geschmack erinnerte sie an ihre Großmutter, die immer ein Glas bittere Orangenmarmelade im Kühlschrank gehabt hatte.

»Wer kauft deine Fotos?«

»Ich arbeite mit einem Büro in New York zusammen. Ich schicke meine Fotos dorthin, und sie verkaufen sie weiter.«

»Sieht ganz so aus, als liefe das gut? Finanziell, meine ich.«

Sie sah sich um. Die Wohnung machte keinen billigen Eindruck. Er verstand, worauf sie anspielte.

»Das meiste habe ich selbst gemacht, aber finanziell geht es mir auch nicht schlecht. Ich war jetzt ein halbes Jahr nicht mehr draußen, um zu arbeiten. Das Netzwerk in Norwegen ist nicht so groß, ich muss also bald wieder raus in die weite Welt.«

»Hast du ein halbes Jahr frei gemacht?«

Für Lisa war der Gedanke die reinste Utopie. Sie war sich nicht einmal sicher, ob sie sich sechs freie Monate überhaupt vorstellen konnte.

»In gewisser Weise, ja. Krankgemeldet trifft es vielleicht besser.«

»Weswegen?«

Thomas Wallin stand auf und ging in das Zimmer, das er als Büro nutzte. Nach einigen Minuten kam er mit einem Laptop zurück, den er vor Lisa auf den Tisch stellte. Auf dem Bildschirm sah sie drei Personen, zwei Mädchen mit Thomas in der Mitte. Die Mädchen waren jünger als er, und er hielt sie um die Taillen gefasst. Plötzlich fühlte sie so etwas wie Eifersucht. Im nächsten Moment war das Gefühl fort. Sie sah ihn an.

»Das sind meine Schwestern«, sagte Thomas unaufgefordert. »Am zweiten Weihnachtstag letztes Jahr.«

Lisa dachte nach, ihr Gehirn schien auf Arbeit umzuschalten.

»Das ist zumindest nicht in Norwegen«, stellte sie fest.

»Unsere Eltern sind tot, wir müssen also nicht traditionell feiern.«

»Wie alt sind deine Schwestern?«

»26 und 29. Auf dem Foto sind wir in Thailand, in Phuket. Wir hatten im Hotel gefrühstückt. Dann sind wir zum Strand hinuntergegangen und haben einen der anderen Norweger gebeten, ein Foto von uns zu machen.«

Lisa war plötzlich klar, wovon er sprach. Es lief ihr kalt den Rücken hinunter.

»Der Tsunami?«, fragte sie.

»Jepp. Wenige Minuten später zog das Wasser sich zurück und gleich darauf sahen wir die Welle heranrollen.«

»Oh, Gott. Und deine Schwestern …?«

»Nein. Glücklicherweise nicht. Wir sind um unser Leben gerannt, und das früh genug, sodass wir uns nach oben retten konnten, bevor die Welle da war. Wir sind tatsächlich alle mit dem Leben davongekommen. Aber die Freundin meiner jüngsten Schwester musste ihr Kind tragen. Sie haben es beide nicht geschafft.«

Die Stimmung hatte sich im Lauf von Sekunden verändert. Die Sonne und der Klang der spielenden Kinder draußen wirkten fehl am Platz.

»Hast du sie gut gekannt?«

»Ich nicht, aber für meine Schwester war es schwer. Ich denke, wir haben uns Vorwürfe gemacht, dass wir einfach gelaufen sind, ohne an jemand anderen als an uns selbst zu denken. Andererseits wären wir vermutlich alle tot, wären wir geblieben, um zu helfen. Es war absurd. Und wenn es um das eigene Leben geht, bist du nicht wirklich bereit, es für das eines anderen zu opfern.«

Lisa verstand gut, was er meinte.

»Der Tsunami gehört zum Schlimmsten, was ich je erlebt habe, und das sagt so einiges, aber ich bin ganz gut im Verarbeiten solcher Eindrücke. Ich bin zu Hause geblieben, um Anita und Stina zu helfen. Vor allem Anita hat es schwer mitgenommen, sie ist die Jüngste. Sie war krankgeschrieben und geht seit Februar zu einem Psychologen. Ihr Leben scheint irgendwie stehen geblieben zu sein, und ich habe mich entschlossen, mit ihr stehen zu bleiben.«

»Und die ältere? Stina?«

»Sie kommt zurecht. Sie ist vor allem wütend, aber sie vergräbt sich in ihrem Job und ist fast immer auf Reisen. Das ist wohl ihre Art der Therapie.«

Thomas schwieg. Lisa fragte sich, ob sie etwas sagen sollte.

»Ich denke, am schwierigsten zu verstehen, wirklich zu verstehen für die, die nicht dabei waren, sind die Tage nach der Welle«, fuhr Thomas fort. »All die Verletzten, die keine Hilfe bekommen haben, das Chaos, die nach ihren Kindern suchenden Eltern, die Kinder, die ihre Eltern verloren hatten und oft nur apathisch durch die Gegend liefen. Und die Leute von der Botschaft, das war absolut unglaublich, die waren mindestens ebenso kopflos wie wir.«

»Ihr habt keine Hilfe bekommen?«

»Sie haben getan, was sie konnten, aber es gab schließlich keinen Katastrophenplan. Informationen wurden auf Zettel geschrieben und mit Steinen auf einem Tisch beschwert. Einmal mussten die um den Tisch Herumstehenden helfen, die Zettel wieder aufzusammeln, weil ein Windstoß sie zu Boden geweht hatte. Und als der Botschafter eintraf und einige Tage später eine Informationsveranstaltung abgehalten hat, herrschte die reinste Lynchstimmung. Er hat das Ganze nicht besser gemacht. Er war total arrogant, wahrscheinlich wollte er damit seine eigene Frustration und Unsicherheit überspielen, doch das war wie Benzin auf ein Feuer zu gießen. Wären wir keine Norweger gewesen und hätte uns unsere Erziehung nicht zurückgehalten, wäre es verdammt schlecht um ihn bestellt gewesen.«

Thomas holte tief Luft und trank seinen Apfelsinensaft aus.

»Sorry, in der Regel lasse ich mich nicht so hinreißen. Aber es war schon seltsam, die Fotos wiederzusehen.«

Lisa gefiel, dass er sich geöffnet hatte, doch in dem Moment, als Thomas den Botschafter in Phuket erwähnt hatte, war sie mit ihren Gedanken sofort mitten in den Ermittlungen im Mordfall Karstein Oldeide gewesen. Sie hatte eine Idee, und es gab einiges, das sie und William morgen mit dem Leitenden Ministerialdirektor zu besprechen hatten.

14

Er hatte sich nicht überwinden können, Ina Økland zu fragen, ob sie ihn wiedersehen wollte. Das bereute er jetzt, als er durch den Tunnel von Ryen Richtung Stadt fuhr. Sie hatten noch fast eine halbe Stunde im Garten gesessen, nachdem das Dienstliche erledigt war. Sander hatte von seiner Praxis erzählt, von seinem Job in Ski und seiner Arbeit in Stockholm. Sie hatte ihm eine kurze Einführung in die Seilerei gegeben und ihn versprechen lassen, im Wartungscenter vorbeizuschauen, sollte er irgendwann in Norheimsund sein.

Jetzt hatte er das Gefühl, dass es dabei um etwas ganz anderes gegangen war. Sander wusste so gut wie Ina, dass er in naher Zukunft höchstwahrscheinlich nicht in die Nähe der vestländischen Stadt kommen würde, und demnach hatten sie beide um den heißen Brei herumgeredet.

»Idiot.«

Sander sprach laut vor sich hin. Er war wütend, dass er nahezu alles komplizierte. Wenn er Ina Økland wiedersehen wollte, konnte er sie anrufen. Wenn sie an ihm Interesse hatte, konnte sie ihn anrufen. Und wenn keiner von ihnen etwas unternahm, würden sie jeder ihr Leben in der seligen Ungewissheit weiterleben, was sie über einander hätten erfahren können. No big deal.

Auf dem Nachhauseweg fuhr er über Løkka und parkte in der Seilduksgate, um bei *Narvesen* Zeitungen zu kaufen. Fünf Leute standen vor dem Geldautomat Schlange. Ein junger Mann saß im Fenster und blätterte im *Morgenbladet*. Sander griff nach *VG* und *Dagbladet* und wollte gerade sehen, ob der *Guardian* schon eingetroffen war, als ein Gesicht auf einer der Zeitungen ihm bekannt vorkam. Das Foto war klein und einige Jahre alt, hatte eine geringe Auflösung und war offenbar von einer Homepage heruntergeladen worden, doch es war unschwer zu erkennen, wen es zeigte. Im selben Moment sprang ihm der Titel des Leitartikels in die Augen, der groß über die ganze Seite geschmiert war: »Botschaftertod kein Unfall?« Unter dem kleinen Bild stand: »Promi-Psychologe hilft Polizei«.

Sander hatte nicht die geringste Ahnung, wie seine bescheidene Praxis mit den zehn total unbekannten Menschen, die einmal die Woche zu ihm kamen, ihn zu einem Promi-Psychologen gemacht hatte. Er hegte jedoch den Verdacht, dass es mit einem Artikel in *Hören und Sehen* zu tun haben könnte, der vor anderthalb Jahren erschienen war und in dem man hatte lesen können, dass Sander nach Norwegen zurückgekehrt, steinreich und ein attraktiver Junggeselle war. Ein Kollege im Lehrerzimmer in Ski hatte ihm den Beitrag gezeigt, aber er hatte keine Lust gehabt, ihn ganz zu lesen.

Er blieb mitten im Laden stehen und blätterte bis zu dem Leitartikel und den drei kleineren Beiträgen zum Aufhänger im Nachrichtenteil. Direkt neben seinem Foto entdeckte er die Verfasserangabe. Das Mädchen aus dem Restaurant im Markvei lächelte ihn vertrauenerweckend an. Name und E-Mail-Adresse waren angegeben. Charlotte Nøst.

Nachdem er mit Lisa zu *Frau Hagen* gegangen war, musste sie direkt in die Redaktion gefahren sein, um noch vor der Deadline den kurzen Bericht zu schreiben und ein Foto aufzutreiben. Und da sie nur mitgehört haben konnte, wie er mit Lisa über seine Rolle bei den Ermittlungen gesprochen hatte und nicht wie sie den Fall durchgegangen waren, musste sie den Artikel schon vorher geschrieben haben, basierend auf einer anderen Quelle.

Er war erleichtert, kam sich aber trotzdem wie ein kompletter Idiot vor. Sie hätten an einem öffentlichen Ort nicht über den Fall reden dürfen; daran hätte auch Lisa denken müssen.

Der Leitartikel fasste kurz die Fakten zusammen, bevor er sich auf »Quellen bei der Polizei« berief, die bestätigten, dass inzwischen ermittelt wurde. Nichts über den Knoten und das Seil, Oldeides überraschende Standortwahl oder Lisas Dienstreise nach Island. Umso mehr Spekulationen über Gründe und Motive, bei denen Eifersucht und eine verschmähte Ehefrau das Kraut in der Suppe ausmachten, das der Story ihren pikanten Beigeschmack geben sollte.

In dem kleineren Artikel über Sander bezog sich Nøst auf die Brocken, die sie von ihrem Gespräch gestern Abend aufgeschnappt haben musste, brachte einen alten Aufguss des *Hören und Sehen*-Beitrags und schrieb, dass Mørk zu keinem Kommentar zur Verfügung stand.

Als er bezahlt hatte, ohne auch nur noch einen Gedanken an den *Guardian* zu verschwenden, und das Geschäft gerade verlassen wollte, klingelte sein Handy. Er zog es aus der Sakkotasche und sah Lisas Namen auf dem Display. Er wusste, weshalb sie anrief.

»Hallo, Lisa.«

»Sander! Lebst du noch?«

Er grinste.

»Mir geht es überraschend gut; ich bin schon seit ein paar Stunden auf den Beinen. Und du?«

»Es geht so. Das heißt, es könnte erheblich schlimmer sein. Hast du das *Dagbladet* gesehen?«

Er sah auf die Zeitung in seiner Hand.

»Ich fürchte, ja.«

»Ich auch; ich bin auf dem Weg nach Bryn, wo ich mich mit William treffen will, über ein Exemplar gestolpert. Ich wollte nur sichergehen, dass du nicht in Panik gerätst.«

Sie klang nicht weiter besorgt. Sander schwieg.

»Der Artikel hat nichts zu sagen; ärgerlich ist nur, dass wir so unüberlegt über den Fall geredet haben. Wir haben Glück gehabt, dass sie nicht früher gekommen sind.«

»Kann man so sagen.«

»Was William Sorgen macht, ist der Leitartikel. Sie muss ihre Informationen schließlich irgendwo herhaben. Viele Grüße übrigens.«

»Von William?«

»Ja. Wir müssen uns unbedingt alle zusammen auf ein Bier treffen; es dürfte einige Zeit her sein, seit ihr euch das letzte Mal gesehen habt.«

»Über ein Jahr«, sagte Sander.

»Das war schon alles. Ich wollte dich nur beruhigen. Wir können ja später noch mal telefonieren, jetzt muss ich in eine Besprechung. Take care.«

Sander kam nicht mehr dazu, Tschüss zu sagen, sie hatte bereits aufgelegt. Er steckte das Telefon zurück in die Tasche, faltete die Zeitung zusammen und überquerte die Straße bei dem Videoshop. Er war erleichtert und froh, dass Lisa ihn angerufen hatte. Sie hatte sich Sorgen um ihn gemacht, das gefiel ihm.

Zurück in Bolteløkka fuhr er das Auto in die Garage und ging um das Haus herum zur Eingangstür. In der Küche warf er die Zeitungen auf den Tisch, holte eine Flasche Mineralwasser aus dem Kühlschrank und lief zwei Stufen auf einmal nehmend die Treppe hinauf.

Er hatte vergessen, den Computer auszuschalten, doch der Bildschirmschoner sah noch genauso aus wie vorhin, und er hatte keine Zeit, sich grundlos Gedanken zu machen. Er rief Firefox auf und war in wenigen Sekunden im Internet. Bei Wikipedia gab er *Buntline Hitch* ein und drückte auf *Enter*.

The Buntline Hitch is a secure hitch that tends to jam. When tied with a flat material, it is the same knot as is used in a man's necktie.

Ungefähr das, was Ina Økland auch erzählt hatte. Er gab das gleiche Suchwort bei Google ein. Einer der ersten Treffer war Wikipedia. Bei den meisten anderen Treffern handelte es sich um Abbildungen von Knoten und Seilen, in Verbindung mit Segeln, Segelschiffen oder den Pfadfindern.

Auf der dritten Treffer-Seite erregte eine Zeile sofort seine

Aufmerksamkeit. *Bondage: the knots.* Die Seite hieß *Agony and Ecstasy.*

This one is used for tying something to a fixed object. It shouldn't be used to tie people, because the loop tightens under tension, and could restrict circulation or put undue pressure on the body. Used as directed, it is a fast way for tying a rope, for instance, to the uprights of the bed. It can also be used for fastening the rope to the rings on the collars and cuffs of bondage equipment.

Sander druckte den kurzen Artikel mit der Anleitung, wie man den Knoten band, aus. Er legte den Ausdruck auf den Stapel der Dokumente, die er von Lisa bekommen hatte. Dann drehte er sich wieder zum Monitor und fügte seiner Suche *killer* hinzu.

Es wurde immer besser.

The types of knots shown in the photos appear to be Buntline Hitch knots. This kind of knot was used in sailing ships, but is learned in boy scouts and is basically the same knot as one uses to tie a necktie or the belt tied around the waist in martial arts. The knot is intended to prevent any kind of slippage.

Die Seite, die er gefunden hatte, hieß *The Sexual Homicide Exchange*. Auf ihr boten Psychologen und Profiler ihre Dienste der Polizei in den gesamten USA an. Die Information, nach der Sander gesucht hatte, fand er im Profil eines Mannes namens Bill Thomas Killman.

Am 9. März 2004 erhielt die Redaktion des *Wichita Eagle*

einen Brief mit einer Kopie des Führerscheins von Vicki Wegerle und drei Fotos. Die Familie gab an, dass bis auf den Führerschein nichts gefehlt hatte, nachdem der *BTK-Mörder* in Vickis Heim eingedrungen war, die Telefonleitungen gekappt und sie erdrosselt hatte. Die Polizei konnte ohne Weiteres bestätigen, dass die Fotos vom Tatort stammten und dass der Mann, der sich Bill Thomas Killman nannte, sie wahrscheinlich 1986 vor dem Verlassen des Tatorts selbst aufgenommen hatte.

Bevor der Brief bei der Lokalzeitung auftauchte, war man davon ausgegangen, dass BTK, der sich nach der von ihm benutzten Methode »bind, torture and kill« nannte, für sieben Morde in Wichita in der Zeit von 1974 bis 1977 verantwortlich war. 2004, nach 27 Jahren Pause, tauchte er wieder aus der Versenkung auf und machte sich eines weiteren Mordes schuldig.

Das Profil, das Sander vor sich hatte, beschrieb detailliert BTKs Modus Operandi und seine Signatur, ging auf die sexuellen Seiten der Morde ein, beschäftigte sich mit den Aspekten Macht und Gewalt sowie mit seiner Faszination von Polizei und Militär. Man nahm an, dass der Mord selbst ihn nicht erregte, sondern das Machtgefühl, seine Opfer in den letzten Sekunden ihres Lebens zu sehen, wie sie an einem Kellerrohr hingen oder von Killman selbst festgehalten wurden.

Die Fotos, auf die das Profil verwies und die den Psychologen von der Polizei zugestellt worden waren, zeigten BTKs Opfer, acht insgesamt. Bei dem Jüngsten handelte es sich um einen neunjährigen Jungen, Joseph Otero jr., den er zusammen mit seinen Eltern und einer Schwester ermordet hatte. Alle hatten ein Seil mit einem Buntline Hitch um den Hals.

Die Zeiger der Uhr näherten sich zehn, als Sander die Unterlagen zusammenräumte, den Mac ausschaltete und ins Erdgeschoss hinunterging. Er hatte Lisa eine SMS geschickt und sie gebeten, ihn anzurufen, falls sie vor zwölf Zeit dazu fand. Er nahm an, dass sie noch immer mit William arbeitete, da er nichts von ihr gehört hatte.

Er wärmte den Rest Pasta vom Freitag auf, goss sich ein Glas Wein ein und setzte sich auf einen der Barhocker um die Arbeitsinsel in der Küche. Mit der Fernbedienung schaltete er den kleinen Fernseher ein, der an der Wand zum Wohnzimmer montiert war, und wählte auf gut Glück ein Programm. SVT brachte die Wiederholung einer Kultursendung, die Cobra hieß. Die Reportage drehte sich um einen vor kurzem angelaufenen Film, *Paradise Now*. Sander sah einige Minuten zu und bekam eine Szene mit, in der einem Selbstmordattentäter im Westjordanland geholfen wurde, einen Bombengürtel um die Taille zu befestigen, bevor man ihn mit dem Auto Richtung israelischer Grenze fuhr.

Nicht noch mehr Tod, dachte er und zappte weiter, bis er bei MTV angelangt war.

15

William hatte ihr nahegelegt, auch einen Antrag zu stellen, nachdem Kripos ihn angerufen und gefragt hatte, ob er nicht zurückkommen wollte. Er hatte damals aufgehört, als seine Frau ins Ausland gegangen war und sich sein Leben als alleinerziehender Vater nicht mehr mit einem Job verbinden ließ, bei dem er 150 Nächte im Jahr nicht zu Hause war. Jetzt waren die vier Mädchen groß genug, um zeitweise alleine oder bei der Großmutter in Siggerud zu bleiben. Lisa hatte an die Leiterin der Mordkommission in einer dänischen Fernsehserie denken müssen, als William ihr erzählte, wie er sich sein Leben als frisch ernannter Kriminalhauptkommissar und Leiter des Einsatzkommandos vorstellte.

Im gleichen Atemzug hatte er sie aufgefordert, sich um die zweite freie Stelle in der Abteilung zu bewerben. Lisa war skeptisch gewesen und hatte William daran erinnert, warum sie ursprünglich in Ski gelandet war, aber er war beharrlich geblieben. Und als sie den telefonischen Bescheid bekam, dass sie zur Kriminalkommissarin befördert worden war, hatte sie sich kurz gefragt, ob sie Teil von Williams *Bedingungen* gewesen war. Sie würde in seinem Team arbeiten, und drei Minuten nachdem der Kripos-Chef sie angerufen und ihr den Job angeboten hatte, stand William mit Blumen in ihrer Bürotür. Das hieß mit anderen Worten, dass er den Bescheid schon vor ihr bekommen haben musste. Sie konnte ihm aber einfach nicht böse sein, nahm Blumen und Umarmung an und spürte, dass sie sich darauf freute, wieder in Oslo zu arbeiten.

Ihr Büro war hell, wie ein moderner Arbeitsplatz das zu sein hatte, mit Möbeln aus Birkenholz, ergonomischen Håg-Stühlen und Aussicht auf den Hinterhof und in die Labore der technischen Abteilung. Die ersten Wochen hatte sie es für sich alleine gehabt, weil der Ermittler, der an dem anderen Schreibtisch saß, in Vaterschaftsurlaub war. Williams Büro lag ein wenig weiter den Gang hinunter; in Hörweite, wie sie mitbekam, wenn er wirklich frustriert war über das interne Telefonsystem, das bedienen zu lernen er sich nicht die Zeit nehmen wollte.

Überraschend schnell hatte er es geschafft, das Zimmer genauso überfüllt und chaotisch aussehen zu lassen wie die kleine Kammer, in der er in Ski residiert hatte. Nur dass er das persönlich nannte.

In der *Elle* hatte Lisa einen Artikel darüber gelesen, wie verschiedene Menschen den Orten, an denen sie arbeiten, eine persönliche Note gaben. Sie war schnell zu dem Schluss gekommen, dass William zu den Nestbauern zählte, während sie eine klassische Nomadin war. Keine persönlichen Dinge, keine Fotos, keine Merkzettel mit Erinnerungen an Geburtstagsgeschenke oder Ferienpläne, nur eine leere Tischplatte und eine durchsichtige Schreibtischunterlage, ein Füllhalter, zwei Gummiringe, eine Schale mit Büroklammern und eine Flasche Tipp-ex.

»Wenn du nicht tatsächlich da sitzen würdest, wüsste ich nicht, ob der Schreibtisch jemandem gehört.«

Es war halb elf und William stand in der Tür, ein Sakko über dem Arm, das Handy in der Hand.

»Ordnung auf dem Schreibtisch gleich Ordnung im Kopf«, sagte Lisa und stand auf. Der Termin mit dem Leitenden Ministerialdirektor war um elf, und obwohl die Fahrt nicht länger als zehn Minuten dauerte, wollten sie nicht zu spät loskommen. In den höheren Etagen war man nicht gerade begeistert gewesen, als William verlautbart hatte, dass sie weitere Informationen aus dem Außenministerium brauchten. Es hatte fünf Tage gedauert, einen Termin zu vereinbaren, der der kleinen Delegation passte, die für ein diskretes Treffen auf hohem Niveau zuständig war. Es würde nicht gut aussehen, wenn sie zu spät kämen.

»Ein leerer Schreibtisch ...«, begann William, doch Lisa fertigte ihn mit einer Handbewegung ab.

»Ja, ja«, sagte sie, »das habe ich schon mal gehört. Und was sagen einem die drei Ständer mit Haschpfeifen bei dir?«

William antwortete nicht, sondern versetzte ihr im Gehen einen freundschaftlichen Schubs, der sie fast aus dem Gleichgewicht brachte. Als sie sich wieder gefangen hatte, zog er einen Autoschlüssel aus der Tasche und gab ihn ihr.

»Du fährst. Es gab Probleme mit der Autobestellung, deshalb fahren wir standesgemäß. Wenn du eine Schramme hineinfährst, bekommst du Ärger mit einem von den Jungs, die ein Büro mit Parkett haben. Also, geh es ruhig an.«

Lisa richtete den Schlüssel auf die reservierten Plätze gegenüber dem Eingang. Vier Autos waren vorwärts eingeparkt. Als Lisa den Knopf drückte, der die Alarmanlage deaktivierte, hörte sie das vertraute Klicken in der Zentralverriegelung und sah die Blinker des mittleren Fahrzeugs angehen, eines dunklen Nissan Maxima.

»Ein Japaner«, sagte sie und öffnete die Fahrertür.

»Jedenfalls ist er groß genug«, antwortete William und setzte sich hinein.

Lisa parkte aus und stellte die Automatik auf *Drive*.

»Alles klar?«, fragte sie William. »Und schnall dich an. Ich habe keine Lust, mir etwas einfallen zu lassen, wenn irgendein übereifriger Polizist beschließt, dass das Gesetz für alle gilt und du keine Ausnahme darstellst.«

»Alles klar«, sagte er und tat, worum sie ihn gebeten hatte. »Den Tsunami als mögliches Motiv anzuführen ist vielleicht etwas weit hergeholt, aber die Idee ist nicht dumm«, fuhr er fort. Er bezog sich auf ihre Besprechung am Vortag und den Gedanken, der Lisa bei Thomas Wallin zu Hause gekommen war. »Ich möchte auf jeden Fall ihre Reaktion sehen. Und wir müssen unbedingt mehr über die Gründe erfahren, warum Oldeide nach Island wollte; vielleicht bringt uns das weiter. Du musst mit seiner Frau reden; wir müssen die Dinge schließlich nicht komplizierter machen, als sie sind. Wenn sie den wahren Grund nicht kennt, ist es wenig wahrscheinlich, dass andere das tun.«

»Mach ich. Ich habe eine E-Mail mit ihrer Nummer bekommen. Sie ist wieder in Oslo und krankgemeldet, es dürfte demnach nicht schwierig sein, einen Termin mit ihr zu machen. Ich rufe sie an, wenn wir im Außenministerium fertig sind. Wenn sie Zeit hat, rede ich heute Nachmittag mit ihr.«

»Gut, mach das. Dann sehe ich mir die Internetseiten über die Knoten und E-Mail-Adressen an, die du von Sander bekommen hast. Es kann auf keinen Fall schaden, den Verdacht bestätigt zu bekommen, dass es sich nicht um einen Unglücksfall handelt. Ich nehme mal an, im Außenministerium sind sie nicht sonderlich begeistert über die neuesten Informationen; als ich letzte Woche angerufen habe, schien man ziemlich fest entschlossen, das Ganze als Unglücksfall abzuschreiben. In gewisser Weise ist das verständlich, besonders jetzt wo das *Dagbladet* von der Sache Wind bekommen hat.«

»Nøst hatte reichlich Infor…«

»Hatte sie.«

William schwieg. Lisa wusste, was er dachte. Sie waren sich beide darüber im Klaren, dass Charlotte Nøst die in dem Artikel angeführten Informationen von jemandem haben musste, der über die Ermittlungen informiert war. Lisa hatte zunächst befürchtet, dass William Sander verdächtigen könnte, doch das Gespräch am Vortag hatte sie beruhigt. Es war nicht das erste

Mal, dass Nøst über laufende Ermittlungen besser im Bilde war als die anderen Journalisten, hatte William ihr erzählt. Da es sich um Fälle aus verschiedenen Abteilungen handelte, war er der Ansicht, dass ihre Quelle an einem zentralen Platz sitzen musste. Bei mehreren hundert Angestellten und einer bunten Mischung aus Zivilen und Polizisten gab es genügend Leute, die über die verschiedenen Ermittlungen quer durch die Organisation informiert waren.

Fünfzehn Minuten später hielt William Lisa die Tür auf. Sie trat hindurch und sah sich schnell um, wie sie das vor vielen Jahren auf der Polizeihochschule gelernt hatte. Die Rezeption war klein und wirkte auf den ersten Blick wie in ein Stück grünen Marmor gemeißelt. Ihre Lage ganz unten im Gebäude trug dazu bei, dass niemand sich hier an der Pforte des Königlichen Außenministeriums wirklich unbefangen fühlte. Zwei uniformierte Wachleute in einem Glaskasten zur Rechten verstärkten diesen Eindruck noch. Nachdem sie Lisa und William fast eine halbe Minute ignoriert hatten, nahm William seinen Dienstausweis und knallte ihn gegen das Fenster, sodass der eine Uniformierte seinen Pappbecher mit Kaffee umstieß. Der andere sah nicht einmal richtig auf.

»Polizei. Wir haben eine Verabredung mit Kristian Helmen.«

Der Wachmann mit dem Pappbecher blickte sie sauer an, drehte sich zu einem PC um und gab Williams Namen ein. Lisa zeigte ebenfalls ihren Dienstausweis vor und wurde mit einem kleinen Plastikschild belohnt, das sie an ihrem Gürtel befestigen konnte.

»Vierte Etage. Sie werden abgeholt.«

Die Stimme klang metallisch, und Lisa bemerkte den kleinen Lautsprecher, der die Welt des Wachmanns von ihrer trennte. Im selben Moment öffnete sich eine Schleuse in der Befestigungsanlage vor dem Aufzug, und William zog sie mit.

»Idioten«, murmelte er, als er auf den Aufzugknopf drückte. Kurz darauf stiegen sie in der vierten Etage aus und wurden von einem jungen Mann in einem dunklen Anzug und einem Schlips in Empfang genommen, der entweder hoffnungslos unmodern oder – wahrscheinlicher – zum zweiten Mal innerhalb von zwanzig Jahren der letzte Schrei war.

Lisa und William folgten dem Mann die Treppe hinauf. Sie führte in eine sogenannte Halbetage. Plötzlich gingen sie über Parkett, das sie an die Chefetage von Kripos erinnerte.

Sie waren zehn Minuten zu früh, doch der Repräsentant des Justizministeriums war bereits da und schrieb auf einem kleinen Laptop. Ihm gegenüber saß ein älterer Mann, der sich als Bang von der Personalabteilung vorstellte. Der junge Mann im Anzug informierte sie darüber, dass der Leitende Ministerialdirektor gleich eintreffen würde, Kaffee, Tee und Mineralwasser auf dem Tisch standen, und wenn sie noch etwas brauchten, sollten sie nicht zögern, es zu sagen. Daraufhin drehte er sich in der Tür um und verschwand.

Der Konferenztisch war riesig. Bang fühlte sich in der Gesellschaft der drei Leute, die die Polizeibehörde repräsentierten und ihm gegenübersaßen, offensichtlich einsam und nicht ganz wohl. Dem Mann vom Justizministerium war William schon einmal begegnet. Lisa reichte ihm die Hand und vernahm etwas, das wie »Bjerke« klang. Er schien sich vor allem für die Kaffeetasse zu interessieren, die William neben ihn gestellt hatte.

Als Lisa Bang die Hand gab, guckte er in die andere Richtung, und als sie ihm Kaffee anbot, schüttelte er reserviert den Kopf. Drei Minuten später betrat Kristian Helmen den Raum, und Bang schnellte hoch. Als Helmen Bang sah, steuerte er auf ihn zu, als wollte er seinem Mitarbeiter zu Hilfe eilen, lehnte sich über den Konferenztisch und gab Lisa und den anderen die Hand.

Helmen war dünn, fast mager und knapp 1,90 Meter groß. Sein fülliges, grau meliertes Haar unterstrich seine Autorität noch mehr als die stramme Haltung und die schmalen Lippen. Er trug einen dunkelblauen Anzug, ein weißes Hemd und eine so dezent gemusterte Krawatte, dass sie ebenso gut einfarbig hätte sein können.

Bang setzte sich so abrupt wieder hin, wie er aufgesprungen war. Lisa hörte Helmen auf der anderen Seite des Tisches einatmen und den Atem dann anhalten. William sah Bjerke an und Bjerke sah Lisa an. Sie war plötzlich unsicher, wer von ihnen das Wort führen sollte. Als niemand etwas sagte, richtete sie den Blick auf Helmen, der noch immer den Atem anhielt, und lächelte. Er reagierte nicht.

»Danke, dass Sie sich die Zeit nehmen«, sagte sie.

Helmen atmete aus und setzte ein mechanisches Lächeln auf, das kaum die Bezeichnung diplomatisch verdiente. Lisa hatte das Gefühl, dass mehr als mangelnder Enthusiasmus dahintersteckte. Sie merkte, dass seine Haltung sie provozierte und ihre Wachsamkeit verschärfte. Manche Männer hatten diese Wirkung auf sie, und in der Regel wusste sie das zu ihrem Vorteil zu nutzen. In der Regel.

Plötzlich sah sie ein von Pfefferspray eingehülltes Gesicht vor sich und hörte im Hintergrund die Schreie einer Frau und musste sich zwingen, Helmen anzusehen. Die Episode, bei der sie im Zuge der Misshandlung einer Ehefrau die Kontrolle über sich verloren hatte, war der Grund dafür, dass sie im freiwilligen Exil in Ski gelandet war. Sie lag jedoch so lange zurück, dass diese Erinnerung jetzt nicht wie aus dem blauen Dunst hätte auftauchen dürfen.

Schlagartig wusste Lisa, an wen der große, dünne Mann sie erinnerte. Sie trank zwei Schluck Kaffee und konzentrierte sich auf die Fragen, die sie auf dem Weg in den Besprechungsraum formuliert hatte.

»Es ist mir ein Vergnügen.«

Das Lächeln war ebenso schnell verschwunden, wie es aufgetaucht war, und Helmen ließ keinen Zweifel daran, dass diese Besprechung alles andere als ein Vergnügen für ihn war.

»Sie sind ja über den Fall informiert«, fuhr Lisa fort. »Zählte Karstein Oldeide zu Ihren Freunden?«

Sie hörte ein fast lautloses »mmm« von William und registrierte, dass Helmen die Frage überraschte. Offenbar hatte er mit einer anderen Eröffnung gerechnet. Lisa war zufrieden.

»Ich gehe einmal davon aus, dass Sie wissen, dass ich erst seit einigen Wochen hier bin?«

Er hatte sich wieder gefangen und ging zum Angriff über. Lisa hatte sich am Vortag über Helmens Hintergrund informiert und wusste sehr wohl, dass er OSZE-Beauftragter in Wien gewesen war, bevor man ihn nach Norwegen zurückberufen hatte. Sie fragte sich, warum er nicht einfach auf die Frage antwortete.

»Sicher. Aber Sie sind kein Neuling im diplomatischen Dienst, deshalb ist die Frage wichtig, finden Sie nicht?«

»Ich verstehe nicht, was wichtig daran sein soll, ob ich Karstein gekannt habe oder nicht. Oldeide, Botschafter Oldeide, war einer unserer fähigsten Mitarbeiter; die meisten wussten, wer er war, und viele haben ihn persönlich gekannt.«

Lisa sagte nichts. Der Ventilator in Bjerkes Laptop schaltete sich plötzlich ein. Der Ton wirkte unangebracht laut in dem stillen Raum.

»Zu Letzteren gehöre ich auch. Wir haben vor vielen Jahren einmal zusammengearbeitet; er war eine Zeit lang mein engster Mitarbeiter.«

Helmen machte plötzlich einen verletzlichen Eindruck und blickte zur Seite. Er hatte die Hände vor sich auf den Tisch gelegt und einen kurzen Augenblick entstand der Eindruck, als stützte er sich auf sie. Lisa sagte sich, dass der Todesfall ihn vermutlich persönlich berührte, und stocherte nicht weiter darin herum.

»Mein Beileid«, sagte sie stattdessen. Helmen sah sie überrascht an und nickte.

»Wie Sie sicher wissen, geht unsere Haupttheorie davon aus, dass Oldeide seine Geliebte am selben Tag in Reykjavik getroffen hat, an dem seine Familie nach Norwegen zurückgeflogen ist, um Ostern zu feiern, und dass sie ihn aus einem noch unbekannten Grund umgebracht hat, während sie sich nachmittags in dem Hotel geliebt haben.«

William hatte am Vortag erwähnt, dass der Leitende Ministerialdirektor ein enger Freund des Polizeipräsidenten war. Sie wollte nicht so tun, als ob sie nicht wüsste, dass Helmen wahrscheinlich genauso gut über den Fall informiert war wie sie.

»Wir haben nicht viel, dem wir nachgehen können, deshalb würde ich Sie gerne fragen, ob Sie aufgrund Ihres Wissens über Oldeides Karriere, Posten und Hintergrund irgendeine Theorie haben, was passiert sein könnte.«

»Und wie *Sie* sicher wissen«, antwortete Helmen so betont, dass Bjerke neugierig von seinem Monitor aufsah«, glaube ich beziehungsweise glauben wir nicht – zumindest vorläufig nicht –, dass es sich um einen unvorschriftsmäßigen Todesfall handelt.«

Lisa hätte ihn am liebsten gefragt, ob es auch vorschriftsmäßige Todesfälle im Außenministerium gab, ließ es jedoch. Helmen fuhr fort:

»Oldeide war tüchtig. Er war ein Meister im Aufbauen von Beziehungen und fast alle, die mit ihm zu tun hatten, mochten ihn. Es fiel nicht schwer, ihn zu mögen, und ich habe nicht die geringste Ahnung, warum ihn jemand umgebracht haben sollte. Der Gedanke ist absurd, und es fällt mir schwer zu verstehen, dass Sie aufgrund eines Seils mit einem Knoten darin eine umfassende Ermittlung einleiten. Die Wahl des Knotens kann in sich selbst ein Unfall gewesen sein, nicht wahr?«

Lisa ignorierte seinen Ausbruch und fuhr fort.

»Wissen Sie, ob es Dinge oder Bereiche gab, die ihn angreifbar machten? Verfügte er zum Beispiel über Informationen, an denen andere Länder oder Unternehmen oder Einzelpersonen interessiert gewesen sein könnten?«

Helmen sah, falls überhaupt möglich, noch entgeisterter aus als zuvor und stotterte etwas Unverständliches, bevor er antwortete.

»Meine Liebe, wir sind hier nicht bei James Bond; die Leute bringen sich nicht wegen irgendwelcher Informationen gegenseitig um, und Karstein … nein …, wenn er mit so etwas, wie Sie das gerade angedeutet haben, zu tun gehabt hätte, hätte ich das natürlich nicht … Und warum in aller Welt sollte ihm jemand einen Seidenbeutel über den Kopf ziehen und mit einem

Altweiberknoten zubinden, wenn er will, dass er den Mund aufmacht?«

Lisa musste zugeben, dass er recht hatte, während seine Reaktion sie zugleich wunderte. Sie hatte das Gefühl, Fragen stellen zu müssen, von denen sie nicht wusste, wie sie lauten sollten, in deren Nähe sie sich jedoch kontinuierlich bewegte. Je näher sie kam, desto intensiver gestikulierte Helmen mit seinen gepflegten Fingern. Was, wenn er ihnen etwas verschwieg, dachte sie, konnte die Frage jedoch nicht mehr stellen, bevor William sich einschaltete.

»Bitte verstehen Sie, dass das wichtig ist. Wir sind uns natürlich darüber im Klaren, dass die Zeiten des Kalten Krieges vorbei sind und *Mission Impossible* ein Film ist, aber es wäre nicht das erste Mal, dass jemand aufgrund von Informationen ermordet wird. Da Sie es jedoch für völlig unwahrscheinlich halten, dass überhaupt jemand Karstein Oldeide umgebracht hat, lassen wir das erst einmal außen vor. Wenn Ihnen noch etwas einfällt, gehe ich davon aus, dass Sie Kontakt zu uns aufnehmen.«

William lehnte sich zurück und sah Lisa an. Er wollte offensichtlich, dass sie fortfuhr. Sie kam sich plötzlich wie seine dumme, kleine Assistentin vor. Auch wenn sie einräumen musste, dass das eine clevere Strategie war; sie preschte vor, und er griff ein und glättete die Wogen, wenn sie über das Ziel hinausschoss. Es funktionierte jetzt, und es hatte schon früher funktioniert. Eigentlich waren sie ein gutes Team, wenn es um so etwas ging – der Chef und seine Mitarbeiterin.

Helmen sah auf die Uhr und fuhr sich mit der Hand durch die Haare, um seine Ungeduld zu verbergen. Lisa fragte weiter.

»Warum hat Oldeide sich um den Job auf Island beworben?

Soweit ich das verstanden habe, wäre es natürlicher gewesen, wenn er sich für eine größere Stadt beworben hätte, für einen gewichtigeren Posten, um es einmal so auszudrücken.«

»Nennen Sie es, wie Sie wollen«, antwortete Helmen abweisend. »Ich kenne die Gründe nicht, die ihn veranlasst haben, sich um den Islandposten zu bewerben, und für seine Ernennung dürften sie ohnehin nicht ausschlaggebend gewesen sein. Was bezwecken Sie mit der Frage?«

»Wenn es Oldeide um etwas anderes als um das rein Berufliche gegangen ist, kann das durchaus mit seinem Tod zu tun haben. Wenn die Frau, mit der er sich in dem Hotel getroffen hat, auch der Grund ist, warum er nach Island wollte, ist es sogar mehr als wichtig. Warum hat er den Job bekommen? Was glauben Sie? Wäre es nicht schlüssiger gewesen, ihn an einen Ort zu beordern, wo ihm seine Erfahrung und sein Hintergrund mehr genutzt hätten?«

Helmen sah Lisa resigniert an, und ihr wurde langsam klar, dass sie von ihm keine Informationen bekommen würden, es sei denn, sie trugen dazu bei, dass der Fall zu den Akten gelegt und als Unglücksfall archiviert wurde.

»Sie stellen mir Fragen, auf die ich Ihnen nicht antworten kann. Alles, was mit der Zuteilung der Botschafterposten und dem Einstellungsprozedere zu tun hat, regelt das Berufungsgremium. Dort werden die Gesuche begutachtet, die Kandidaten interviewt und die Vorschläge gemacht, die an die politische Führungsspitze weitergeleitet werden, die dann die formelle Ernennung vornimmt.«

»Es gibt mit anderen Worten eine Liste der Bewerber und einen Vorschlag dieses Gremiums für den Botschafterposten auf Island?«

Helmen sagte zunächst nichts. Er begriff gerade, dass er Lisa ungewollt die Information gegeben hatte, die sie brauchte, um ohne ihn weiterzukommen. Bang wand sich auf seinem Stuhl, als wollte er etwas sagen, doch Helmen kam ihm zuvor.

»Vorschläge und Ernennungsprozedere sind vertraulich. Wir können keine Informationen herausgeben bezüglich der Bewerber oder warum jemand einen Botschafterposten bekommt, das versteht sich von selbst.«

»Natürlich können Sie das.« Lisa unterdrückte ein Lächeln. »Wir werden die nötigen Anträge stellen. Ich bin davon überzeugt, dass Sie überrascht sein werden, zu welchen Informationen Kripos Zugang bekommt, wenn es um einen möglichen Mord geht.«

Sie ließ Helmen nicht zu Wort kommen, sondern spielte stattdessen die letzte Karte aus, auf die sich William und sie vorab geeinigt hatten.

»Wenn ich mich richtig erinnere, war Oldeide während des Tsunamis Botschafter in Sri Lanka. Das heißt, dass er auch für die Handhabung dieser Katastrophe zuständig war, sowohl was die aktuelle Situation als auch was die Hilfsarbeiten danach betraf. Wie würden Sie die Arbeit beschreiben, die er und die Botschaft geleistet haben?«

»Ich verstehe nicht …«, sagte Helmen.

»Das Außenministerium ist wegen seiner Handhabung der Tsunamikatastrophe heftigst kritisiert worden. Ich denke nicht, dass ich übertreibe, wenn ich das so ausdrücke. Ich weiß, dass das Außenministerium eine interne Evaluation vorgenommen hat, die Kommentare des Reinås-Ausschusses sind durch die Medien gegangen. Sie selbst sind schließlich aufgrund der Vorwürfe eingestellt worden, die gegen Ihren Vorgänger laut geworden sind. Ist Oldeide wegen seiner Handhabung der Situation in Sri Lanka kritisiert worden?«

Bang rutschte erneut auf seinem Stuhl herum, doch diesmal kam er Helmen zuvor.

»Zum einen ist die geäußerte Kritik mehr als ungerecht. Sie ist … Wir … Das Außenministerium … verfügte nicht über die Voraussetzungen … Niemand konnte vorhersehen …«

Er suchte nach Worten.

»Was Oldeide betrifft, hat er fantastische Arbeit geleistet. Darüber ist man intern einer Meinung, und das bestätigen auch die Rückmeldungen der norwegischen Touristen, der Behörden Sri Lankas und der Hilfsorganisationen, die an den nachfolgenden Tagen dort eingetroffen sind. Er hat getan, was er konnte, und noch etwas mehr; niemand hat den Einsatz von Botschafter Oldeide kritisiert.«

Lisa war nicht überrascht. Oldeide war offensichtlich einer der Helden, und das konnte die Antwort auf die Frage sein, warum er den gewünschten Job auf Island bekommen hatte, obwohl dieser nicht den Vorstellungen des Außenministeriums von Karriere entsprach. Gleichzeitig fragte sie sich, wie sie die Begründung für die Ernennung erfahren sollte, wenn ein so großer Widerwille gegen eine Zusammenarbeit mit der Polizei bestand. Doch dessen ungeachtet hatte das Gespräch ihnen Informationen geliefert, denen sie nachgehen konnten. Sie wollte gerade Bang eine weitere Frage stellen, der es offenbar als seine Pflicht ansah, die Angestellten zu verteidigen, die seinem Verantwortungsbereich unterstellt waren, als sie von William unterbrochen wurde, der sich ans Herz griff und Entschuldigung murmelte.

Er blieb am Konferenztisch stehen, während er in sein Handy sprach. Die Falten in seiner Stirn wurden tiefer und nach weniger als einer Minute legte er auf und nahm wieder Platz.

»Das war Kripos. Die österreichische Polizei hat gerade mitgeteilt, dass man den norwegischen Botschafter tot aufgefunden hat. In einem Hotelzimmer.«

Bang saß offenen Mundes da. Christian Helmen sah William an, ohne eine Miene zu verziehen.

»Heffermehl«, sagte Bang plötzlich.

»Ja, Jarle Heffermehl«, bestätigte William. »Ein Zimmermädchen hat ihn heute Morgen gefunden. Die Todesursache steht noch nicht fest, doch die vorläufige Erklärung des Gerichtsmediziners deutet darauf hin, dass er an einem anaphylaktischen Schock gestorben ist.«

»An einem anaphy…?«, begann Bjerke, der nun seine gesamte Aufmerksamkeit auf William gerichtet hatte.

»Ein allergischer Schock, wahrscheinlich durch etwas ausgelöst, das er gegessen hat.«

»Dann handelt es sich zumindest um einen Unfall«, seufzte Bang. Er schien fast erleichtert.

»Das können wir nur hoffen, und während wir das tun, sollten wir schon mal nach einer guten Erklärung dafür suchen, warum Heffermehl an einem allergischen Schock gestorben ist, obwohl seine Frau sagt, dass er immer eine Adrenalinspritze bei sich hatte, die ihm das Leben hätte retten können. Eine Spritze, die übrigens verschwunden ist.«

Bang seufzte erneut.

»Wir brauchen die Liste der Bewerber.«

William nickte. Sie fuhren allein im Aufzug zur Rezeption hinunter.

»Ist dir Helmens Reaktion aufgefallen, als ich von Heffermehl erzählt habe?«

Lisa wusste sofort, worauf er anspielte. Sie hatten sich angesehen, als Bang seine frommen Wünsche geäußert hatte, dass es sich bei dem Tod um einen Unfall handeln möge. Jetzt fasste Lisa in Worte, was sie beide dachten.

»Er hat überhaupt nicht reagiert. Entweder ist er eiskalt oder er hat von dem Todesfall gehört, bevor wir kamen.«

»Ich denke beides. Er hat es gewusst, und er ist eiskalt.«

Die Aufzugtür ging auf. William redete erst weiter, als sie draußen auf dem Bürgersteig standen.

»Die Zentrale kümmert sich um die Tickets. Du fliegst mit der ersten Maschine nach Wien.«

Lisa fiel plötzlich ein, dass sie nichts Sauberes mehr anzuziehen hatte.

»Wenn wir in Bryn sind, setzen wir uns zusammen und besprechen alles Weitere. Das Gespräch mit Frau Oldeide kannst du verschieben, bis du morgen Abend oder Mittwoch wieder zurück bist. Wenn du es nicht mehr nach Hause schaffst, musst du dir auf dem Flughafen etwas zum Wechseln kaufen.«

Lisa fragte sich einen Augenblick, ob William Gedanken lesen konnte.

»Ich stelle dir einen Requisitionsschein aus, also vergiss nicht, dir die Quittungen geben zu lassen. Und halt dich von Chanel und Armani fern; ich weiß nicht, welchen Satz der Staat für Unterhosen vorgesehen hat, aber er ist bestimmt nicht sehr hoch.«

»Okay, Chef«, antwortete Lisa und richtete den Schlüssel auf das Auto, das zwanzig Meter weiter die Straße hinunter stand. Gewöhnlich war das Ziel ihrer Dienstreisen irgendein gottverlassener Ort, dessen Polizei Kripos bei einer Mordermittlung um Hilfe gebeten hatte. Doch vor ein paar Wochen hatte man sie nach Reykjavik geschickt und jetzt ging es nach Wien, mit neuen Slips im Gepäck.

Sie sagte sich, dass sie Sander anrufen und auf den neuesten Stand bringen musste, bevor sie flog, und überlegte, ob er im Zuge der Informationen aus dem Außenministerium und der Nachricht von Heffermehls Tod etwas für sie tun konnte. Dann parkte sie aus der Parklücke aus, die in der Zeit, die sie im Außenministerium verbracht hatten, fast einen Meter kürzer geworden war, und fuhr zurück nach Bryn.

16

Sander lief Spießruten zwischen sechs Rauchern, die auf der Treppe des *Tamara* Aufstellung bezogen hatten. Er überquerte die Straße zum Birkelund. Es war elf Uhr und eine dünne Wolkendecke hatte sich vor den Mond geschoben. Als er den kalten Wind von der Toftesgate her spürte, bereute er plötzlich, das Sakko nicht mitgenommen zu haben, das drinnen im Lokal über einem Stuhl hing. Das Wetter war umgeschlagen und die Luft in nur wenigen Stunden schwer von Feuchtigkeit geworden. Es roch intensiv nach Flieder, als Sander quer über die Wiese so weit in den Park hineinging, dass die Geräusche der Autos ihn nicht mehr störten.

Die Hände in den Taschen vergraben, blieb er stehen. Ihm war ein Gedanke gekommen, der hier draußen völlig fehl am Platz wirkte.

Als einige Sekunden später sein Handy klingelte, hatte er den Finger bereits auf der Antwort-Taste. Er warf einen kurzen Blick auf das Display, bevor er das kleine Telefon ans Ohr hielt.

»Hallo, Lisa.«

»Guten Abend, Sander. Rate mal, wo ich bin.«

»Ähh, wie soll ich … du stehst gleich um die Ecke bei *Rehmans* und beobachtest mich, während du Geld für einen Anruf verschwendest.«

»Falsch. Ich bin in Wien in einem Hotelzimmer, mit einem Berg von Unterlagen, und ich langweile mich.«

»In Wien? Und du langweilst dich? Das ist unmöglich. Das ist ganz einfach unmöglich, in Wien kann man sich nicht langweilen.«

»Ich schon«, antwortete Lisa. »Ich bin dienstlich hier und muss mich auf morgen vorbereiten.«

»In welchem Hotel bist du?«

»In welchem Hotel? Eine gute Frage, warte mal …«

Sander hörte, wie Lisa sich streckte und eine Schublade aufzog.

»Hier ist Briefpapier, da müsste es draufstehen … im *Kärntnerhof*. Es liegt direkt neben der großen Kirche. Ich komme mir vor wie in einem Museum mit den vielen alten, verwohnt aussehenden Möbeln, dem Stuck und den Stuckgipsleisten und Gott weiß was noch allem.«

»Das ist der Stephansdom, die Kirche«, antwortete Sander. Der *Kärntnerhof* gehörte nicht zu seinen Lieblingshotels im Zentrum, aber er wusste genau, wo Lisa sich befand. »Zentraler kannst du nicht wohnen. Wenn du versprichst, rauszugehen, kann ich dir in zwei Minuten zehn Tipps geben, und ich garantiere dir, dass du dich in dieser Stadt nie mehr langweilen wirst.«

»Sorry, aber das geht nicht. Ich bin im Dienst. Bist du nicht neugierig, was ich hier mache?«

»Du bist in Wien«, sagte Sander langsam. »Geht es um den Fall?«

»Jepp.«

»Heißt das, dass der Botschafter in Wien …?«

»Richtig. Man hat ihn heute Morgen tot aufgefunden. Er ist unter sehr merkwürdigen Umständen an einem allergischen Schock gestorben. Nach diesem Todesfall dürfte das Außenministerium Schwierigkeiten bekommen, daran festzuhalten, dass der Mord auf Island ein Unfall war. Man könnte fast sagen, dass die Frau einen Plan hat und dass der bereits mindestens zwei der besten Leute des Königs gefordert hat.«

Sie gab Sander eine kurze Zusammenfassung der wenigen Fakten, die sie bis jetzt kannte.

»Seltsam.«

Etwas Besseres fiel ihm nicht ein.

»Es muss ein Muster geben«, fuhr er fort, ebenso zu sich selbst wie zu Lisa. »Weißt du, ob irgendeine Verbindung zwischen Oldeide und Heffermehl bestand?«

»Genau das gehört zu den Dingen, die ich herausfinden muss. Ich war heute mit William im Außenministerium. Möglicherweise bekommen wir im Lauf der Woche ein paar Informationen, denen wir nachgehen können, aber noch ist es zu früh, um irgendetwas zu sagen.«

»Aber ihr habt eine Theorie?«, sagte Sander. Er hatte das Gefühl, dass Lisa ihm etwas verschwieg.

»Keine Theorie«, antwortete sie ausweichend, »nur ein paar Annahmen, die wir entweder ausschließen oder bestätigt bekommen müssen.«

»Eine Theorie, dass …?«

»Im Moment ist das alles noch viel zu vage. Mir wäre es lieber, wenn du dir deine eigenen Gedanken machst, ohne dich von dem beeinflussen zu lassen, worüber William und ich nachgedacht haben. Lass es sich einfach setzen. Ich rufe dich an, wenn ich zurück bin. Morgen Abend oder Mittwoch.«

»Okay, ich lasse es im Hinterkopf arbeiten. Ich habe also nicht mehr als vor deinem Anruf?«

»Ich weiß, aber trotzdem. Man kann nie wissen. Jetzt muss ich Schluss machen, ich habe noch zwanzig Seiten zu lesen und muss schleunigst ins Bett.«

Sander fand, dass Lisa ziemlich müde klang.

»Okay, sieh zu, dass du bald ins Bett kommst, du hörst dich an, als bräuchtest du acht Stunden.«

»Ich bin nur etwas erschöpft von dem Flug, das ist alles. Es geht mir gut, wirklich.«

»Schlaf gut, Lisa.«

»Du auch.«

Sander blieb mit dem Handy in der Hand stehen, nachdem das Gespräch beendet war. Er hatte Gänsehaut an den Armen und versuchte zu verdauen, was Lisa ihm gerade erzählt hatte. Plötzlich kam ihm der Gedanke, dass die Medien sich nur so auf den Fall stürzen würden, wenn Charlotte Nøst vom *Dagbladet* einen Tipp bezüglich des zweiten toten Botschafters bekäme. Und vielleicht war es genau das, was die Mörderin wollte, Publicity. Verwirrung und Angst, während die Polizei im Trüben fischte und die Presse sich bei ihrer Jagd nach Sündenböcken, Skandalen und Mutmaßungen über das nächste Opfer in blutigen Szenarien erging.

Es musste ein Muster geben. Einen Zusammenhang, der die Handlungen im Kopf der Mörderin logisch erscheinen ließ. Hier kam Sander ins Spiel. Wenn er dieses Muster fand oder zumindest eine Theorie zu einem möglichen Zusammenhang, hatte er wirklich etwas beizutragen.

Im *Tamara* schlug Sander die Wärme des übervollen Lokals entgegen. Er begann zu schwitzen, noch bevor er die Treppe in den Keller ganz hinuntergegangen war. Montags war es selten so voll, es musste am Wetter liegen. Alles hatte auf eine tropische Nacht hingedeutet und die Leute, die den Winter noch in den Knochen hatten, wollten so viel Sommer wie möglich tanken.

»Schlafen können wir, wenn wir alt sind«, hatte Morten gesagt, als er vorhin angerufen und gefragt hatte, ob Sander mit ihm ein Bier trinken ging. Er hatte ohne nachzudenken Ja gesagt, und eine halbe Stunde später saßen sie am Akerselv unterhalb des Studentenwohnheims in dem alten Silo, aßen Hähnchenflügel und tranken Bier.

Nach einer Stunde tauchte eine von Mortens Kolleginnen auf, dann zwei von ihren Freundinnen, und als sie schließlich kurz vor zehn zum *Tamara* aufbrachen, waren sie zu siebt.

Sie hatten sich um einen der hohen Tische im Keller gesetzt, wo die Hitze auszuhalten war. Von der Tür aus sah Sander, dass der Barhocker, auf dem er vor Lisas Anruf gesessen hatte, noch frei war.

Morten, zurzeit Strohwitwer, da Frau und Kind einen Familienbesuch in Nordnorwegen machten, hatte sich mit einem der später dazugestoßenen Mädchen auf eine längere Diskussion über das posttraumatische Stresssyndrom eingelassen. Mit einem leeren Bierglas in einer Hand lehnte er halb über dem Tisch, mit der anderen gestikulierte er und behauptete, dass diese Diagnose ebenso oft ein Resultat der Behandlung wie der äußeren Umstände war. Die Patienten wurden regelrecht traumatisiert durch die Eröffnung, dass sie an einem Syndrom litten, und begannen sich so zu verhalten, wie sie annahmen, dass der Psychologe es von ihnen erwartete. So wurden mit der Zeit gesunde Menschen – Menschen, die anfangs durchaus die Möglichkeit gehabt hatten, von ihrer Krankheit, was immer die war, geheilt zu werden – in eine Opferrolle gedrängt, die ihnen ihr restliches Leben lang anhaftete, wenn sie sie gut spielten.

Sander wusste, dass Morten nicht einmal annähernd die extremen Ansichten teilte, die er vertrat, aber er wusste auch, was sich gerade abspielte. Mortens Diskussionspartnerin, die selbst auf dem besten Weg war, ein Opfer zu werden, ereiferte sich immer mehr, und ihre tiefrote Gesichtsfarbe war nicht allein darauf zurückzuführen, dass es gut dreißig Grad hier drinnen war. Sander hatte dieses Spielchen schon unzählige Male erlebt, meistens am späteren Abend, wenn Morten ein paar Glas zu viel getrunken hatte. Entweder lief es darauf hinaus, dass er die Lust verlor und die Diskussion beendete oder dass sein Gegenüber wütend wurde oder zu weinen begann.

Sander wettete im Stillen, dass Morten einlenken würde, und ging zur Bar, um sich ein neues Bier zu holen, während er auf den Ausgang des Gefechts wartete.

An der Theke hatte er das Glück, einen freien Stuhl zu ergattern. Er versuchte den Blick des Barkeepers einzufangen. Obwohl Montag war und die Uhr auf Mitternacht zuging, kamen immer noch neue Gäste. Der Mann hinter der Theke bediente zwei Kunden gleichzeitig, überließ die Reihenfolge jedoch den

Leuten an der Bar selbst. Sanders diskretes Nicken und seine vorsichtige Handbewegung hatten hier keinen Erfolg. Er war in solchen Situationen nie sonderlich gut gewesen, was wahrscheinlich der Grund dafür war, dass man ihn selten losschickte, um etwas zu trinken zu holen, wenn der ganze Tisch gleichzeitig Nachschub brauchte. Es dauerte einfach zu lange.

Plötzlich spürte er eine Hand auf seinem Arm. Er hatte sich so darauf konzentriert, wahrgenommen zu werden, dass er nicht mitbekommen hatte, wie der Hocker neben ihm erst frei geworden und dann wieder in Beschlag genommen worden war. Und das Mädchen, das jetzt neben ihm saß und dessen Hand auf seinem Oberarm lag, hätte er eigentlich bemerken müssen.

Im Gegensatz zu Sander hatte der Barkeeper sie sofort gesehen. Eine halbe Minute später hatte Sander sein Bier, und das Mädchen nippte an einem Weißwein. Keiner von ihnen sagte etwas. Sie lächelte ihn nur an, als er für sie beide zahlte.

»Danke für die Hilfe«, sagte er und lächelte zurück.

»Du schienst sie zu brauchen«, antwortete sie. »Prost.«

Sie hoben die Gläser und stießen an. Sie sah ihm direkt in die Augen, während sie trank. Dann stellte sie das Glas ab und streckte die Hand aus.

»Mona.«

»Sander.«

Sie war fast so groß wie er, schlank, um die dreißig. Das halblange, dunkle Haar hatte sie nach hinten gekämmt und hinter die Ohren geschoben. Die Frisur betonte ein Gesicht mit einer spitzen Nase, braunen Augen und hohen Wangenknochen. Sie war ungeschminkt. Sie brauchte auch nichts zu betonen – oder zu verbergen, dachte Sander. Als sie sich vorbeugte, um mit ihm anzustoßen, nahm er schwach ihr Parfüm – einen Duft, den Sander sich nicht erinnerte schon einmal gerochen zu haben –, und einen leichten Schweißgeruch wahr, der die Empfindung von Körper nur noch verstärkte. Und als wäre das nicht genug, trug sie ein kurzes Kleid aus einem glatten, seidenartigen Stoff, schwarz und ohne die Spur eines BHs oder Slips.

Sander fühlte sich unmittelbar zu ihr hingezogen, ermutigt von ihrem Verhalten, das er als direkte Einladung empfand. Zugleich fiel ihm nichts Vernünftiges ein, das er sagen konnte. Ihr nicht existentes Gespräch schien sie nicht weiter zu stören. Sie saßen schweigend nebeneinander und beobachteten das Treiben an der Theke und einen völlig betrunkenen Mann, der sich in dem Versuch, zwei Mädchen anzumachen, die Zunge dabei abbrach, *ménage à trois* auszusprechen.

Plötzlich lehnte Mona sich in seine Richtung und sagte in sein Ohr: »Bist du oft hier?«

Er wusste nicht, was er antworten sollte. Die Wahrheit war die, dass er fast nie ins *Tamara* ging, wenn er auch zu *Frau Hagen* oder in die *Boca Bar* gehen konnte. Doch er wollte ihr um alles in der Welt keine Antwort geben, die sie als Zurückweisung interpretieren konnte, falls mehr als Neugier hinter ihrer Frage steckte. Er hatte das Problem noch nicht gelöst, da beugte sie sich erneut zu ihm vor.

»Ich bin immer freitags hier, meistens mit Kollegen. Vielleicht sieht man sich?«

Bevor Sander etwas sagen konnte, hatte sie ihn leicht auf die Wange geküsst, war von dem Barhocker geglitten und halb die Treppe hinauf.

»Ja, danke«, murmelte er vor sich hin. Das war das zweite Mal innerhalb von zwei Tagen, dass er die Bekanntschaft einer

Frau gemacht hatte, und er fragte sich, was mit ihm los war. Nachdem er aus Stockholm zurückgekommen war und sich in Ski niedergelassen hatte, hatte er befürchtet, nie mehr den Mut aufzubringen, sich auf eine Beziehung einzulassen. Er hatte in einer Art Dämmerzustand gelebt und zwei Jahre lang so gut wie keine Energie auf das andere Geschlecht verschwendet. Und jetzt ging es Schlag auf Schlag. Gestern Ina, heute Mona. Ein gutes Zeichen, dachte er und rutschte vom Stuhl.

Morten saß alleine am Tisch und starrte auf den Boden seines Bierglases. Als Sander sich umsah, sah er die anderen Mädchen auf dem Weg die Treppe hinauf. Eine hatte den Arm beschützend um die Schultern des Mädchens gelegt, mit dem Morten über posttraumatischen Stress diskutiert hatte.

»Vielleicht ist es an der Zeit zu gehen?«, sagte Sander.

»Vielleicht«, antwortete Morten. Sie sahen einander an und lachten. Es war fast wie in alten Zeiten, und obwohl Sander mehrere Male klar und deutlich gesagt hatte, was er von Mortens Verhalten hielt, wenn er blau war, wünschte er sich plötzlich in die Studienzeit zurück; Tage, an denen eine Party die nächste ablöste, wenig Geld und Marathonlernen vor dem Examen.

»Du musst dich zusammenreißen«, sagte Sander.

»Ich weiß«, antwortete Morten. »Morgen.«

17

Es gab drei Möglichkeiten: Stephan Derrick oder Harry Klein, beide »aus der Reihe Derrick«, oder Kommissar Moser. Letzterer natürlich zusammen mit dem Polizeihund Rex, der träge auf dem Rücksitz eines schicken Sportwagens liegt oder den Kopf aus dem Fenster streckt, während ihm die Zunge wie ein Waschlappen aus dem Maul hängt und im Wind weht.

Natürlich ähnelte er keinem dieser Helden, die Lisa aus einigen deutschsprachigen Krimiserien kannte, die im norwegischen Fernsehen liefen. Kurz vor neun Uhr hatte sie vor dem *Kärntnerhof* Stellung bezogen, ein Stück vom Eingang des kanariengelben Gebäudes entfernt, um nicht in den Sog der fünfzig Touristen zu geraten, die aus der Rezeption strömten. Ein Bus parkte direkt davor und eine kleine japanische Dame mit Hut und Regenschirm organisierte das Einsteigen der Gruppe.

Lisa war keine typische Touristin. Sie war mit ihrer Mutter nur selten ins Ausland gereist. Die wenigen Male, die sie den Schweinesund überquert hatten, hatten sie eine Freundin in Schweden besucht, die eine Hütte auf Koster hatte. Darüber hinaus war Lisa in dem Sommer, als ihr Vater verschwunden war, vierzehn Tage in Hastings gewesen, weil ihre Mutter nicht gleich nach seinem Verschwinden zurück ins Setesdal gewollt hatte.

Die japanischen Touristen hatten sie abgelenkt. Lisa zuckte zusammen, als ihr plötzlich jemand die Hand auf die Schulter legte. Der Mann, der sich ihr von hinten genähert hatte, glich weder Derrick, noch Klein, noch Moser. Er war über sechzig und erinnerte eher an einen netten Großvater. Er hatte dünnes, helles, gescheiteltes Haar und trug einen eleganten Anzug, der perfekt an dem kräftigen Körper saß. Die kleine, schwarze Brille verlieh seinem Blick eine gewisse Intensität, und das hellblaue Hemd ohne Schlips nahm die Farbe seiner Augen wieder auf, was seinen sympathischen Eindruck noch verstärkte.

Er streckte ihr die Hand hin und wiederholte ihren Namen. Als Lisa reagierte und ihre Hand in seiner riesigen Pranke verschwand, lächelte er und stellte sich als Anton Willinger vor. Dann holte er seinen Dienstausweis heraus, auf den Lisa gerade einen Blick erhaschen konnte, bevor er ihn zurück in die Innentasche seines Jacketts steckte. Die Bewegung gab den Blick auf einen Revolvergriff frei. Er erklärte die Beule in seinem Sakko, direkt unter der Armhöhle.

Sein Blick wanderte zu einem dunklen Audi, der fünfzehn Meter von der Stelle entfernt parkte, wo der Bus gestanden hatte. Lisa sah einen Mann, ebenfalls in Zivil, hinter dem Steuer sitzen. Auf dem Autodach standen zwei Pappbecher mit dem leicht erkennbaren Starbucks-Logo.

»Ich hoffe, mit Milch ist okay«, sagte Willinger auf Englisch.

»Perfekt«, lächelte Lisa und folgte ihm, als er zurück zum Auto ging und ihr die Tür aufhielt.

Willinger ging um das Auto herum und nahm auf der anderen Seite auf dem Rücksitz Platz. Er schloss die Tür, nickte dem Mann am Steuer zu, offenbar ein Fahrer, und das große Auto setzte sich sanft in Bewegung. Lisa streckte die Beine aus und strich die hellblaue Bluse glatt, die sie zu ihrer schwarzen Hose angezogen hatte.

Willinger beugte sich über die Armlehne, die zwischen den beiden Sitzen heruntergeklappt war. Lisa nahm einen schwachen Zigarrengeruch wahr; nicht unangenehm und gerade ausreichend, dass sie vor ihrem inneren Auge den Polizisten in einer Rauchwolke in einem großen Büro zurückgelehnt auf einem Stuhl sitzen sah.

»Ich brauche zwei, um in Gang zu kommen«, sagte er und reichte ihr den Becher. Sie nickte und trank. Der Kaffee war lauwarm. Offensichtlich hatte er ihn schon vor einer Weile gekauft. Doch für Lisa spielte das keine Rolle. Sie brauchte mindestens drei.

Sie hatte in dem Hotelbett schlecht geschlafen und war kurz vor sieben von einer SMS geweckt worden. Zunächst ärgerte sie sich, dass sie das Handy am Abend nicht lautlos gestellt hatte, doch sie merkte, wie der Ärger verflog, als sie den Namen Thomas Wallin auf dem Display sah. Im selben Moment fiel ihr ein, dass sie für heute Abend verabredet waren. Sie fragte sich, wie realistisch es war, das letzte Flugzeug nach Oslo zu bekommen. Sie musste daran denken, an der Rezeption zu fragen, ob sie die Flugzeiten für sie herausfinden konnten, während sie zu Mittag aß.

Das Problem löste sich von selbst. Thomas' Schwester, die, die arbeitete, nicht die, die zum Psychologen ging, war zu Hause gewesen und brach heute zu einer neuen Reise auf. Thomas hatte versprochen, sie nach Gardermoen zu fahren.

»Sorry, I'll make it good«, hatte er geschrieben, und Lisa war sicher, dass er genau das tun würde. Ob das Englisch korrekt war, war sie dagegen nicht so sicher.

Sie konnte nicht mehr einschlafen und schlug die Bettdecke zur Seite, um aufzustehen. Im Zimmer war es durch die Nachtabsenkung auf fünfzehn Grad kühl. Als sie das kleine Rad auf Rot drehte, schaltete sich die Klimaanlage über der Tür aus.

Nachdem sie fast zwanzig Minuten geduscht hatte, stellte sie sich vor den Spiegel im Badezimmer und betrachtete ihren Körper. Das kurze Haar war im Lauf des Winters länger geworden, lang genug, dass sie es nach vorne fallen lassen konnte, sodass es ihr Gesicht verdeckte, oder zu zwei Zöpfen flechten, wie Thomas das gerne mochte.

Ihre Brüste waren klein, doch das hatte sie längst akzeptiert. Sie hatte nicht die Mittel, etwas daran zu ändern, und nachdem sie mit der Zeit herausgefunden hatte, dass viele Männer einen kleinen Busen mindestens ebenso sexy fanden wie Riesenbrüste, hatte sie auch keinen Grund mehr dazu.

Vor der Polizeihochschule waren ihre Wangen rund gewesen, und sie hatte den kleinen Bauch durchaus gemocht, den sie nach dem Gymnasium bekommen hatte, weil sie keinen Sport mehr getrieben hatte. Doch nach sechs Monaten wöchentlichen Trainings, das zu ihrem Stundenplan gehörte, war er wie von selbst verschwunden. Der Körper, den Lisa nun im feuchten Spiegel sah, war gut durchtrainiert, auf feminine Weise muskulös, und wenn sie den Bauch einzog, spürte sie die Muskeln, die direkt unter der Haut lagen.

Sie überlegte gerade, ob sie sich rasieren sollte, als sie im Zimmer ihr Telefon hörte. Das Handtuch um den Körper geschlungen, griff sie nach ihrem Handy. Als sie Williams Namen auf dem Display sah, setzte sie sich auf den Stuhl neben dem Fenster und drückte den grünen Knopf.

»Ja?«

William brauchte einige Sekunden, um zu begreifen, dass Lisa wirklich am Apparat war.

»Guten Morgen, Lisa. Du bist also wach.«

»Ich fürchte, ja. Um sieben hat mich eine SMS geweckt und

danach konnte ich nicht wieder einschlafen. Stattdessen habe ich die Warmwasservorräte des Hotels geplündert.«

Sie ließ ein Bein über die Armlehne hängen und lehnte sich im Stuhl zurück.

»Und du? Acht ist ganz schön früh für dich, nicht?«

»Die Mädchen sind in Siggerud, und ich habe die Möglichkeit genutzt, vor der Rushhour nach Oslo reinzufahren. Ich bin schon seit einer Stunde hier und habe mehr geschafft als sonst an einem gewöhnlichen Tag.«

»I know. Ich sollte das auch öfter tun«, antwortete Lisa. »Ich wohne nur fünfzehn Minuten vom Büro entfernt und habe keine Kinder, die morgens aus dem Haus müssen. Aber es ist so schön, bis halb acht zu schlafen.«

»Stimmt. Aber eigentlich wollte ich mit dir nicht über Schlafmuster und Arbeitszeiten reden. Du erinnerst dich an das Seil? Dass wir es an die Technik geschickt haben?«

»Natürlich. Ich habe nur nicht mehr wirklich daran geglaubt, dass sie etwas herausbekommen, nachdem Sander erzählt hat, was die Seilmacherin meinte. Dass es sich um ein Standardseil handelt, ein ganz gewöhnliches Seil, wie es überall auf der Welt hergestellt wird.«

»Ja, damit hat sie auch recht. Das Seil ist absoluter Standard. Doch die Pollenreste, die sie in dem Seil gefunden haben, sind kein Standard, zumindest nicht mit norwegischen Augen gesehen. Lange Rede, kurzer Sinn: Sie haben Pollen von Pflanzen gefunden, die in Norwegen nicht wachsen.«

»Aber wo …?«, begann Lisa. William unterbrach sie.

»Ich habe bisher nur einen vorläufigen Bericht, die Techniker warten noch auf Antwort von den spanischen Kollegen. Sie sagen jedoch, dass die Pollen von Pflanzen stammen, die in einem entschieden wärmeren Klima als dem norwegischen gedeihen. Du musst in Europa ziemlich weit südwärts reisen, um solche Pflanzen zu finden, oder rüber auf die afrikanische Seite des Mittelmeers. Mit anderen Worten, das Seil wurde nicht in einem norwegischen Kaufhaus gekauft.«

Lisa war aufgestanden. Sie stand jetzt am Fenster. Das Zimmer lag zum Hinterhof hin. Ein Mann in einer weißen Küchenjacke und einer karierten Hose schüttete Abfall in einen Container, der an einer der Wände stand.

»Bedeutet das, dass die Mörderin keine Norwegerin ist?«, fragte sie.

»Nicht unbedingt. Reisen ist in Norwegen zum Volkssport geworden. Schlimmstenfalls wurde das Seil in den Ferien gekauft. Es ist nicht einmal sicher, dass die Mörderin es selbst gekauft hat; sie kann es gefunden und mitgenommen oder geliehen oder gestohlen haben. Ich denke, da sollten wir den Aussagen der Angestellten am Empfang, die sicher waren, dass die Dame in Oldeides Begleitung Norwegerin war, mehr Gewicht einräumen und lieber nach alternativen Erklärungen für die Pollenreste in dem Seil suchen.«

William hatte offenbar gründlich über das Ergebnis der Technik nachgedacht und sich all die Fragen gestellt, die zu stellen Lisa noch zu müde war. Und er hatte recht: Die Pollenreste konnten eine Spur oder aber eine Sackgasse sein, die sie verwirrte und um Ressourcen brachte.

»Wann bekommst du den endgültigen Bericht?«, fragte sie.

»Donnerstag oder Freitag. Wenn wir Glück haben, wissen sie dann genauer, woher die Pollenreste stammen. Aber höchstwahrscheinlich werden wir nicht mehr erfahren, als wir bereits wissen.«

»Wir gehen das Ganze am Ende der Woche noch einmal durch?«

»Ja«, antwortete William, »für Donnerstag oder Freitag ist sowieso eine Besprechung angesetzt, bei der unter anderem die Informationen besprochen werden sollen, die du heute bekommst. Und ich setze dem Außenministerium weiter zu, damit sie die Liste mit den Bewerbern für die einzelnen Posten herausrücken.«

»Vielleicht komme ich schon heute Abend zurück. Können wir nicht morgen früh telefonieren, bevor ich nach Bryn hochfahre, und besprechen, wie wir den Tag einteilen?«

»Abgemacht. Und viel Glück; vergiss nicht, dass sie da unten ein bisschen steif sind, und benimm dich.«

»Ich benehme mich immer«, konterte Lisa.

»Ja, sicher«, sagte William. Bevor Lisa noch etwas sagen konnte, hatte er aufgelegt.

Der Koch unten im Hinterhof war fertig mit dem Abfall. Es war viertel nach acht, und Lisa hatte Hunger.

Wien zog langsam an ihnen vorbei, während sie sich in einer Autoschlange aus dem Stadtzentrum hinausbewegten. Der Fahrer fuhr routiniert. Obwohl weder Blaulicht noch Sirene eingeschaltet waren, die im Notfall bestimmt verfügbar gewesen wären, war Lisa überzeugt, es mit einem Profi zu tun zu haben.

Willinger hatte schweigend seinen Kaffee getrunken, und Lisa hatte es ihm gleichgetan. Die Fenster waren geschlossen und den Motor hörte man in dem Coupé nur als fernes Gebrumme. Nach einer Weile bogen sie von der Hauptstraße ab und fuhren auf Nebenstraßen durch die Stadt, um dem Verkehr zu entgehen. Draußen gingen Wohnblocks, kleine Läden und

Büros ineinander über. Kontinuierlich zog ein gleichmäßiger Menschenstrom an ihnen vorbei Richtung Zentrum.

Als sie in eine weitere Hauptstraße einbogen und den Straßenbahnschienen stadtauswärts folgten, stellte Willinger den leeren Kaffeebecher in den Halter und holte einen Stapel Papiere aus der Ledertasche, die zu seinen Füßen stand.

»Sie haben gestern die gleichen bekommen, und das ist zurzeit auch so ungefähr alles, was wir haben.«

»Die Leute am Empfang konnten die Frau nicht beschreiben?«, fragte Lisa.

»Zumindest nicht so, dass es uns weiterhilft. Am besten erinnern sich noch zwei junge Männer um die fünfundzwanzig an sie. Sie beschreiben sie als schön und kultiviert, elegant gekleidet und mit roten Haaren, von denen sie nicht sicher sind, ob sie echt waren.«

»Und die Überwachungskameras?«

»Im Empfangsbereich gibt es keine Kameras. Der Hotelchef meinte, dass viele Gäste nicht gefilmt werden wollen, wenn sie im Zuge sensibler Geschäfte in der Stadt sind. Er hat Verhandlungen und vertrauliche Besprechungen erwähnt. Um die Anonymität der Gäste zu garantieren, haben sie die Kameras vor einigen Jahren demontiert.«

»Ist das erlaubt?«

»Es gibt kein Gesetz, das den Hotels vorschreibt, Kameras im Empfangsbereich zu installieren. Die meisten haben zu ihrer eigenen Sicherheit welche.«

Lisa versuchte sich zu erinnern, wie das in Norwegen war, aber ihr fiel kein Fall ein, bei dem die Aufnahmen einer Videokamera im Empfangsbereich eines Hotels für ihre Ermittlungen wichtig gewesen waren.

»Andere Zeugen gibt es keine?«

»Niemanden, der das Paar bemerkt hat. Das Zimmer wurde auf seinen Namen gemietet. Die Frau hat am Vorabend eingecheckt und dem Angestellten am Empfang gesagt, dass ihr die Tasche mit Pass und Personalausweis am Flughafen gestohlen wurde. Sie sind der Sache nicht weiter nachgegangen, um es einmal so auszudrücken.«

»Wann bekommen wir den Obduktionsbericht?«

»Die vorläufigen Ergebnisse kommen heute Nachmittag. Sie bekommen sie, sobald wir sie haben.«

Willinger war effektiv und auf die Sache fokussiert. Lisa gefiel, dass er nicht auf Smalltalk aus war, sondern sich auf die vor ihnen liegende Arbeit konzentrierte. Da sie nicht wusste, wie lange die Fahrt dauern würde, wollte sie so viel wie möglich erfahren, bevor sie Cathrine Heffermehl trafen.

»Wo fahren wir hin?«, fragte sie, um herauszufinden, wie viel Zeit sie hatten.

»Frau Heffermehl ist bei einer Freundin draußen in Grinzing. Das liegt in der Gemeinde Döbling am Rand der Stadt. Eine ziemlich feine Gegend, aber auch beliebt bei den Touristen. Sie reisen in Bussen zum Heurigen an.«

»Zum Heurigen?«

Lisa hatte das Wort noch nie gehört.

»Das sind kleine Restaurants, oft in einem Garten, in denen lokaler Wein und diverse Speisen serviert werden. In den Dörfern um Wien bewirten die Weinbauern auf ihren Höfen die Gäste und bieten Besichtigungen an. In Grinzing ist ein bisschen mehr los.«

»Was macht Frau Heffermehl da?«

»Grinzing ist auch eine der exklusiveren Wohngegenden der

Stadt. Die Freundin von Frau Heffermehl ist Norwegerin, aber mit einem der wirklich erfolgreichen Geschäftsleute der neunziger Jahre verheiratet, in denen alles, was mit dem Internet zu tun hatte, Milliarden wert war. Rolf Hupert hat sich ausgekauft, noch bevor der Markt begriffen hat, dass immaterielle Werte früher deshalb nicht geschätzt wurden, weil sie einfach keinen Wert haben.«

Lisa war fasziniert, wie ein Mann, der ihr Vater hätte sein können, über Internet und New Economy redete, als wäre es das Natürlichste auf der Welt. Willinger musste ihre Gedanken erraten haben.

»Ich habe mehrere Jahre im Bereich Wirtschaftskriminalität gearbeitet. Nicht alles in dieser Zeit ist mit rechten Dingen zugegangen, um es einmal so auszudrücken. Einige haben wir bekommen, andere sind uns durch die Lappen gegangen, oft mit riesigen Summen, sicher versteckt in einem Chaos aus Holdings und Bankkonten auf der ganzen Welt.«

»Und Rolf Hupert?«, fragte Lisa. Sie war neugierig geworden.

»Gehört nicht zu den Schlechtesten. Er ist tüchtig und definitiv zu einem der Reichsten geworden. Er hat vor vier Jahren ein großes Grundstück in der Himmelstraße gekauft und das Haus, das darauf stand, abgerissen. Dann hat er einen Architektenwettbewerb ausgeschrieben und sich von einem der Topbüros, Coop Himmelblau, das Haus entwerfen lassen. Warten Sie es ab. Es ist imponierend.«

»Sie waren schon einmal dort?«

»So gut wie keiner ist schon einmal dort gewesen, aber irgendjemand in dem Architekturbüro hat Fotos davon verkauft, bevor Hupert und Familie eingezogen sind. Das war ein Skandal damals; Hupert hat überlegt, ob er überhaupt einziehen soll, und Coop Himmelblau hat ein kleines Vermögen in private Ermittler investiert, um den Sünder zu finden, jedoch ohne Resultat. Den Gerüchten zufolge haben Huperts eigene PR-Berater die Fotos herausgegeben. Sie wollten im Zuge einer laufenden Anklage wegen Steuerhinterziehung ein sympathisches Bild von ihm als Opfer aufbauen. Die Story ist jedoch nie bestätigt worden.«

Willinger lächelte, und Lisa hatte keine Zweifel, welche Meinung er diesbezüglich vertrat.

»Gerissen«, sagte sie. Hupert faszinierte sie, aber Willinger auch. Sie mochte ihn auf die gleiche Weise, wie sie oft ältere Männer mochte, die Ruhe und Gelassenheit ausstrahlten.

»Wie kommt Frau Heffermehl mit dem Tod ihres Mannes zurecht?«

»Schwer zu sagen.«

Willinger blätterte in den Unterlagen, als würde er nach etwas suchen.

»Ich dachte, ich hätte ein Foto von ihr, aber anscheinend habe ich es im Büro liegen gelassen. Sie ist, wie soll ich sagen, eine sehr kontrollierte Frau. Sehen Sie selbst.«

18

Sander hatte den Tag damit verbracht zu lesen und E-Mails zu beantworten. Obwohl er nicht vor zwei im Bett gewesen war, war er um sieben aufgestanden, hatte in der Küche Kaffee gekocht und ihn mit ins Büro genommen.

Die gestrigen Versprechen von Regen und niedrigeren Temperaturen hatten sich nicht eingelöst. Gegen Mittag musste er Fenster und Türen weit öffnen, um Durchzug im Haus zu machen.

Er hatte an den Botschafter in Wien denken müssen. Tot, alleine in einem Hotelzimmer, einem Allergieanfall erlegen, der leicht mit dem Medikament abzuwehren gewesen wäre, das er bei sich hätte haben sollen. Oder bei sich gehabt hatte, wenn sie seiner Frau Glauben schenken konnten.

Noch einmal kam ihm der Gedanke, dass die von ihnen gesuchte Frau zugesehen haben musste, wie der Mann, den sie in eine Falle gelockt hatte, vor ihren Augen starb.

Es musste ein Motiv geben. Er war immer mehr davon überzeugt, dass sie es nicht mit irgendeiner Verrückten zu tun hatten, die aus Lust am Töten mordete. Dafür war die Wut zu groß, die Inszenierung zu dramatisch und die darauf folgende Demütigung – des Außenministeriums, der Familie und der Polizei – zu umfassend.

Gäbe es nur ein Opfer, wären die möglichen Motive mehr oder weniger unbegrenzt. Eine verschmähte Geliebte, eine Touristin, die sich von der Botschaft ungerecht behandelt fühlte, eine Angestellte, die ihren Chef hasste. Bei zwei Opfern sah das anders aus. Vorausgesetzt, es gab einen Zusammenhang und es handelte sich in beiden Fällen um Mord, doch das hielt er für gegeben. Alles andere wäre unwahrscheinlich, und diese Dimension versuchte er zu umgehen, jedenfalls bei seiner Arbeit.

Mit anderen Worten, es musste ein Motiv geben, einen Vorfall, der die beiden Botschafter miteinander verband. Etwas, das bei einer instabilen Person ausreichte, um eine Wut auszulösen, die in Mord gipfelte.

Für einen kranken Menschen bedurfte es dazu nicht viel. Für jemanden, der eigentlich gesund war, wenn sich diese Bezeichnung überhaupt auf eine Person anwenden ließ, die imstande war, so kalkuliert und überlegt wie in diesem Fall zu morden, gehörte wahrscheinlich schon mehr dazu als eine Verletzung oder eine Meinungsverschiedenheit.

Seine Gedanken drehten sich im Kreis. Er war sich lediglich sicher, dass sie im Umfeld der Opfer suchen mussten. Und wenn Lisa und William darauf noch nicht selbst gekommen waren, brauchten sie mehr als Sanders Analysen, um den Fall zu lösen.

Es war fast zwei. Er hatte heute zwei Patientinnen. Die erste war eine Sechzehnjährige, die vom Krankenhaus Ullevål an ihn überwiesen worden war und seit fast zwei Monaten regelmäßig kam. Meistens saß sie auf dem Stuhl vor dem Schreibtisch, ohne in den 45 Minuten, die die Sitzung dauerte, auch nur ein Wort zu sagen. Trotzdem kam sie weiterhin, als brauchte sie die Termine bei Sander, um ihr Leben zu meistern.

Paradoxerweise galt das ansatzweise auch für ihn. Nicht nur in Bezug auf Mia, sondern auch auf die anderen Patienten, die größere Probleme als abwesende Ehemänner oder Haare auf dem Flugzeugsitz vor ihnen hatten. Vor jeder neuen Sitzung spürte er den gleichen Optimismus, und wenn der Patient ging, ohne dass er das Gefühl hatte, einen Schritt weitergekommen zu sein, war er jedes Mal gleich deprimiert. Doch ungeachtet dessen, wie es lief, fühlte er sich nach einer Therapiestunde energiegeladener als vorher. Stundenlang konnte er im Internet oder in Büchern nach Informationen oder ähnlichen Fällen suchen, die ihm helfen konnten, seine Patienten bei der Bearbeitung der Probleme zu unterstützen, mit denen sie alleine nicht zurechtkamen. Die Zeit verging, ohne dass er es merkte; es spielte keine Rolle, ob er sich mit einem Kugelschreiber oder einem Füller mit Goldfeder Notizen machte, ob der Monitor nur 13 Zoll groß war und der Stuhl keinen Verstellmechanismus, keine Nackenstütze und keine Räder hatte. In der Fachsprache nannte man das *im Fluss sein*; er ging in seiner Arbeit auf, und alle physischen Bedürfnisse und jegliches Zeitempfinden schwanden. Wenn er nach ein oder drei Stunden mit dem Gefühl wiederauftauchte, einen Schritt vorangekommen zu sein, eine neue Idee oder eine andere Strategie gefunden zu haben, war es immer der Gedanke an das Geld, der ihm einen Dämpfer versetzte. Es war wie ein Rucksack in seinem Selbstbild geworden, den er mit sich herumtrug und brauchte, um sich zu definieren, und das höchstwahrscheinlich auch die Meinung anderer über ihn prägte.

In den letzten Wochen hatte er nur für Dinge wie Lebensmittel, Benzin, die Essen mit Lisa und die Rechnungen Geld ausgegeben, die in einem stetigen Strom in seinem Briefkasten landeten. Seine Millionen waren mit dem alleinigen Ziel, sich zu vermehren und den Maklern noch mehr Maklergebühren einzubringen, in Fonds investiert oder auf diversen Maklerkonten untergebracht.

Ließ er die negativen Gedanken lange genug wüten, endete es stets damit, dass er sich undankbar, unzufrieden und unfähig vorkam, die Sicherheit und die Privilegien zu schätzen, die seine Eltern ihm hinterlassen hatten.

Mia begann ihre Stunde damit, dass sie sich hinsetzte, ihre Stoffschuhe abstreifte und sich zurücklehnte. Sie guckte Sander herausfordernd an, der einen Notizblock herausholte und die Kappe des Füllers abschraubte.

Nach zwanzig Minuten saßen sie noch immer so da und sahen einander an, während vor dem offenen Fenster die Vögel in den nahen Bäumen ein Konzert gaben. Mia seufzte und schloss hin und wieder die Augen, Sander versuchte seine Frustration und das durch seinen Körper strömende Adrenalin unter Kontrolle zu halten.

Die Stunden mit Mia waren die einzigen, vor denen ihm graute. Trotzdem hatte er nicht aufgegeben. Er durfte nicht aufgeben, dafür war die Verantwortung zu groß.

Plötzlich stand er auf, legte den Füller zur Seite und schloss das Notizbuch. Er hatte eine Idee.

»Magst du ein Eis?«

Sie sah ihn überrascht an, skeptisch, als gäbe es auf die Frage eine richtige und eine falsche Antwort.

»Hmmm.«

Er nahm die vage Antwort als Ja und ging in die Küche hinunter. Er holte zwei Becher Mövenpick aus dem Tiefkühler, griff nach zwei Teelöffeln, um nicht mit den Plastiklöffeln essen zu müssen, die bei dem Eis waren, und goss Erdbeersaft in eine Karaffe. Er stellte alles auf ein Tablett und balancierte es die Treppe hinauf.

Sie bedankte sich. Dann aßen sie schweigend ihr Eis.

Mia war vor mehreren Monaten nach einem Aufenthalt im Universitätskrankenhaus Ullevål zum ersten Mal bei ihm gewesen und kam jetzt regelmäßig zweimal die Woche. Die Vorgeschichte war einfach, aber traurig. Letzten Sommer war ihr Bruder an einer erblichen Krebsvariante erkrankt und gestorben. Nach der Beerdigung hatte Mia sich in ihrem Zimmer eingeschlossen und sich drei Wochen lang geweigert herauszukommen. Schließlich hatte sie wieder zu funktionieren begonnen, rein physisch zumindest, doch mental war sie weiterhin so geistesabwesend und verschlossen wie vorher. Sie antwortete auf praktische Fragen, fragte nach Essen, wenn sie Hunger hatte, und nach sauberer Kleidung, wenn ihr Schrank leer war. Doch erkundigte sich jemand, wie es ihr ging, was sie gemacht hatte oder mit wem sie zusammen gewesen war, machte sie total dicht. Es war unschwer zu verstehen, dass sie eine Depression hatte, aber schwierig, sie zu behandeln, da man nicht in einen Dialog mit ihr treten konnte.

»Du erinnerst mich an einen Patienten, den ich vor vielen Jahren hatte.«

Sander hatte sein Eis aufgegessen und das zweite Glas Saft zur Hälfte ausgetrunken. Mia trank und aß langsam, als würde sie über jeden Bissen und über jedes Schlückchen nachdenken; sie arbeitete sich noch immer auf den Grund des Bechers mit dem Zitroneneis vor.

»Er hatte einen Zwillingsbruder«, fuhr Sander fort. »Als sie sechs Monate alt und noch Embryos im Bauch ihrer Mutter waren, wurde klar, dass nur einer von ihnen die Schwangerschaft überleben würde. Mein Patient, der Stärkere der beiden, nahm die Nahrung für beide auf, und wenige Wochen später war der Schwächere tot.«

Mia hatte aufgehört zu essen. Sander sah, dass sie ihm zuhörte, obwohl sie den Blick auf ein Foto gerichtet hielt, das hinter seinem Schreibtisch hing.

»Ich habe mit einem befreundeten Arzt gesprochen, der mir erzählt hat, dass diese Situation nicht ungewöhnlich ist. Ungewöhnlich war diesmal aber, dass der überlebende Zwilling die

Geschichte in einer Diskussion mit dem Vater um die Ohren gehauen bekam, als er sechzehn war, und so von schlechtem Gewissen und Schuldgefühlen geplagt wurde, dass er im Alter von sechsundzwanzig gehandikapt, vereinsamt und am Rand des Selbstmords war.«

»Aber das war doch nicht seine Schuld.«

Mia hatte ihn unterbrochen, und Sander spürte, wie sein Herz schneller schlug.

»Nein. Das war es nicht«, sagte Sander. »Aber für ihn ging es nicht um Schuld, sondern um das Verhältnis zu seinen Eltern und um das Gefühl, dass sie ihn für das, was geschehen war, verantwortlich machten, obwohl er damals noch nicht einmal geboren war.«

»Ist es gut ausgegangen?«, fragte Mia. Jetzt sah sie ihn an.

»Er hat es verarbeitet«, sagte Sander. »Mit der Zeit hat er verstanden, dass die Geschichte seines Bruders sein Leben seit seinem sechzehnten Lebensjahr total beherrscht und in gewisser Weise alle Erfahrungen und Erlebnisse durchdrungen hat. Er hat es geschafft, sich auf die Person zu konzentrieren, die er war, bevor er von seinem Bruder erfahren hatte, und er hat begriffen, dass er unabhängig von seinem Zwillingsbruder ein eigenes Leben hat. Doch diese Geschichte prägt ihn noch immer, da bin ich mir sicher. Der Bruder bestimmt nicht sein Leben, aber er wird immer da sein, auf die eine oder andere Weise.«

Sander saß am Küchentisch, als Mia gegangen war. Ein Teil seiner Kollegen würde behaupten, dass er eine Grenze überschritten hatte, indem er die Situation umgedreht und die Diskussion mit Inhalt gefüttert hatte, statt passiv zuzuhören, was die Patientin zu sagen hatte.

Streng genommen war er damit von einem Bearbeitenden zu einem Beitragenden geworden.

Hätten sie gewusst, dass er von sich und seinem eigenen Bruder gesprochen hatte, hätten sie ihn wahrscheinlich sofort dem fachethischen Rat gemeldet.

19

Kontrolliert traf es gut. Nicht nur was Cathrine Heffermehl anging. Das ganze Setting ließ sich nicht besser beschreiben, von dem großen schmiedeeisernen Tor, das vor dem Auto aufgeglitten war, über die Allee, die zum Haus führte, den gut gepflegten Rasen und die Blumenbeete bis hin zu dem anorektisch wirkenden, minimalistischen Haus aus Glas und Beton und allem, was sich darin befand.

Ein junger Mann in dunkler Kleidung – einer Anzughose und einem Hemd mit Chinakragen – öffnete ihnen die Tür. Er führte sie durch mehrere große Zimmer zum Garten auf der Rückseite des Hauses. Sie blieben in einem offenen Raum stehen, durch dessen Tür der Garten förmlich hereinzuquellen schien, einem Raum mit großen Glasflächen anstelle von Wänden, mit Schieferplatten, die bis zum Swimmingpool und dem langen Tisch hinausreichten, der sich ebenso gut zu Besprechungen wie für große Mittagsgesellschaften eignete.

An einem Ende saßen vier Personen und unterhielten sich leise. Als Lisa und William den Raum betraten, standen sie auf und einer der beiden Männer kam ihnen mit ausgestreckter Hand entgegen.

»Danke, dass Sie sich die Zeit genommen haben, hier herauszukommen«, sagte er auf Norwegisch und drückte Lisa die Hand. »Cathrine weiß das zu schätzen.«

Lisa sah ihn fragend an, unsicher darüber, wen sie vor sich hatte.

»Entschuldigung, ich komme von der Botschaft, Robert Vinger. Ich vertrete die Interessen der Botschaft ... das heißt, in diesem Fall Cathrine Heffermehls Interessen.«

Lisa fragte sich, was das in diesem Fall für Interessen sein könnten, und ob sie stark von denen des Außenministeriums abwichen, entschloss sich jedoch, mit dieser Frage noch zu warten. Robert Vinger zeigte auf den Tisch, an dem die anderen saßen, und stellte die drei schnell vor. Nina Hupert war Cathrines Freundin. Rechts von ihr saß ein weiterer Mann im Anzug, Jørgen Hals von Freund & Kleiber, wie Vinger erklärte.

»Er ist Heffermehls Anwalt, kommt aber aus Norwegen. Die Sprache dürfte demnach kein Problem sein.«

Es sah nicht so aus, als wäre Anton Willinger auch dieser Meinung. Die Vorstellung war auf Norwegisch erfolgt, und Willinger sah sie fragend an.

Lisa versprach, ihn nach dem Gespräch zu informieren. Im selben Moment stand Nina Hupert auf, lächelte Willinger an und schlug vor, in die Küche zu gehen und einen Espresso zu trinken. »Um der alten Freundschaft willen«, wie sie es ausdrückte, und Lisa dachte an die Steuergeschichte, von der Willinger ihr im Auto erzählt hatte. Kurz darauf waren sie verschwunden. Lisa setzte sich Cathrine Heffermehl gegenüber, die sich als Einzige bei ihrem Eintritt nicht erhoben hatte.

Auf der anderen Seite des Tisches saß eine Frau um die vierzig, die vor achtundvierzig Stunden Witwe geworden war, seitdem kaum geschlafen hatte und trotzdem aussah, als wäre sie direkt der Wochenendbeilage der *Financial Times* entsprungen. Sie war dezent geschminkt, hatte das Haar stramm nach hinten gekämmt und trug ein körperbetontes Kostüm mit einer Jacke und einem knielangen Rock aus dunklem, wollähnlichem Stoff. Sie machte den Eindruck einer Frau, die die Situation völlig im Griff hatte. Cathrine Heffermehls Ehemann war tot, doch sie hätten ebenso gut auf einer Vorstandssitzung oder bei einem wichtigen Geschäftsessen sein können, dachte Lisa.

Frau Heffermehls Händedruck war fest und ihre Stimme ruhig, als sie Lisa begrüßte. Sie goss sich eine Tasse Tee ein und nickte dabei in Richtung eines Tabletts, das mitten auf dem Tisch stand. Lisa nahm sich ein Mineralwasser.

»Ich will es so kurz wie möglich machen«, begann Lisa. »Ich weiß, wie schwer das für Sie sein muss.«

»Nehmen Sie sich die Zeit, die Sie brauchen«, antwortete Frau Heffermehl und legte die Hände vor sich auf den Tisch. »Ich möchte gerne helfen. Das Wichtigste ist jetzt, dass Sie diese Person kriegen ... die mit Jarle in dem Hotel war.«

»Sie sind noch nicht lange hier?«

»Wir sind Anfang April hergekommen.«

»Sie haben Glück, dass Sie eine Freundin in der Stadt haben. Ist dieses Leben nicht manchmal einsam, immer neue Städte, neue Menschen?«

»Wir haben beide Bekannte in Wien, das war also kein Problem. Außerdem gewöhnt man sich an so etwas. Wir sind auch viel zu Hause, in den Ferien und an den langen Wochenenden, sodass die Kinder Kontakt zu Norwegen und den Großeltern haben. Es ist ein Job.«

Lisa schrieb etwas auf ihren Block, um Zeit zu gewinnen.

»Warum Wien?«

»Entschuldigung?«

Cathrine Heffermehl sah Lisa überrascht an.

»Warum hat Ihr Mann sich für Wien beworben? Oft gibt es doch einen Grund, dass man an einen bestimmten Ort möchte, nicht?«

»Ach, so meinen Sie das. Ja, das stimmt, es gibt immer Orte, die attraktiver sind als andere. Nach mehreren Jahren in Asien wollten wir gerne nach Europa zurück. Anfangs hatten wir allerdings nicht an Wien gedacht. Er wurde gebeten, sich um den Posten zu bewerben, nachdem die Frist eigentlich schon abgelaufen war.«

»Gebeten, sich zu bewerben?«

»Das hier ist doch vertraulich?«

Cathrine Heffermehl drehte sich zu Rechtsanwalt Hals um, der Lisa ansah.

»Nun ja, Sie können sich zumindest darauf verlassen, dass wir die Informationen nicht an die Presse weitergeben.«

Lisa musste plötzlich an Charlotte Nøst denken und fragte sich, ob sie überhaupt Garantien geben konnte. »Wenn das, was Sie erzählen, jedoch für den Fall wichtig ist, müssen Sie es in einem möglichen Gerichtsverfahren unter Eid wiederholen.«

»Natürlich«, antwortete Frau Heffermehl.

»Wer hat Sie gebeten, sich um den Posten zu bewerben?«

»Jarle hat einen Anruf vom Staatssekretär bekommen, unmittelbar bevor das entsprechende Gremium seinen Vorschlag abgeben sollte. Man hat ihn gebeten, Interesse zu bekunden. Es ging um irgendwelche internen Machenschaften, und wir haben beschlossen, auf Wien Lust zu haben. Eine Woche später hatte er den Job.«

»Waren Sie überrascht?«

»Etwas. Eigentlich sollten wir noch ein paar Jahre bleiben, wo wir waren. Aber so etwas lässt sich unmöglich vorhersagen; in dieser Branche entwickeln sich die Dinge oft schnell, und die Logik ist nicht immer leicht zu durchschauen.«

Lisa zweifelte nicht an ihren Worten. Oldeide hatte einen Job bekommen, von dem niemand angenommen hatte, dass er ihn bekommen würde, und Heffermehl war aufgefordert worden, sich um einen Posten zu bewerben, für den er eigentlich noch nicht alt genug war. Langsam zeichnete sich ein Muster ab.

»Wüssten Sie einen Grund für diese Vorgehensweise?«

»Keine Ahnung.«

»Keine Gerüchte, kein Klatsch, keine Spekulationen?«

»Da bin ich nicht die Richtige, Ihnen diese Frage zu beantworten. Wir würden als Letzte von Gerüchten erfahren, die über uns im Umlauf sind. Doch dass es Gerüchte gab, da bin ich mir sicher. Sie müssen nur den Richtigen fragen.«

»Am Samstag …«

Lisa notierte sich, nach einem Klatschmaul mit zuverlässigen Informationen über das Ernennungsprozedere Ausschau zu halten, bevor sie fortfuhr. »Sie waren auf einem Empfang?«

»Im Rathaus. Unser Auto wartete draußen, aber Jarle wollte lieber noch einen kleinen Spaziergang durchs Zentrum machen und dann mit der Bahn oder einem Taxi nach Hause kommen. Das machte er oft, wenn wir auf irgendwelchen Abendveranstaltungen waren; er brauchte ein wenig Zeit für sich, er mochte es, Leute zu beobachten, ohne selbst beachtet zu werden.«

»Sie fanden es also nicht ungewöhnlich, dass er an einem Samstagabend um neun Uhr nicht mit Ihnen zusammen nach Hause fahren wollte?«

»Überhaupt nicht.«

Cathrine Heffermehl blickte Lisa an, ohne zu blinzeln, als wollte sie das, was sie gerade gesagt hatte, noch unterstreichen. Lisa entschied sich für den direkten Weg.

»Hatten Sie jemals den Verdacht, dass er eine Geliebte hatte? Ist Ihnen in den letzten Wochen oder Monaten etwas aufgefallen, das darauf hinweisen könnte …?«

Cathrine Heffermehl biss die Zähne zusammen, doch dann entspannte sie sich, und zum ersten Mal während ihres Gesprächs lächelte sie.

»Jarle hatte immer irgendwelche Frauengeschichten. Er war immer … wie soll ich das sagen … er brauchte das einfach, das Flirten, meine ich. Seit unserer ersten Begegnung habe ich gewusst, dass ich ihn nie für mich alleine haben würde.«

Lisa wurde bewusst, dass sie mit offenem Mund dasaß. Sie rief sich schnell zur Ordnung, bevor die anderen mitbekamen, wie überrascht sie war.

»Wir hatten eine Art Abmachung, darauf haben wir uns vor vielen Jahren geeinigt und nie mehr darüber gesprochen. Ich wollte nicht wissen, was er tat, wenn er nicht zu Hause war, und er kümmerte sich nicht um das, was ich machte, wenn ich nach dem Training nicht gleich nach Hause gekommen oder übers Wochenende weggefahren bin, ohne ihm zu sagen, wohin. Mir passte das ganz gut, vor allem weil er so oft auf Reisen war. Ich musste nicht allein zurechtkommen, um es einmal so auszudrücken.«

Sie lächelte erneut und sah Jørgen Hals an. Er wurde rot und blickte in eine andere Richtung. Lisa hatte das starke Gefühl, dass der Anwalt mehr für die trauernde Witwe war als ihr juristischer Berater.

»Die Allergie«, sagte Lisa. »Er hat einen anaphylaktischen Schock bekommen. Ich gehe einmal davon aus, dass er gewusst hat, was er an Lebensmitteln und dergleichen nicht zu sich nehmen durfte.«

»Er hatte immer seine Medizin bei sich, auch am Samstag, da bin ich mir sicher. Eine kleine Adrenalinspritze, die die Anfälle in wenigen Minuten stoppt. Es ist unvorstellbar, dass er keinen Gebrauch davon gemacht haben soll, es sei denn, er war nicht dazu imstande. Und ich verstehe auch nicht … warum sie nicht da war.«

»Kamen die Anfälle plötzlich?«, sagte Lisa. Sie wusste mit Sicherheit, dass in Jarle Heffermehls Zimmer keine Adrenalinspritze gefunden worden war, verriet es der Witwe aber nicht.

»Manchmal innerhalb von Sekunden, aber er hatte immer genug Zeit, um an die Jacke oder Tasche zu kommen. In den letzten Jahren hatte er nur wenige Anfälle; er wusste, wodurch sie ausgelöst wurden und wie er sie vermeiden konnte.«

»Wovor musste er sich in Acht nehmen?«

»Nüsse, Petersilie, Wespen, Honig, alles Dinge, die zu meiden in der Regel nicht schwer war.«

»Hat er anderen von der Allergie erzählt?«

»Nur, wenn es sich nicht vermeiden ließ. Die meisten Botschaften wussten es, sodass bei der Essenszubereitung Rücksicht darauf genommen wurde. Die Kollegen wussten es natürlich auch, aber öffentlich war es nicht bekannt. Warum fragen Sie?«

Lisa war unsicher, wie viel sie sagen sollte.

»Wir müssen alles in Betracht ziehen. Auch die Möglichkeit, dass jemand … willentlich dazu beigetragen hat, einen Anfall auszulösen.«

Zum ersten Mal wirkte Cathrine Heffermehl erschüttert. Lisa beschloss, das Thema zu wechseln, damit sie sich wieder beruhigte.

»Bitte erzählen Sie mir, wie Jarle war, wie andere ihn gesehen haben. Bei der Suche nach einer möglichen Täterin ist es wichtig, einen Eindruck von dem Verstorbenen zu bekommen«, sagte Lisa.

»Der Verstorbene ...«, begann Cathrine Heffermehl. Lisas Wortwahl schien sie getroffen und ihr plötzlich klargemacht zu haben, was wirklich passiert war.

»Er war anständig ...«, begann sie. »Er hat immer für uns gesorgt, für mich und die Kinder ...«

Lisa begriff, dass die Strategie, das Thema zu wechseln, total fehlgeschlagen war. Jørgen Hals legte beruhigend seine Hand auf Cathrines, aber es war zu spät. Die Tränen liefen, der Körper bebte leicht, und Nina Hupert, die sich zusammen mit Anton Willinger im Nebenzimmer aufgehalten haben musste, kam mit einer Packung Papiertaschentücher angelaufen. Das Gespräch war zu Ende.

Sie aß mit Anton Willinger in einer kleinen Heurigen-Gaststätte in der Nähe zu Mittag und fuhr anschließend mit ihm zurück ins Büro. Sie sah sich die restlichen Unterlagen zum Fall an und diskutierte das weitere Vorgehen mit Willinger. Seine Sekretärin hatte ihr ein Ticket für den letzten Flug besorgt, und kurz vor halb sieben begleitete er sie hinunter und setzte sie in dasselbe Fahrzeug mit demselben Fahrer, der sie schon früher am Tag gefahren hatte. Der Verkehr war jetzt weniger dicht, und die Fahrt nach Schwechat hinaus ging schnell.

Unmittelbar bevor sie am Flughafen ankamen, rief Willinger

auf ihrem Handy an. Als er ins Büro gekommen war, hatte der vorläufige Obduktionsbericht im Posteingang gelegen. Er hatte ihn schnell überflogen und die Information gefunden, auf die sie gewartet hatten. Jarle Heffermehl war an einem anaphylaktischen Schock gestorben, ausgelöst durch Honig, von dem der Arzt Spuren auf seinen Lippen gefunden hatte.

Honig, dachte Lisa, von dem Heffermehl gewusst hatte, dass er eine sofortige, tödliche allergische Reaktion auslöste.

20

»Verstehst du das? Vor weniger als einem Monat haben wir noch über Heffermehl gesprochen, und jetzt ist er tot. Irgendwie ist das unheimlich, fast als hätten wir das Unheil heraufbeschworen.«

Ester beugte sich vor und schob die Keksschale in die Mitte des Tisches.

»Greift zu.«

Anne ließ sich nicht aus dem Konzept bringen.

»Und dann auch noch an einem Allergieanfall. Es war doch bekannt, dass er nicht alles essen durfte. Nicht wahr, Siri?«

Einige Botschaftsleute hielten untereinander Kontakt, vor allem zu Hause. In Zeiten, in denen die Einladungen zu Veranstaltungen und Diners selten waren, konnten die Nachmittage lang werden.

Das Ministerium hatte seine eigenen Methoden, seine Leute zu strafen. Sie zeitweilig oder ganz aus dem sozialen Leben auszuschließen war eine davon. Und wie in jeder Gruppe, in der die Starken dominieren und zuerst an sich denken, hielten auch die Schwachen zusammen. Jedenfalls eine Weile, bis jemand ihnen einen Knochen hinwarf und die Verstoßenen plötzlich zu ihren eigenen schlimmsten Feinden wurden.

Siri war die Jüngste, nicht einmal vierzig, während Anne und Ester diesseits und jenseits der Fünfzig waren. Der Wintergarten im Solvei bot sich als Treffpunkt an; manchmal saßen sie einfach nur draußen, redeten und genossen die Aussicht – die kleinen Boote, die an den Sommertagen draußen auf dem Fjord vorbeituckerten, oder die großen Fähren, die im Winterhalbjahr durch Schnee oder Regen unter den Brücken hindurch Richtung Zentrum stampften.

»Irgendetwas muss passiert sein. Zuerst Oldeide, dann Heffermehl; anders kann ich mir das nicht erklären.«

Siri hatte den Mund voll Kuchen, war aber gut zu verstehen. Ein Vorteil, der nicht zu unterschätzen war, vor allem auf Empfängen oder bei anderen Gelegenheiten, wenn es darauf ankam, einfach weiterzureden und andere nicht zu Wort kommen zu lassen.

»Ich wage mir gar nicht vorzustellen, wer der Nächste sein könnte. Stellt euch mal vor, das geht so weiter.«

Anne kicherte entzückt, während Ester aus dem Fenster schaute und die Worte der Freundin nicht weiter kommentierte. Sie wusste genau, wer der Nächste sein könnte, ohne eine Lücke zu hinterlassen. Eigentlich konnte sie sich nicht nur einen vorstellen, doch das behielt sie lieber für sich.

Ein leiser Knall im Haus ließ die drei Damen ihre Teetassen abstellen und sich fragend ansehen.

»Sind Kinder im Haus?«, fragte Anne lächelnd und sah zur Decke.

»Nur Zessi; sie ist zurzeit zu Hause und holt etwas vom Speicher. Es ist schön, dass sie hier ist, jetzt, wo wir zu Hause sind.«

Ester nannte die Tochter noch immer bei dem alten Kosenamen, den ein schwedischer Botschafter in Lima ihr einmal gegeben hatte. Zessi, kurz für Prinzessin, und das war sie auch – der Mittelpunkt, der Sinn, der Lichtblick, alles, was etwas bedeutete. Jedes Mal, wenn die negativen Gedanken überhandzunehmen drohten, rief Ester sich das in Erinnerung.

Plötzlich hörten sie Schritte im Wohnzimmer. Jemand nahm ein Buch aus dem Regal und stellte die Stimme von Katie Melua leiser, die aus den Lautsprechern strömte.

»Wer ist da?«

Ester lauschte und machte einen langen Hals. Sie freute sich über den Besuch der Freundinnen, was man ihrer Stimme auch anhörte.

Daniel erschien in der Tür. Er lächelte den beiden Gästen zu. Ester fand, dass er seit langem nicht mehr so gut ausgesehen hatte.

»Suchst du etwas zu lesen, mein Lieber?«, fragte sie.

»Nein, die Zeitung ist gerade gekommen. Die Nachmittagsausgabe. Vielleicht hat Zessi Zeit, anschließend einen Spaziergang mit mir zu machen.«

Ester hoffte, dass die Tochter Zeit hatte. Daniel war ein anderer Mensch, wenn sie zu Hause war. Er telefonierte fast täglich mit ihr, da manchmal Wochen vergingen, bis sie sich sahen.

»Gut, Daniel. Wir unterhalten uns noch ein bisschen. Du kennst das ja.«

Sie lächelte. Daniel lächelte zurück. Er kannte das.

21

Sander ging ans Telefon, den Mund voll Omelett. Er hatte die Stunde mit Mia noch einmal überdacht und festgestellt, dass er sich auf die nächste freute. Ob ihm ein Durchbruch gelungen war, konnte er nicht sagen, doch Mia hatte auf die Geschichte reagiert, die er ihr erzählt hatte. Nach mehrmonatigem Schweigen konnte er das nur als Fortschritt verbuchen.

Obwohl das Display eine 66er-Nummer anzeigte, klingelte keine Glocke. Als er Ina Øklands Stimme hörte, klopfte sein Herz.

Eine halbe Stunde später saß er mit Aussicht auf den Rådhusplass und einem Glas Chablis unter der Markise des *Coco Vika*. Es war windig, doch nicht so sehr, dass man nicht draußen sitzen konnte. Er sah Ina Økland, als sie um die Ecke des Wilhelmsen-Baus kam; sie hatte ihn noch nicht entdeckt. Er winkte verhalten, als sie in Richtung Restaurant guckte.

Der große Rucksack und die praktischen Sommersachen – eine leichte Baumwollhose und ein Top mit Spaghettiträgern – ließen sie wie eine Interrailerin aussehen. Sie schwitzte leicht, als sie sich an den Tisch setzte. Der Rucksack schien schwer zu sein.

»Puh, ist das warm«, sagte sie und lehnte sich zurück.

Sander goss ihr ein Glas Wasser ein. Dann schob er es ihr hin und dachte an die Kaffeetasse vor einigen Tagen.

Sie trank das Glas in einem Zug aus, während Sander einem der schwedischen Mädchen winkte, die das Restaurant führten.

»Weißwein?«, fragte er.

Ina nickte. »Das wäre schön. Aber ich habe nicht viel Zeit,

ich muss in ungefähr 40 Minuten den Flughafenzug bekommen.«

»Das reicht«, antwortete Sander und bestellte ihr auch ein Glas Chablis. »Nach Norheimsund?«, fragte er.

»Nur für eine gute Woche. Die Touristen, die das Center besuchen, wollen echte Menschen und echtes Handwerk sehen, deshalb übernimmt jeder von uns ein paar Wochen im Sommer, damit sie etwas zu gucken haben.«

Mit Ina ließ sich gut reden. Er hatte das Gefühl, sie schon lange zu kennen, und selbst die kleinen Pausen, in denen keiner etwas sagte, sondern sich umsah oder die leichte Brise genoss, fühlten sich nicht unangenehm an. Sie sah ihm die ganze Zeit in die Augen. Vielleicht macht sie das bei jedem, dachte Sander, aber eigentlich glaubte er das nicht.

Als sie beim Abstellen des Weinglases zufällig seine Hand berührte, fand er es plötzlich schade, dass sie in zwanzig Minuten wieder weg musste. Ginge es nach ihm, hätte aus dem kurzen Treffen ruhig ein ganzer Abend werden können. Sie hätten Wein trinken, zusammen essen und in ein Lokal mit DJ und Tanzfläche gehen können.

»Sie haben gesagt, dass Ihnen noch etwas eingefallen ist«, sagte Sander.

»Ich weiß nicht, ob es wichtig ist; es ist mir eingefallen, nachdem Sie am Sonntag gegangen waren. Ich hatte es total vergessen, aber durch die Frage nach dem Knoten ist es plötzlich wieder aufgetaucht.«

»Das Gehirn arbeitet manchmal merkwürdig. Mit zum Seltsamsten gehört, dass wir Dinge wissen, die wir nicht wissen. Ich meine, dass wir wissen, dass wir etwas wissen, aber nicht darauf kommen. Das ist schon faszinierend.«

»Ich verstehe, was Sie meinen, aber …«

Ina zögerte.

»In diesem Fall ist die Ursache etwas banaler. Ich war einfach so voll an dem Abend, dass ich mich nicht mehr an viel erinnert habe.«

»An dem Abend?«

Sie hatte ihren Wein ausgetrunken, und Sander fragte, ob sie noch ein Glas wollte. Sie schüttelte den Kopf, und er goss ihr stattdessen den Rest Mineralwasser ein.

»Wir fahren an den Wochenenden manchmal nach Bergen, um auszugehen, uns zu erholen und zu amüsieren. Irgendwann im März sind wir in einem Nachtklub gelandet, dem *Feliz*. Ungefähr nach einer Stunde hat mich ein Mädchen angemacht. Mehr als eindeutig, um es gelinde auszudrücken.«

»Das kann ich gut verstehen«, sagte Sander und bereute es sofort. Ina schlug die Augen nieder und redete weiter:

»Wie dem auch sei, als sie begriffen hatte, dass ich in einer anderen Liga spiele, ist sie trotzdem sitzen geblieben und hat geredet. Ich kann mich nicht erinnern, ob sie mir ihren Namen gesagt hat, nur dass sie ziemlich schön und mehr als interessiert war, als ich ihr erzählt habe, was ich mache. Sie war ganz besessen von Knoten, deshalb ist mir das Ganze auch wieder eingefallen, nachdem Sie gegangen waren.«

»Von Knoten?«

Sanders Aufmerksamkeit wuchs. Er konzentrierte sich voll auf Inas Worte.

»Ja, sie war neugierig, wollte alles über Seiltypen und Knoten wissen, und ich kann mich ganz klar erinnern, dass sie irgendwann gefragt hat, was für einen Knoten ich nehmen würde, wenn ich jemanden umbringen wollte. Sie machte einen total ernsten Eindruck, was mich ziemlich verwirrt hat, und zum Spaß habe ich gesagt, »einen Krawattenknoten natürlich«, ohne weiter darüber nachzudenken. Jedenfalls nicht, bis Sie aufgetaucht sind und mich nach dem *Buntline Hitch* gefragt haben.«

Sander lehnte sich zurück und dachte nach. Wenn das, was Ina erzählte, stimmte – und er hatte keinen Grund, daran zu zweifeln –, war es wahrscheinlich ein Zufall, der für den Fall, an dem Lisa und William arbeiteten, keine Bedeutung hatte. Andererseits war die Welt manchmal überraschend klein.

»Sie erinnern sich nicht, wie sie ausgesehen hat? Was sie machte, ob sie aus Bergen kam oder nur zu Besuch war?«

»Nope. Absolut nicht. Ich sehe sie als so eine Art Geschäftsfrau vor mir, aber es kann durchaus sein, dass ich mir das nur einbilde. Das Einzige, woran ich mich genau erinnere, ist das mit dem Knoten. Seltsam, nicht?«

Sie sprachen noch einige Minuten über die merkwürdige Arbeitsweise des Gehirns; Sander hatte genug Beispiele auf Lager. Dann stand Ina auf und schnallte sich den Rucksack auf den Rücken.

Sie wollte gerade gehen, als Sander beschloss, dass es jetzt oder nie sein musste.

»Hören Sie, ich habe gedacht …«

»Ja?« Sie drehte sich zu ihm um und kam zurück an den Tisch. Sie stand so dicht neben ihm, dass er die Wärme ihres Körpers spürte.

»Ich dachte, ob Sie vielleicht … vielleicht Lust haben, etwas mit mir zu unternehmen, wenn Sie zurück sind? Essen gehen? Ein Glas Wein trinken?«

Zunächst sagte sie nichts, als wäre sie überrascht über seinen Vorschlag. Dann lächelte sie.

»Sicher. Ich dachte, Sie würden nie fragen.«

Er wusste nicht, was er antworten sollte.

»Ich rufe Sie an, wenn ich zurück bin. Nächste Woche, denke ich.«

»Okay. Bis dann.«

Sie antwortete nicht, winkte nur und ging.

Sander fühlte sich in seine Teenagerzeit zurückversetzt, und ihm fiel ein, dass er sich, irgendwann bevor er achtzehn geworden war, geschworen hatte, nie ein Mädchen zurückrufen zu lassen, ohne einen festen Zeitpunkt ausgemacht zu haben. Es war nur darauf hinausgelaufen, dass er den ganzen Tag das Telefon umkreiste und auf einen Anruf wartete, der gewöhnlich erst abends kam und der ebenso gut eine Absage wie eine Einladung hatte sein können.

Jetzt war es zu spät. Ina war gegangen, er hing an der Angel und hoffte, dass sie ihn nicht zu lange zappeln ließ. Eigentlich gefiel ihm das. Und falls sie nicht anrief, würde er wie der erwachsene Mann damit umgehen, der er inzwischen war.

22

Sie hatte sich total verausgabt. Sie war vier Runden gelaufen und hatte das Anfangstempo die ganze Zeit über gehalten, bis sie sich auf den Rasen gegenüber dem kleinen Sandstrand hatte fallen lassen. Sie hatte das Gefühl, als müsste sie sich Heffermehl aus dem Körper laufen, als müsste sie seinen Anblick, wie er in Krämpfen vornübergebeugt über dem Sofatisch lag, mit einem Schritt nach dem anderen aus dem Gedächtnis zwingen.

Die Luft war voller Mücken. Sie stand auf und ging zum Auto hoch, um nicht von den kleinen Insekten aufgefressen zu werden. Dort machte sie ihre Dehnübungen und trank einen Schluck Wasser, bevor sie sich ins Auto setzte und zurück in die Stadt fuhr.

Sie hatte direkt vor dem Haus einen Parkplatz gefunden. Nach zwanzig Minuten unter der Dusche ging sie nackt auf die Terrasse hinaus, wohlwissend, dass sie von den umliegenden Häusern aus gut zu sehen war. Die Dämmerung legte sich langsam über die Stadt. Sie setzte sich auf einen der Stühle und spürte, wie das Wasser auf ihrem Körper verdunstete.

Sie musste an einen Krimi denken, den sie vor langer Zeit im Fernsehen gesehen hatte, eine französische Serie, in der die Geliebte des Mörders durch eine Flasche umkommt, die aus einem kleinen Privatflugzeug geworfen wird. Der Mann macht sich die Mühe zu ermitteln, wer an diesem Tag zu diesem Zeitpunkt über das Gelände geflogen ist, und findet schließlich heraus, welches Flugzeug es gewesen sein muss. Er macht eine Liste der Personen, die an Bord waren, und arbeitet sie nacheinander ab. Jedes Mal, wenn er einen der Passagiere umgebracht hat, liest er sich den Namen laut vor und streicht ihn mit einem dicken Füllfederhalter mit einer goldenen Feder von der Liste.

Sie hatte keinen Füllfederhalter, sondern setzte sich mit einem Block und einem Bleistift ins Wohnzimmer, ohne auf die Tatsache, dass sie noch immer nackt war, auch nur einen Gedanken zu verschwenden.

Oben auf den Bogen schrieb sie Karstein Oldeide. Dann folgten der Botschafter in Wien und zwei weitere Namen. Zum Schluss strich sie die ersten beiden mit einem dicken Strich durch und versuchte sich zu erinnern, was der Mann in dem Fernsehkrimi gesagt hatte, wenn er einen weiteren Schuldigen eliminiert hatte.

Die Liste lag zwei Tage später noch immer auf dem Wohnzimmertisch. Die vier Namen und die beiden Striche erinnerten sie daran, was sie bereits erledigt hatte. Im Schlafzimmer packte sie eine kleine Reisetasche. Sie mochte ihr Gepäck nicht aufgeben, sondern wollte direkt zum Gate gehen können, wenn sie in Gardermoen ankam, wollte sich ganz hinten ins Flugzeug setzen und in ein Buch vertiefen.

Sie war es gewohnt zu reisen und arbeitete schon lange nicht mehr, wenn sie in der Luft war. Früher hatte sie, sofort nachdem das Fasten-Seatbelts-Zeichen nicht mehr leuchtete, ihren Laptop herausgeholt und die Zeit für E-Mails und Vorbereitungen genutzt. Mit dem Resultat, dass sie nie frei hatte. Manchmal war sie mehrere Tage unterwegs gewesen, und wenn sie nach Hause kam und zu rekapitulieren versuchte, womit sie die Zeit verbracht hatte, lautete die Antwort immer Arbeit, Arbeit und noch mehr Arbeit.

Seitdem las sie: neue norwegische Romane, alte Klassiker und Taschenbücher, die sie hier und da mitnahm.

Diesmal hatte sie Val McDermids *Tödliche Worte* in ihrer Tasche. Inspiration, dachte sie. Sie ging ein letztes Mal ihre E-Mails durch, schickte eine Nachricht heraus und bestätigte das späte Treffen am kommenden Tag. Sie spürte die Erwartung wie eine Unruhe im Körper, aber mit positivem Vorzeichen. Diesmal würde auch sie etwas davon haben.

Es klingelte an der Tür. Sie schloss die Tasche und stellte die Zahlenkombination ein, bevor sie öffnete.

23

Durch das Treffen mit Ina hätte Sander beinahe vergessen, dass er um sechs noch eine Patientin hatte. Fünf vor sechs bezahlte er das Taxi und ging mit schnellen Schritten zur Eingangstür hoch, erleichtert, dass niemand auf der Treppe saß und wartete.

Als er über die Schwelle trat, schaltete sich automatisch die Stereoanlage ein und verströmte laut die Stimme von Elvis Costello im ganzen Haus. Er musste vergessen haben, sie auszumachen, sodass der CD-Player auf Stand-by gegangen war, als er die Tür geschlossen hatte, und jetzt automatisch wieder anging.

Auf dem Esstisch lag eine der Fernbedienungen. Er schaltete die Musik gerade noch rechtzeitig aus, um das Klopfen an der Tür zu hören. Tove Sandal mochte die Klingel nicht. Er musste herausfinden, warum.

Sie sah wie immer perfekt aus, wie sie da vor der Tür stand, in engen Jeans, mit einem Versace-Gürtel, der ein »ich will jung sein« nahezu herausschrie, und in einer engen, weißen Bluse, die über dem Nabel zusammengebunden war. Der flache Bauch und die etwas zu perfekten Brüste zeugten davon, dass sie Zeit und Geld in ihren Körper investierte.

Etwas war anders an ihrem Ausdruck, ein Lächeln, das sie zu unterdrücken versuchte, als hätte sie eine Überraschung versteckt und freute sich darauf, sie ihm zu zeigen. Sie stand so nah an der Tür, dass Sander sie nicht ganz aufmachen konnte. Als sie einen Schritt zur Seite machte, um einzutreten, begriff er, warum.

Hinter der Tür stand ein Mann, der ihn mit einem mindestens ebenso amüsierten Lächeln ansah, wie Tove es zu verbergen versuchte. Und in der Einfahrt sah Sander einen dunklen Volvo mit Fahrer.

»Das war Ihre Idee«, sagte Tove Sandal und zeigte auf den Mann.

»Meine Idee?«

Sander verstand nicht, wovon sie redete.

»Meinen Mann kennenzulernen, Helge Sandal. Sie haben doch gesagt, dass ich ihn mitbringen soll.«

Der Mann ließ die Hand seiner Frau los und streckte sie Sander entgegen, der sie ergriff und lachte.

»Angenehm«, sagte er und fragte sich, ob sie ihn darüber hätte informieren müssen, dass ihr Mann mitkam. Andererseits hatte Tove ihm so viel über Herrn Sandal erzählt, dass es kaum Probleme geben würde, die Zeit herumzubekommen. Zu reden hatten sie genug, und Improvisation war kein Problem für ihn.

»Ich bin überrascht. Ich hatte eigentlich nicht den Eindruck, dass Sie wirklich Ihren Mann mitbringen würden, als ich das letztes Mal vorgeschlagen habe.«

Er führte sie ins Haus und fragte, ob sie unten sitzen bleiben oder hoch ins Büro gehen sollten, wo die offenen Fenster hoffentlich für eine etwas angenehmere Temperatur gesorgt hatten.

»Nun ja«, sagte Tove Sandal noch immer mit einem amüsierten Lächeln. »Ich hatte eigentlich gedacht, meine Stunde an Helge abzutreten. Ich habe mich mit einer Freundin zum Shoppen im Bogstadvei verabredet, was in gewisser Weise ja auch eine Therapie ist, finden Sie nicht?«

Sander wusste nicht, was er sagen sollte.

»Ich bin nicht mitgekommen, um an der Therapie teilzunehmen«, schaltete Helge Sandal sich plötzlich ein. Seine Stimme klang angenehm und ruhig, während seiner Erscheinung gleichzeitig etwas Jungenhaftes anhaftete. Sander mochte den Mann sofort.

»Ich überlasse euch Jungs jetzt euch selbst, dann kann Helge Ihnen alles erklären. Ich schicke nachher das Auto zurück, damit du wieder nach Hause kommst, Helge.«

Sie gab ihrem Mann einen Kuss auf die Wange, bevor sie verschwand. Sandal und Sander sahen sich einige Sekunden lang an, bevor Sander auf die Treppe zeigte.

Helge Sandal schien direkt von der Arbeit zu kommen. Er hatte ein helles Sakko über dem Arm und den Schlips über dem lachsrosa Hemd gelöst, das aus irgendeinem Grund perfekt zu dem Mann passte. Die Schuhe waren dunkel und frisch geputzt, und am Handgelenk sah Sander eine große Uhr mit einem maskulinen, schwarzen Armband.

Ein Job, in dem er repräsentieren muss, dachte Sander und spürte, wie die Überraschung in Neugier umschlug.

Oben im Büro wirkte es falsch, sich hinter den Schreibtisch zu setzen. Er nahm auf einem der Stühle Platz, auf denen gewöhnlich seine Patienten saßen. Helge Sandal setzte sich auf den anderen. Aus alter Gewohnheit sagte Sander nichts und überließ es dem anderen, das Gespräch zu eröffnen.

»Sie wissen, wer ich bin?«

Sander hatte keine Ahnung, aber irgendetwas sagte ihm, dass er es hätte wissen müssen.

»Nein. Sie sind offensichtlich der Mann von Tove Sandal, aber ich weiß nicht, wer oder was Sie sonst noch sind.«

»Ich arbeite im Außenministerium. Auf Englisch nennt man das *Deputy Foreign Minister*, auf Norwegisch bin ich ein ganz gewöhnlicher Staatssekretär.«

»Ja?«

In diesem Moment fiel Sander Lisas und Williams gestriger Besuch im Außenministerium ein. Er sah plötzlich einen möglichen Zusammenhang, überließ es jedoch Sandal zu bestätigen, was er annahm.

»Ich habe den Artikel über Oldeide am Sonntag im *Dagbladet* gesehen und auch den kleineren Bericht über Sie. Meine Frau … Tove hat das wohl als Anlass genommen zu erzählen, dass sie eine Therapie macht. Sie hat mir gesagt, dass Sie ihr Therapeut sind.«

»Wie haben Sie darauf reagiert?«, fragte Sander und glitt in die Rolle des Behandelnden.

»Darauf, dass sie eine Therapie macht?«

»Ja.«

»Ich gehe davon aus, dass es nicht üblich ist, vor seinem Therapeuten Geheimnisse zu haben, und nehme an, dass Sie wissen, dass wir Probleme haben.«

Helge Sandal schien sich mit einem Mal unwohl zu fühlen. Er war offensichtlich nicht gekommen, um über diese Probleme zu reden. Sander sagte noch immer nichts.

»Wenn es ihr hilft, mit Ihnen zu reden, ist es gut, dass sie zu Ihnen kommt«, fuhr Sandal fort. »Das ist nur nichts für mich … ich bin nicht der Typ für so etwas, wenn Sie verstehen, was ich meine. Ich bin in gewisser Weise eher der operative Charakter. Ich handle eher, als dass ich rede.«

Sander fragte sich, ob er die Schraube anziehen sollte, entschloss sich aber stattdessen nett zu sein. Schließlich hatte er sofort ein gutes Gefühl gehabt, als Sandal über seine Schwelle getreten war. Es bestand kein Grund dazu, unnötige Schwierigkeiten zu schaffen.

»Aber darüber wollten Sie nicht mit mir reden, oder?«

Sandal griff begierig nach diesem Strohhalm und setzte sich auf seinem Stuhl zurecht. »Nein. Es geht um meinen Job. Als Tove von Ihnen erzählt hat, habe ich erkannt, dass Sie eine mögliche Hintertür zur Polizei sein könnten. Niemand wird Anstoß daran nehmen, dass ich Sie besuche, da Tove bei Ihnen eine Therapie macht. Natürlich muss ich mich auf Ihre Diskretion verlassen können.«

»Das können Sie. Aber warum nehmen Sie nicht direkt Kontakt zur Polizei auf? Wozu brauchen Sie mich?«

Helge Sandal dachte einige Sekunden nach, bevor er sich vorbeugte und die Ellenbogen auf den Knien abstützte.

»Sie sind bestimmt über die offizielle Haltung des Außenministeriums zu dem Todesfall auf Island informiert. Was Heffermehl angeht, wird die Reaktion höchstwahrscheinlich die gleiche sein: Unglücksfälle ohne jegliche Verbindung zum Außenministerium oder der Arbeit im auswärtigen Dienst.«

»Aber?«

»Es steckt mehr dahinter.«

»Ist es nicht Ihr Job, die offizielle Version zu stützen?«, sagte Sander. Er hatte plötzlich das Gefühl, in etwas hineingezogen zu werden, mit dem er nicht umgehen konnte. Er hätte sofort Lisa anrufen und sie bitten müssen, herzukommen. Dass sie in Wien war, verkomplizierte die Sache.

»Normalerweise wäre das mein Job; das Problem ist nur, dass … um mit dem Schluss anzufangen, ich befürchte, dass die offizielle Haltung weitere Leben kosten wird. Mehrere. Diesen Preis für den Ruf des Außenministeriums zu zahlen sind wir nicht bereit. Vor allem da diese Nøst vom *Dagbladet* ohnehin die Zusammenhänge herausfinden wird. Es wäre also völlig sinnlos.«

»Wir? Wer ist wir? Und von welchen Zusammenhängen reden Sie?«

Sander sah absolut keinen Zusammenhang und kein Muster. Er brauchte mehr Informationen. »Vielleicht sollten Sie doch mit dem Anfang beginnen«, sagte er.

»Ich will es versuchen«, antwortete Sandal. Er zog seinen Schlips aus.

»Der Anfang ist der Tsunami. Die Nachweihnachtswoche letzten Jahres. *Wir* sind die politische Führungsspitze. Kurz gesagt ich, der Außenminister und noch ein paar andere.«

Sander verstand immer weniger.

»Der Tsunami war eine humanitäre Katastrophe. Die Toten, die Überlebenden ... Die materiellen Verwüstungen übertrafen alles, was die Welt bisher gesehen hat, nicht zuletzt aufgrund der Medienberichterstattung vor Ort, die fast schneller erfolgte, als die Katastrophe da war. Nur wenige wissen jedoch, dass beinahe der gesamte auswärtige Dienst Norwegens von dieser Katastrophe mitgerissen worden wäre. Wir hatten keinen Katastrophenplan, wir kamen zu spät in Gang, wir schafften es nicht, in der Situation zweckmäßig zu kommunizieren, und der Minister hat sich wie ein Trottel benommen, völlig außerstande, das Notwendige zu tun und den Norwegern zu helfen, aus Asien nach Hause zu kommen.«

»Hört sich nach einer korrekten Beschreibung an, wenn ich einmal von den Informationen ausgehe, die über die Medien ans Licht gekommen sind«, sagte Sander. »Ein Trottel. Dem würden wohl viele zustimmen.«

Sandal überhörte Sanders Kommentar und fuhr fort. »In der Zeit nach der Katastrophe ging es darum zu retten, was zu retten war. Um Schadensbegrenzung, um den Aufbau von Vertrauen – sowohl in Norwegen als auch im Ausland – und natürlich um die Etablierung eines Krisenstabs, der sicherstellt, dass etwas Ähnliches nie mehr passiert. Das grundlegende Problem des Ministeriums bis zur nächsten Wahl und dem damit verbundenen Personalwechsel ist die Uneinigkeit zwischen der Bürokratie, einschließlich des Außenministeriums, und der politischen Führungsspitze.«

»Gibt es da keine Vorgaben? Verfassungsbedingt, meine ich?«, sagte Sander.

»Ich rede nicht von den formellen Verhältnissen, ich rede von der Praxis. Und in der Praxis liegt die Macht jetzt in den Händen des Leitenden Ministerialdirektors und einer kleinen Gruppe von Ratgebern und Botschaftern, die es als ihre Hauptaufgabe ansehen, das Außenministerium bis zur nächsten Wahl vor einer inkompetenten Führungsspitze zu retten – also vor mir und dem Außenminister. Sie sehen uns als eine Art gelähmte Übergangsregierung an.«

»Wie konnte das passieren? Eine politische Führungsspitze ohne Macht, das hört sich nicht gerade glaubwürdig an.«

»Glauben Sie mir, das ist die Realität, wie sie realer nicht sein kann. Täglich kämpfe ich mit irgendwelchen kleinen Beamten um Dinge, die ich mit einem Füllhalterstrich eigentlich allein entscheiden sollte – ohne dass jemand sich einmischt.«

»Wie ist das möglich?«

Sander hatte Schwierigkeiten mit der Vorstellung, dass der Außenminister und sein engster Mitarbeiter zu Marionetten degradiert worden waren.

»In einem Ministerium gibt es immer eine Machtbalance, eine Verteilung von Einfluss, bei der der eine Teil Arbeit und System kennt und über die fachlichen Netzwerke verfügt und der andere das politische Kapital und die demokratische Legitimation hat, die Politik zu formen, Gesetze zu verabschieden und die Bürokratie zu befehligen. In der Praxis sind es natürlich nie Befehle, sondern delikate Verhandlungen, getarnt als zivilisierte Zusammenarbeit zwischen Politikern und Bürokraten.«

»Und jetzt?«

»In den Tagen und Wochen nach dem Tsunami haben Bürokratie und Diplomatie in hohem Maße die Verantwortung übernommen, und zwar aufgrund der mangelnden Bereitschaft der politisch Verantwortlichen. Sie haben rund um die Uhr gearbeitet, einer hat sich sogar zu Tode geschuftet, und als die Regierung die Rechnung begleichen sollte, musste der frühere Leitende Ministerialdirektor abdanken. Gleichzeitig haben wir die uns formal zur Verfügung stehende Möglichkeit genutzt, entgegen der Vorschläge des Ernennungsgremiums neue Botschafter einzusetzen.«

»Des Ernennungsgremiums?«

»Dazu gehören Leute aus der Personalabteilung, Leute mit leitenden Positionen im Ministerium und Leute von der Norwegischen Dienstleistungsgewerkschaft. Normalerweise ist das ein völlig einfacher, auf dem Dienstalter beruhender Prozess.«

»Normalerweise?«

»Normalerweise. Dieses Frühjahr hat die politische Führungsspitze die Vorschläge des Gremiums bei der Ernennung der Botschafter diverse Male ignoriert, was in der Organisation nicht gut aufgenommen worden ist. Und wenn jetzt unsere Kandidaten auch noch umkommen, schwächt das unsere Position weiter, um es einmal gelinde auszudrücken. In der jetzigen Situation haben wir unsere Einflussmöglichkeiten ausgeschöpft. Die Bürokraten, mit dem Leitenden Ministerialdirektor an der

Spitze, wissen, dass wir mehr oder minder von ihrer Gnade abhängig sind, und nutzen diese Macht, um den Schaden in Verbindung mit Oldeides und Heffermehls Ableben zu begrenzen.«

»Das heißt, Sie haben die Zuständigen im Außenministerium im Lauf dieses Frühjahrs zweimal übergangen, um Ihre eigene politische Stellung zu stärken und den Eindruck zu erwecken, dass Sie etwas tun, obwohl Sie in Wirklichkeit bei dem Tsunami die Kiste in den Sand gesetzt haben.«

»So kann man das wohl ausdrücken, ja.« Sandal wand sich auf seinem Stuhl. »Da ist allerdings nur ein Problem ...«

»Eins?« Sander musste lachen.

»Das Problem, das mir besonders zu schaffen macht, sind die Botschafter«, fuhr Sandal fort. »Wir haben das Gremium nicht nur zweimal übergangen. Wir haben drei Botschafter entgegen seiner Vorschläge ernannt. Der beziehungsweise die Letzte dieser Personen lebt noch, und sowohl ich als auch der Außenminister befürchten, dass das nicht mehr lange der Fall sein wird, wenn Christian Helmen, Bang von der Personalabteilung und die restliche Gruppe weiter den Zusammenhang zwischen den bereits ermordeten Botschaftern verschleiern. Beide wurden entgegen den Vorschlägen des Gremiums ernannt.«

Sander begann zu verstehen, worauf Sandal hinauswollte.

»Sie wollen mir demnach sagen...«, begann er.

»Ich will Ihnen zwei Dinge sagen, und ich möchte, dass Sie sie für mich weiterleiten«, unterbrach ihn Sandal. »Zum einen muss die Polizei um Informationen zu allen Ernennungen in diesem Frühjahr ersuchen, nicht nur zu Island und Wien. Sie werden sehen, dass noch ein weiterer Posten hinzukommt, und Sie müssen die nötigen Sicherheitsmaßnahmen treffen.«

»Und?«

»Lunde und Horgen setzen zurzeit die falschen Schwerpunkte. Ich weiß, dass sie unter anderem auch die Tsunami-Spur verfolgen, aber sie konzentrieren sich vor allem auf Oldeide und Heffermehl und die Frage, warum sie die Posten bekommen haben. Ich bin inzwischen der Meinung, dass das ein Umweg ist und dass sie sich stattdessen auf das Eigentliche konzentrieren sollten.«

»Und das wäre?«

»Wer die Posten nicht bekommen hat. Es bewerben sich immer mehrere Leute um einen Posten, und natürlich bekommt ihn nur einer.«

»Ja, und?«

Sander verstand nicht, warum Sandal weiter um den heißen Brei herumredete.

»Das ist nicht so leicht«, sagte er.

»Sie erzählen mir, dass jemand in Gefahr sein könnte. In Lebensgefahr. Kann es noch einfacher sein?«

»Wenn ich Ihnen diese Information gebe, breche ich das Gesetz. Wahrscheinlich sogar ziemlich viele Gesetze. Wenn das herauskommt, dann bin ich fertig, nicht nur in der Politik, sondern auch im Arbeitsleben, das heißt, auf dem Niveau, auf dem ich auch in Zukunft zu arbeiten gedenke. Wenn Sie Kripos einen Tipp geben, wird man ein paar Stunden brauchen, um genau dieselbe Information auf legale Weise zu bekommen.«

»Sie sind mit anderen Worten bereit, viel zu wagen, aber nicht alles?«

Sander hörte selbst, dass seine Stimme unnötig schroff klang.

»So könnte man es ausdrücken«, antwortete Sandal, anscheinend unberührt von der Kritik, die Sander in die Frage gepackt hatte.

»Ihre Theorie ist demnach, dass jemand im Ministerium, jemand, der Grund hat, über die Geschehnisse dieses Frühjahrs verbittert zu sein, eine persönliche Vendetta führt?«

»Ich bin mir darüber im Klaren, dass sich das ziemlich unwahrscheinlich anhört, aber ich weiß es einfach nicht«, antwortete Sandal. »Und wenn es nach Helmen und Bang geht, werden wir es auch nie erfahren.«

Sie hatten fast zweieinhalb Stunden lang geredet. Es war nach halb neun, und Sander hatte Hunger. Kurz vor sieben hatte er das Auto zurückkommen und in der Einfahrt parken hören. Einige Sekunden nachdem Helge Sandal eine SMS abgeschickt hatte, war es wieder gefahren und in Richtung Pilestrede verschwunden.

»Haben Sie Hunger?«, fragte er.

Sandal nickte. »Ja. Aber wir sind ja auch eigentlich fertig, wenn Sie also ...«

»Absolut nicht«, unterbrach ihn Sander und stand auf. »Wir gehen runter und sehen, was wir im Kühlschrank finden.«

24

Sander hatte die E-Mail kurz vor halb drei in der Nacht abgeschickt, und Lisa ging davon aus, dass der Staatssekretär und der Psychologe sich bei einem späten Abendessen und einer Flasche Höherprozentigem angeregt unterhalten hatten. Sanders

Beschreibung von Helge Sandal war eindeutig von Uhrzeit und Alkohol geprägt, aber man merkte, dass er begeistert war. Außerdem waren die Informationen interessant, nicht zuletzt unter Berücksichtigung der Quelle. Auf dem Weg zu Kripos hatte sie William angerufen und alles weitergegeben.

Sie spürte die Dienstreise noch immer im Körper. Das lag weniger an dem Schlafmangel, an dem sie selbst schuld war – sie hatte noch bis zwei Uhr im Internet gesurft –, sondern daran, dass das Reisen für sie so ungewohnt war. Ihr fehlte die Erfahrung, um es ruhig angehen zu lassen. Das Gefühl, die Situation meistern zu müssen, war an ihr unbekannten Orten mit fremden Menschen anders als in Oslo oder mit Kollegen in Norwegen, die sie kannte.

Sander hätte bestimmt gesagt, dass es mit ihrem Kontrollbedürfnis zu tun hatte. Lisa lächelte vor sich hin, während sie nach der richtigen Adresse suchte. Der Ollevei war oberhalb von Ekebergslette, hatte Kari Oldeide am Telefon gesagt. Vor einigen Minuten war sie an der Ryen-Kreuzung abgebogen, er musste demnach zu ihrer Linken liegen. Das Haus stand fast ganz oben auf einer leichten Anhöhe, gelb, groß, mit einem Garten, der sich besser als Bobbahn als zum Krocket eignete. Wahrscheinlich gehörte das zu dem Preis, den man zahlte, um ganz oben in Oslo zu wohnen, mit Fjordblick, riesigen Rasenflächen und der Stadt in weniger als zehn Minuten Entfernung.

Kari Oldeide war Cathrine Heffermehls totaler Gegensatz. Sie waren ungefähr im gleichen Alter, dachte Lisa, aber damit hörte auch jegliche Ähnlichkeit auf.

Frau Oldeide hatte ungepflegte lange Haare, die offensichtlich ein Eigenleben führten. Ihre Augen blickten nach den Wochen der Trauer erschöpft, aber freundlich. Sie trug etwas

Schwarzes, das sie sich offenbar schnell über den Bikini gezogen hatte, und führte Lisa durch das Wohnzimmer auf die Terrasse hinaus, die von der Straße aus nicht einsehbar war.

Ein hoch aufgeschossenes Mädchen um die zwanzig saß auf einem der Stühle an einem modernen Gartentisch aus dunklem Holz. Sie erhob sich, als sie herauskamen, reichte Lisa höflich die Hand und verschwand im Haus.

»Das war Mette«, sagte Kari Oldeide. »Unsere älteste Tochter.«

Ihr Blick schweifte ab, als ihr klar wurde, was sie gesagt hatte, und Lisa bekam einen kurzen Einblick, wie die Zeit nach dem Mord auf Island für sie gewesen sein musste.

»Meine älteste Tochter«, berichtigte sich Frau Oldeide mit der Betonung auf meine. »Es wird Zeit, dass ich mich daran gewöhne.«

»Mein Beileid«, sagte Lisa. Sie kam sich hilflos vor. Plötzlich wollte sie nur noch ihre Fragen stellen und zurück ins Büro, hinaus in den perfekten Sommertag und zurück in ihr eigenes, einfaches Leben mit Problemen, von denen selbst die größten im Verhältnis zu dem, was Frau Heffermehl und Frau Oldeide durchzustehen hatten, klein und unbedeutend waren.

»Danke. Inzwischen geht es ein wenig besser. Es ist schon seltsam, Trauer ist etwas so Physisches, wie eine Art Rucksack, den man auf dem Rücken trägt, oder wie ein Filter, der alles färbt, was man denkt und erlebt.«

Sie schwieg und ließ sich langsam auf den Stuhl sinken, auf dem zuvor die Tochter gesessen hatte. Es schien, als bräuchte sie ihre ganze Energie für diese eine Bewegung und als müsste alles andere warten, bis sie gut saß und ihr Gleichgewicht wiedergewonnen hatte.

»Die ersten Wochen ... aber Mette und Marie ... Sie verstehen.«

Lisa nahm Platz und holte Stift und Block heraus. Als ihre Mutter vor einigen Jahren nach Monaten der Krankheit an Krebs gestorben war, hatte sich das in gewisser Weise natürlich angefühlt. Sie erinnerte sich an die Einsamkeit, an die Gewissheit, dass sie jetzt als Einzige wusste, was sie zusammen durchgemacht hatten. Doch Kari Oldeide hatte den Menschen verloren, der ihr am nächsten gestanden hatte, der vielleicht sogar Mann und Freund in einer Person gewesen war. Sie war sich nicht sicher, ob sie das verstand.

»Es wird nicht lange dauern ...«, begann sie, wurde jedoch von Mette unterbrochen, die mit einer Karaffe mit Saft und zwei Gläsern zurückkam.

»Ich gehe baden«, sagte sie. »Es ist so warm. Marie kommt mit.«

Sie ging, ohne auf eine Antwort zu warten.

»Es ist gut, dass sie einander haben«, sagte Kari Oldeide mit schmalen Lippen. Sie tat Lisa noch mehr leid.

»Ich habe nur wenige Fragen.«

»Ich dachte, wir wären mit allem durch«, sagte Frau Oldeide plötzlich. Nicht vorwurfsvoll oder verärgert, eher resigniert; es klang mehr wie eine Frage, was sie ihnen noch sagen konnte, das sie nicht längst schon wussten.

»Sie haben mit jemandem von der isländischen Polizei gesprochen, nicht wahr?«

»Ja ... als wir hingeflogen sind, um den Sarg und die Sachen aus dem Haus zu holen. Sie haben so viele Fragen gestellt, dass ich eine Zeit lang angenommen habe, sie verdächtigen mich. Ich habe mich gefragt, ob ich mir einen Anwalt hätte nehmen sollen. Aber sie wollten nur wissen, mit wem er Besprechungen hatte, wie seine Arbeit ausgesehen hat, auf welchen Gesellschaften wir waren und so weiter.«

»Ich habe den Bericht gelesen«, sagte Lisa. »Sie brauchen die gleichen Fragen natürlich nicht noch einmal zu beantworten. Ich bin mehr daran interessiert, was vor Island war.«

»In Sri Lanka?«

»Er war bei den Friedensverhandlungen dabei, nicht?«

»Ja, er hat die Friedensvermittler und die UNO-Beobachter unterstützt. Außerdem verfügte er über Kontakte.«

»Ja?«

»Breit gestreut, meine ich. In der Politik, in der Wirtschaft, in den Hilfsorganisationen und so weiter. Das war sein Job, und hin und wieder, wenn die Dinge sich festgefahren hatten oder ein wenig Druck notwendig war, konnte das hilfreich sein.«

»Druck? Sie meinen Drohungen?«

»Zuckerbrot und Peitsche, so läuft das doch. Aber ich verstehe nicht ganz ...«

»Wenn er zu denen gehört hat, die gegeben und genommen haben, wäre es dann möglich, dass jemand, an dessen Reihe es war zu geben, vielleicht nicht ganz so begeistert von ihm war?«

»Wollen Sie wissen, ob er Feinde gehabt hat?«, sagte Kari Oldeide. Genau das wollte Lisa, und sie ärgerte sich, dass sie nicht einfach gefragt hatte.

»Schließlich geht es um einen bewaffneten Konflikt, nicht? Da braucht es nicht viel, um jemanden zu verärgern, wenn die Gefühle hochkochen.«

Lisa wusste nur das über den Konflikt in Sri Lanka, was in den Akten gestanden hatte. Sie konnte sich nicht einmal richtig erinnern, in den Zeitungen etwas darüber gelesen zu haben, weder über die Friedensvermittler noch über die Militärbeobachter unter norwegischer Leitung.

»Man war nicht mit allen immer gut Freund«, sagte Kari Oldeide, brach dann jedoch abrupt ab. Sie dachte nach, bevor sie weitersprach. »Nein. Das hört sich wenig wahrscheinlich an.«

Sie schien fast ein wenig erleichtert über ihre eigene Antwort.

»Fällt Ihnen niemand ein, kein Vorfall, nichts?«

Lisa wollte sich nicht so schnell geschlagen geben.

»Nein. Niemand. Nichts war so dramatisch, dass es jemanden dazu hätte veranlassen können, Karstein umzubringen. Und auf Island, no way, das ist total unrealistisch. Was hätten sie damit erreichen sollen? Es muss doch ein Motiv geben, nicht?«

»Genau das versuchen wir herauszufinden«, antwortete Lisa. »Haben Sie sich in Sri Lanka wohlgefühlt?«

»Wir haben es geliebt.«

Die Antwort kam schnell, Kari Oldeide musste nicht erst lange überlegen.

»Aber Sie haben sich um einen anderen Posten beworben. Warum … wenn Sie sich wohlgefühlt haben?«

»Wir hatten schon eine ganze Weile darüber geredet, doch das hatte nichts damit zu tun, dass wir uns nicht wohlgefühlt haben. Nach dem Tsunami war natürlich alles anders.«

Lisa hob den Blick. »Wie?«

»Das war immerhin eine Katastrophe«, fuhr Frau Oldeide fort. »Und eine enorme Belastung. Karstein hat mehrere Tage nicht geschlafen, er wollte die ganze Zeit helfen und hatte kontinuierlich das Gefühl, nicht genug zu tun.«

»Im Außenministerium wurde sein Einsatz sehr gelobt«, sagte Lisa. Sie dachte an das, was Helmen gesagt hatte.

»Ja, sicher. Das weiß ich, aber wir hätten gerne mehr getan.«

»Sie konnten also nicht mehr?«

»Wir waren erschöpft, das stimmt, aber wir wollten aus anderen Gründen zurück. Mette und Marie sollen an der Universität in Oslo studieren, und wir wollten in ihrer Nähe sein. Karstein wollte einen Job, der ihm die Chance bot, an ihrem Leben teilzuhaben und eine gewisse Zeit in Oslo zu verbringen. So gesehen war Island ideal. Nah genug, gute Kommunikationsmöglichkeiten und eine überschaubare Arbeitsmenge.«

»Aber bedeutete das nicht einen Karrierestop? Andere hätten ihn überholt«, sagte Lisa.

»Wir waren in der Tat ein wenig überrascht, dass er den Posten auf Island bekommen hat, doch das kann daran gelegen haben, dass er ganz klar gemacht hat, dass es nur für eine begrenzte Zeit sein würde. Nach ein paar Jahren wollte er schon wieder einen wichtigeren Posten, und man hat beschlossen, seinem Wunsch nachzukommen. Außerdem waren sie ihm das schuldig.«

»Sie? Der Leitende Ministerialdirektor?«

Kari Oldeide lachte. »Wäre es nach ihm gegangen, wären wir noch immer in Sri Lanka, um die nötigen Erfahrungen für den Posten in einer europäischen Großstadt zu sammeln. Er schuldete uns nichts, im Gegensatz zur politischen Führungsspitze. Kennen Sie den Staatssekretär?«

Lisa dachte an das Gespräch mit Sander. »Ich weiß, wer er ist«, sagte sie und beschloss, ihn zu googeln, wenn sie zurück im Büro war.

»Jarle kannte ihn gut, nicht zuletzt nach den jahrelangen Verhandlungen zwischen den Tamilen und der Regierung. Sie haben sich hin und wieder einen Gefallen erwiesen …«

»Ich verstehe«, sagte Lisa.

Langsam begann sie zu begreifen, dass viele sich den einen oder anderen Gefallen erwiesen und dass es zu den Herausforderungen gehörte, herauszufinden, wer wem was schuldete.

Lisa trank ihren Saft aus und stand auf. »Jetzt will ich Sie nicht länger belästigen.«

»Das ist schon in Ordnung«, antwortete Frau Oldeide. »Es ist nicht das Schlimmste, Fragen über Karstein zu beantworten. Das Alleinsein ist fast schlimmer. Wenn die Gedanken kommen.«

Lisa verstand, was Frau Oldeide meinte. Sie gingen zusammen in die Diele, und Lisa schlüpfte in die Schuhe, die sie beim Kommen ausgezogen hatte.

»Glauben Sie, dass etwas nicht stimmt?«, fragte Kari Oldeide plötzlich. Lisa sah sich um.

»Wie meinen Sie das?«, fragte Lisa. »Wie nicht stimmt?«

»Karstein auf Island und jetzt Jarle. Da stellt man sich doch seine Fragen, nicht?«

Lisa hätte wissen müssen, dass Christian Helmen sie angerufen und informiert hatte, bevor jemand anderes dazu die Gelegenheit bekam. Das war nur natürlich. Von einem weiteren toten Botschafter in der Zeitung zu lesen, wenn das *Dagbladet* oder eine andere Zeitung die Puzzlesteinchen zusammensetzte, wäre so kurz nach dem Tod ihres Mannes eine zu große Belastung.

»Kannten Sie Botschafter Heffermehl?«

»Natürlich.«

Lisa verstand den selbstverständlichen Ton nicht. »Woher?«

»Sie waren schließlich der gleiche Jahrgang, Karstein und Jarle.«

Noch eine Information, die sie vom Außenministerium hätten bekommen sollen, die der Leitende Ministerialdirektor ihnen jedoch vorenthalten hatte. Wenn es so weiterging, würde Helmen auf der Liste der Verdächtigen aufsteigen, auch wenn Lisa nicht so genau wusste, wie das zugehen sollte.

25

»Willkommen zu Hause«, sagte Sander.

»Danke für die E-Mail.«

»Es war mir ein Vergnügen, als heimlicher Kontaktmann bei den Ermittlungen zu fungieren, vor allem da die fraglichen Informationen von einem so netten Menschen kommen.«

»Du magst Sandal?«

»Er ist ein feiner Kerl; wir haben uns auf Anhieb verstanden, um es einmal so auszudrücken.«

»Glaubst du, er verfolgt seine eigenen Ziele?«

Sander schwieg. Daran hatte er noch gar nicht gedacht, und er wusste auch nicht, wie diese aussehen sollten.

»Was hat er dabei zu gewinnen, uns auf diese Weise Informationen zuzuspielen? Ich verstehe nicht ganz …«

»Ich denke nur laut. Alle verfolgen schließlich irgendein Ziel, und viele verfolgen auch zwei, und *ich* bin vor allem an den weniger offensichtlichen interessiert. Ich will damit nicht sagen, dass Helge Sandal unlautere Absichten hat, ich sage nur, dass wir uns diese Frage stellen müssen.«

Sander kam sich plötzlich naiv vor.

»Ja, natürlich.«

»Du hast gesagt, er hat Angst, dass noch weitere Personen umkommen könnten, wenn wir nicht schnell genug handeln, stimmt das so?«

»Ja, in etwa. Er glaubt, ein Muster zu sehen, und befürchtet, dass noch weitere Botschafter in Gefahr sein könnten.«

»Da kann er recht haben«, sagte Lisa. »Ich bin auf dem Weg ins Büro; hoffentlich hat William inzwischen die Listen bekommen.«

»Ruft ihr mich an, wenn ihr etwas findet?«

»Ja, sicher.«

»Gib Bescheid, wenn ich mir noch weitere Unterlagen ansehen soll. Ich helfe gerne.«

»Ich weiß«, sagte Lisa.

Sander schwieg. An irgendetwas hatte er denken wollen, doch jetzt fiel es ihm einfach nicht ein.

»Warte mal«, sagte er und begann in den Unterlagen auf seinem Schreibtisch zu blättern.

»Suchst du nach etwas Speziellem?«, fragte Lisa geduldig.

Sander fragte sich, ob er langsam an Gedächtnisschwund litt. Er ärgerte sich, dass er sich zwar erinnerte, sich an etwas erinnern zu wollen, aber nicht, an was. Dann hielt er plötzlich den Zeitungsausschnitt in der Hand.

»Da ist es«, sagte Sander. »Die Kontaktgruppe für die Tsunamiopfer.«

»Ja, und?«, sagte Lisa. »Was ist damit?«

»Ich gehe einmal davon aus, dass die Theorie, von der du mir Sonntag nichts sagen wolltest, um den Tsunami kreist?«

Sander hatte noch immer nicht verwunden, dass Lisa ihn außen vor hielt.

»Das ist eine der Theorien. Wir arbeiten an mehreren.«

»Ja, aber … Egal, in der *Aftenposten* stand ein Artikel über die Kontaktgruppe und dass man ihnen öffentliche Gelder bewilligt hat, um weiterarbeiten zu können. Ich könnte mir vorstellen, dass es bestimmt Leute gibt … Ich meine, wenn jemand über das, was geschehen ist, wütend ist, könnte man ihn vielleicht über diese Gruppe finden.«

»Gut, daran hatte ich noch nicht gedacht, ich werde das überprüfen. Es dürfte nicht schwer sein, den Leiter der Gruppe ausfindig zu machen und zu hören, was er oder sie zu sagen hat.«

Lisa schien guter Laune zu sein. »Vergiss das Fest am Freitag nicht.«

»Fest? Welches Fest?«

»Hat man dich nicht informiert? Solveig Munch hört in der Rechtsmedizin auf. Sie geht in den Ruhestand. William kommt und vielleicht noch ein paar andere aus Ski. Und der neue Arzt, der Solveigs Stelle übernehmen wird.«

»Ich komme gern«, sagte Sander nachdenklich. Er wusste, dass an dem Freitag noch irgendetwas anderes war, konnte sich aber nicht erinnern, was. Der Gedächtnisschwund musste bereits schlimmere Ausmaße angenommen haben, als ihm bisher bewusst war.

»Schön. Das freut mich. Wir feiern im *Restaurant Ekeberg*. Wir können zusammen hinfahren.«

»Okay, alles Weitere am Freitag. Aber wir sprechen uns vorher noch, oder?«

»Natürlich«, sagte Lisa. »Ich rufe dich an, damit du weißt, ob deine Tätigkeit als Kontaktmann erfolgreich war.«

Als Lisa aufgelegt hatte, fragte er sich, ob er noch arbeiten sollte. Es war fast elf und eigentlich hätte er sich auf die nächste Sitzung vorbereiten müssen. Doch die war erst morgen, und Sander war nach dem kleinen Durchbruch bei Mia so zufrieden mit sich, dass er Lust auf ein paar freie Stunden hatte.

Die hatte er sich verdient. Im Frühjahr hatte er oft ohne Pause wochenlang durchgearbeitet. Und jetzt war schon Juni, und er hatte noch immer keine Pläne für die Ferien, die in wenigen Wochen begannen.

Er gab www.designhotels.com im Browser ein, woraufhin die Übersicht über kühlen Luxus, Hotelpagen, die einem zu Diensten waren, Zimmer mit Aussicht und vollen Minibars auf dem Monitor aufleuchtete. Nichts lockte ihn. Stattdessen rief er die Seite von *Lonely Planet* auf und informierte sich über Asien. Er erinnerte sich, wie er mit seinen Freunden fantasiert hatte, als Rucksacktourist Kambodscha, Thailand und Tibet zu bereisen, und dass seine Eltern total dagegen gewesen waren und es für wichtig gehalten hatten, dass er sofort nach dem Gymnasium mit der Universität begann.

Die Alten hatten gewonnen. Andererseits war es nie zu spät, jung zu sein, jedenfalls heute nicht, wo sich das Interrail-Ticket für Sechzigjährige fast ebenso gut verkaufte wie das für junge Leute.

Plötzlich fiel ihm ein, was er sich im Kalender für Freitag notiert hatte. Es war wie eine Erwartung, die im Körper schlummerte und nur darauf wartete, Gestalt anzunehmen, nicht wie ein vergessener Termin.

Er würde Mona wiedersehen, das Mädchen, das er am Sonntag in der *Tamara Bar* getroffen hatte.

26

»Sie waren im selben Kurs. Im Anwärterkurs für den diplomatischen Dienst.«

»Ja, und?«

»Nichts weiter. Ich wollte das nur erwähnen. Wir suchen schließlich nach Zusammenhängen, nicht?«

»Ja, aber ...«

William schien nicht überzeugt.

»Ich habe keine Ahnung. Es ist nicht so leicht, einen Zusammenhang zu sehen. Meinst du nicht, dass der Todesfall in Wien ein Unfall gewesen sein könnte?«, fragte sie.

»Du vergisst das Medikament, Lisa.«

»Sicher, aber es war nicht da.«

»Frau Heffermehl schwört darauf, dass er es am frühen Abend noch bei sich hatte.«

Lisa fiel dazu nichts ein. Sie setzte sich und legte die Beine auf den Stuhl gegenüber. Die Terrasse füllte sich langsam mit Menschen, die zu Mittag aßen; einige hatten ein Brot dabei, andere aßen das Fischgratin mit Kartoffeln vom Büfett.

Es gab viel zu tun, und erste Priorität hatte neben den Bewerberlisten die Systematisierung des ihnen vorliegenden Materials.

Sie dachte an Sanders Bemerkung zu der Kontaktgruppe und an Thomas Wallin, der sich über den Besuch des norwegischen Botschafters in Phuket so aufgeregt hatte. Vielleicht hatte Sander recht. Sie erzählte William von dem Gespräch.

»Es dürfte nicht schwer sein, herauszufinden, wer die Gruppe leitet. Vielleicht hat der- oder diejenige irgendeine Idee, wenn ich sage, um was es geht; schaden kann es jedenfalls nicht.«

Thomas oder seine Schwestern wussten bestimmt, an wen sie sich wenden konnte. Außerdem war das ein guter Vorwand, Thomas später eine SMS zu schicken.

William war einverstanden. »Zumindest sollten wir dem nachgehen.«

»Hast du die Listen bekommen?«, fragte Lisa. Sie war ungeduldig, wollte die Informationen, die Sander von Sandal erhalten hatte, checken. William zog eine durchsichtige Plastikhülle unter der auf dem Tisch liegenden Zeitung hervor.

»Jepp. Als Helmen endlich sein Okay gegeben hatte, ging es richtig schnell, nur bis dahin hat es gedauert. Einen Preis für gute Zusammenarbeit bekommt der bestimmt nicht, so viel ist sicher.«

William reichte Lisa die Unterlagen. Auf die erste Seite hatte Helmen eine Abhandlung bezüglich der Vertraulichkeit geschrieben. Auf der zweiten sah sie drei Listen mit Kandidaten für die drei Posten. Lisa brauchte nur wenige Sekunden, um die Information zu finden, nach der sie suchte.

»Und?«

William versuchte, Lisa über die Schulter zu gucken. Sie zeigte es ihm.

»Außer Wien und Reykjavik geht es um Stockholm«, sagte Lisa. »Und um eine Dame namens Kjersti Hansson. Sie steht in der Liste an zweiter Stelle, hat den Posten aber bekommen.«

»Dann wissen wir wenigstens, auf wen wir aufpassen müssen. Ich werde nachher das Außenministerium und die Zentrale informieren, damit Antrag auf Personenschutz gestellt wird. Wir sollten aber auch nach Stockholm fliegen und mit der Lady persönlich reden.«

»Einverstanden«, sagte Lisa. »Ich schlage jedoch vor, dass wir das um ein paar Tage verschieben, bis wir mehr Informationen haben.«

»Und dann sind da noch die Kandidaten, die die Jobs nicht bekommen haben«, fuhr William fort.

Lisa warf einen zweiten Blick auf die Liste. Weder Oldeide noch Heffermehl oder Hansson hatten an erster Stelle für die Posten gestanden, die sie bekommen hatten. Hansson stand für Stockholm an zweiter Stelle, Oldeide an erster für Wien, und Heffermehl war überhaupt nicht aufgeführt.

»Dass Heffermehl nicht aufgeführt wird, ist logisch, schließlich wurde er erst lange, nachdem das Gremium seinen Vorschlag ausgesprochen hatte, gebeten, sich zu bewerben. Es sieht ganz so aus, als hätte man ihn vorgeschoben, um den Job zu übernehmen, den Oldeide abgelehnt hat, weil er nach Island wollte. Für Stockholm …«

Lisa hielt inne, und William beugte sich weiter vor.

Für Stockholm stand der ehemalige Botschafter in Thailand an erster Stelle, war aber bei der Besetzung des Postens von Kjersti Hansson überrundet worden.«

»Er ist ganz offensichtlich qualifiziert«, sagte Lisa, »wurde aber aus welchen Gründen auch immer von der politischen Führungsspitze aufs Abstellgleis geschoben. Er ist übrigens der Einzige, der sich um alle drei Posten beworben hat.«

»Und er hat keinen davon bekommen«, fuhr William fort.

»Wenn Helge Sandal meint, wir sollten uns stärker auf diejenigen konzentrieren, die die Posten nicht bekommen haben, spielt er auf diesen Daniel Melby an.«

»Sieht ganz so aus.«

William fingerte an seinem Essenspaket herum. Lisa merkte, dass sie Hunger hatte.

»Kannst du mit Melby und Frau reden? Und nimm Sander mit. Wenn Sandal der Auffassung ist, dass sie irgendetwas mit den Morden zu tun haben, wäre es nicht schlecht, seine Einschätzung zu hören. Was für Leute das sind und so.«

Lisa sah auf die Uhr. Es war fast eins. Sie brauchte etwas zu essen.

»Ich rufe sie an und mache einen Termin für heute Nachmittag aus. Dann habe ich noch Zeit, mich auf das Gespräch vorzubereiten. Ich denke, ich sollte mich über den Tsunami informieren, mir die daran anschließenden Berichte ansehen und etwas über Melbys Karriere in Erfahrung bringen. Er und seine Frau waren zur Zeit der Katastrophe in Thailand. Auch sie dürften sich den Ärger einiger Leute zugezogen haben.« Lisa musste wieder an Thomas denken. »Angehörige, Opfer, alle, die das Gefühl hatten, keine Hilfe zu bekommen.«

William seufzte. »Mach das«, sagte er. »Ich kümmere mich inzwischen um den Personenschutz für die Dame in Stockholm.«

27

Sie saß in der Oskar-Kirche und wog das Für und Wider ab. Das Licht, das durch die Glasmosaike der Fenster fiel, zeichnete Muster auf den Boden. Im Hintergrund ging der Organist seinen nachmittäglichen Übungen nach, und eine Gruppe Touristen tuschelte am Eingang.

Die Kirche war zu ihrem Zufluchtsort geworden, wenn die Tage zu lang und die Besprechungen zu viele wurden. Wenn sie keine Möglichkeit hatte, sich ins Auto zu setzen und die vier Stunden bis zu dem kleinen Bauernhof im Värmland zu fahren, schlich sie sich hinaus, ging oder radelte hierher und setzte sich in den Teil des Kirchenschiffs, in dem sonst niemand war.

Hier führte sie Diskussionen mit sich selbst, beleuchtete verschiedene Gesichtspunkte, ob es nun um Personalangelegenheiten ging, Politik, ein Problem, das die Sachbearbeiter ihr dargelegt hatten, oder um private Dinge, die im Alltag der Botschaft keinen Platz hatten.

Es passte nicht zu ihr. Sie musste fünfzehn, vielleicht sogar zwanzig Jahre zurückgehen, um etwas Vergleichbares in ihrer Biografie zu finden. Seit dem Wochenende vor zehn Tagen in Oslo fühlte sie sich wie ein kleines Mädchen.

Es half nicht zu arbeiten, es half nicht zu trainieren und es half nicht, abends vor dem Schlafengehen eine Flasche Wein zu trinken in der Hoffnung, dass der Rausch sie betäuben und ihr einen schweren, traumlosen Schlaf schenken würde.

Ganz im Gegenteil. An den Abenden, an denen sie Wein trank, wurden die noch frischen Erinnerungen fast wieder Wirklichkeit. Sie schmeckte den Rotwein und spürte die Zunge, die sich spielerisch in ihren Mund drängte. Die eifrigen Hände schienen sie ein weiteres Mal zu berühren, während sie mit geschlossenen Augen dalag und zu schlafen versuchte, bis sie es sich schließlich selbst machte. Nach fast einer Woche ohne richtigen Schlaf war sie aufgestanden, hatte den PC eingeschaltet, auf die E-Mail geantwortet und geschrieben, dass sie kommen sollte.

Zunächst hatte sie es bereut. Sie war über vierzig, sie war verheiratet, sie hatte zwei Kinder, die mit ihrem Mann in Oslo wohnten, den sie mehrmals im Monat sah und der in genau diesem Moment überlegte, endgültig mit den Mädchen nach Stockholm überzusiedeln.

Solange sie den Posten in Indonesien gehabt hatte, war das unrealistisch gewesen. Jetzt war die Situation eine andere, und es würde ihnen gut tun.

Dann war der Zweifel von der Erwartung verdrängt worden, die sich langsam aufbaute und es noch schwieriger machte, sich zu konzentrieren, als vor ihrem Entschluss, sich mit ihr zu treffen. Es war eine physische Erwartung, Hunger oder Durst vergleichbar oder einer Verliebtheit, die das Herz schneller schlagen und in den seltsamsten Situationen Fantasiebilder auftauchen ließ.

Sie war sich sicher. Es war vielleicht die letzte Möglichkeit, wenn die Meldung aus Oslo stimmte, dass sie ab morgen früh Personenschutz bekommen würde.

Trotzdem war sie um fünf zu der Kirche geradelt, hatte das Fahrrad an einer Laterne auf der anderen Seite des Narvaväg festgemacht und war hineingegangen, um zu denken. Das Für und Wider abzuwägen, wie sie es immer tat.

Sie war vorher schon mehrere Male in Stockholm gewesen, doch jedes Mal vergaß sie, welchen Eindruck die Stadt und nicht zuletzt dieser Stadtteil auf sie machten. Die Botschaft lag unten in Østermalm, und wenn man den Strandväg entlangfuhr und nach rechts in die Nobelgata abbog, konnte leicht der Eindruck entstehen, man führe durch das vergangene Jahrhundert. Alte Backsteinvillen mit zwei oder drei Stockwerken und Aussicht über die Bucht, die Djurgårdsbrunnsvik, mit akribisch gepflegten Gärten und einem Wald ausländischer Flaggen lösten einander ab.

Typisch norwegisch, hatte sie das erste Mal gedacht, als sie ihre eigene Botschaft gesehen hatte, eingezwängt zwischen einem Gebäude, das Ähnlichkeit mit einem russischen Atomkraftwerk hatte, und einem Kleinflugzeughangar. Strategisch gesehen, war der Platz ideal mit der britischen Botschaft zur Rechten und der amerikanischen gleich gegenüber. Ästhetisch war er eine Katastrophe.

Ihre Ernennung für den Posten hatte sie überrascht. Sie wusste, dass sie viele Jahre zu früh kam. Andererseits hatte sie sich daran gewöhnt, dass immer jemand im Hintergrund die Fäden zog und dass es selbstgefällig war, verstehen zu wollen, wer und warum, es sei denn, man wollte Teil des Spiels werden. Und das wollte sie nicht. Sie fühlte sich wohl mit ihrer Arbeit, liebte das Reisen und hatte nur bescheidene Ambitionen, was ihre Person anging. Keine großen Karrierepläne oder Träume, die eine Positionierung, Allianzen oder ein diskretes Netzwerk erforderten, auf das man zurückgreifen konnte, sollte es einmal zu einem offenen Konflikt kommen.

Aber jemand passte auf sie auf. Und dieser Jemand wollte, dass sie zufrieden war, und sie hatte auch einen Verdacht, warum. Irgendwo saß eine Person, die sie aus den Bewerbern ausgewählt, auf der Überholspur platziert und ihr einen Posten gesichert hatte, von dem sie nicht einmal wusste, dass sie ihn hatte haben wollen.

Sie war sich vollkommen darüber im Klaren, dass sie Teil eines Spiels war und dass es keine Garantien dafür gab, dass auch der nächste Zug positiv für sie ausfallen würde, wenn dieser Jemand sie erneut als nützliches Teilchen ansah. Deshalb genoss sie in vollen Zügen, was sie hatte. Kjersti Hansson, norwegische Botschafterin in Stockholm.

Die Storgata hoch begegneten ihr Männer in Anzügen auf dem Heimweg von der Arbeit und Frauen in Cabrios, die Rücksitze voller Tüten mit Designerlogos. Hier waren vor hundert Jahren Hof und Adel ansässig gewesen, als die Heringslager am Strandväg abgerissen und durch stattliche Stadthäuser mit fünf Stockwerken ersetzt worden waren.

Heute dominierten Anwälte, Manager, Künstler und Leute mit dicken Bankkonten und dünnen Ehefrauen das Bild.

Ein Bus hielt unterhalb des Östra-Gestüts und ein scheinbar endloser Strom amerikanischer Touristen quoll in beide Richtungen aus ihm heraus. Kjersti radelte weiter und spürte, wie ihr Herz schneller schlug, als sie den Östermalmstorg passierte und die Humlegårdsgata hinunterrollte.

Vor dem *Hotel Lydmar* schloss sie ihr Fahrrad ab und ging hinein. An der Rezeption herrschte nachmittägliche Stille, an der Bar hingen zwei Gruppen gut gekleideter junger Leute herum, offensichtlich um nach der Arbeit etwas zu trinken. Um den Stureplan wimmelte es von Verwaltern, Analytikern und steif gekleideten Frauen und Männern, die ihrem *business* nachgingen. Das *Lydmar* gehörte zu den angesagtesten Treffpunkten.

Kjersti hatte vor einigen Wochen in dem Restaurant hinter der Rezeption zu Mittag gegessen, war aber nie auf einem der von Designern entworfenen Zimmer gewesen, die bei den Kreativen – und hier vor allem bei den Norwegern – so beliebt waren. Jetzt stand sie vor dem Aufzug und starrte ihr Handy an, auf dem vor zwei Stunden eine SMS eingegangen war. Ein Name und eine Nummer »Lydmar, 553«.

In dem kleinen Aufzug drückte sie zuerst den falschen Knopf. Sie hörte Trommel- und Bassrhythmen, bis ihr klar wurde, dass sie auf Musik statt auf die Etage gedrückt hatte. Als sie den richtigen Knopf erwischte, hämmerte ihr Herz im Takt der Musik.

Vor Nummer 553 blieb sie stehen und lauschte auf Geräusche aus dem Zimmer. Nichts regte sich. Ein eingeschalteter Fernseher oder CD-Player war aus einem der anderen Räume zu hören. Sie atmete tief durch und richtete ihre Kleider, bevor sie klopfte. Erst kaum hörbar, dann lauter, so laut, dass sie spürte, wie das Gelenk ihres Zeigefingers gefühllos wurde. Sie wartete darauf, dass die Tür aufging.

Kjersti Hansson meinte bereit zu sein. Sie glaubte, die halbe Stunde in der Kirche habe ihr die Kontrolle über die Situation, einen gewissen Überblick, Entschlossenheit und eine Form der Klärung gebracht. Sie wusste, weshalb sie hier war, und sie stand dazu.

Doch als sie die Frau, von der sie zehn Tage geträumt und fantasiert hatte, in der Tür stehen sah, überrumpelte sie ihre eigene Reaktion. In nichts als einem offenen Morgenmantel und ohne ihre Nacktheit unter dem weichen Frottee zu verbergen, griff sie nach Kjerstis Hosenbund, zog sie ins Zimmer und drängte sich an sie. Im Hintergrund schlug eine Tür mit einem leisen Klick zu und kappte alle Verbindungen zu der Welt draußen. Kjersti wurde von der anderen zum Bett geschoben, eifrige Finger knöpften ihre Bluse auf, öffneten ihren Gürtel und stießen sie auf die weiche Bettdecke.

Wenige Sekunden später lag sie nackt auf dem Bett, die andere saß rittlings auf ihr. Beide lächelten.

»Du bist verrückt«, murmelte Kjersti Hansson.

»Du bist wunderbar«, sagte die andere, beugte sich vor und ließ sich von Kjersti streicheln, bevor sie sich enger aneinanderdrängten und einige Sekunden still dalagen, als würde die Situation dem freien Willen unterliegen, als könnte Kjersti Hansson jederzeit aufstehen, sich anziehen und in ihr bisheriges Leben zurückkehren.

Aber es war zu spät, in ihrem tiefsten Inneren wusste sie das. Seit ihren Studientagen hatte sie kein so intensives Verlangen mehr empfunden, keinen so tiefen Wunsch, die Kontrolle abzugeben, sich einfangen zu lassen und festgehalten zu werden, ohne für jemand anderen als für sich selbst verantwortlich zu sein.

Es währte nur wenige Sekunden. Dann spürte Kjersti, wie die weichen Hände mit den scharfen Nägeln von ihren Brüsten über ihre Schultern glitten und sich wie eine Schlinge um ihren Hals legten. Sie hob den Unterleib von der Bettdecke, presste sich gegen den warmen Körper über ihr und fühlte, wie die Finger fester zudrückten, als sie die Augen schloss und all das genoss, was sie in den vergangenen zwanzig Jahren vermisst hatte.

28

»Musst du nicht arbeiten?«, rief Thomas aus der Küche. Das Geräusch des Wassers, das in einem warmen, gleichmäßigen Strom aus der Dusche kam, übertönte seine Frage fast. Lisa spürte, wie ihre Schultern sich senkten und ihre Muskeln sich entkrampften, und hielt den Kopf direkt unter den Wasserstrahl. Plötzlich stand er vor der Dusche, die Nase gegen das Glas gedrückt.

»Verdammt, hast du mich erschreckt.«

Sie schüttelte das Wasser aus ihrem Haar. Er zog die Brille aus, die im selben Moment beschlagen war, als er das Badezimmer betreten hatte. Im Hintergrund hörte sie die Nachrichten. Sie hatte fast zwanzig Minuten geduscht.

»Du bekommst langsam Schwimmflossen«, sagte er. »Willst du nicht etwas essen? Wir könnten einen Film gucken. Ich weiß nicht, ob ich mich aufraffen kann auszugehen.«

Genau das brauchte sie. Einen hirntoten Abend ohne Programm.

Und sie fühlte sich wohl in Thomas' Wohnung, merkte, wie sie sich in seiner Gegenwart entspannte.

»Perfekt.«

»Ich bin froh, dass du gekommen bist. Ich dachte, du könntest heute nicht.«

»Das habe ich auch gedacht«, antwortete sie. »Eigentlich hätten wir ein paar Leute verhören müssen, aber die sind bis morgen verreist. Ich muss morgen früh um zehn Uhr da sein, aber es ist auch nicht so wichtig, dass es nicht ein paar Stunden warten kann.«

»Da habe ich ja Glück«, sagte Thomas. Er zog T-Shirt und Jeans aus und sah sie verschmitzt an. »Brauchst du Hilfe?«

Lisa antwortete nicht. Sie lächelte nur durch das beschlagene Glas. Die Duschzelle war fast drei Meter lang, mit einer Dusche an jedem Ende. Sie bot reichlich Platz für zwei Personen.

Thomas zog die weißen Boxershorts aus und trat unter die andere Dusche. Lisa griff nach einer Flasche Duschgel aus dem Regal an der Wand und warf sie ihm zu, dann drehte sie sich um und ließ das warme Wasser über ihr Gesicht laufen.

»Ich habe über etwas nachgedacht.«

»Ja?«

Lisa schluckte den letzten Bissen Rührei mit Schinken hinunter. Im Fernsehen versuchten zwei Politiker einander in irgendeiner Debatte vorzuführen, und Lisa graute bereits davor, wenn der Wahlkampf nach dem Sommer seine Endphase erreichte.

»Ja«, fuhr sie fort, »diese Kontaktgruppe …«

Thomas griff nach der Fernbedienung, stellte den Ton leiser und sah sie an. Nach dem Duschen hatte sie sich ein weißes Hemd und Boxershorts von ihm geborgt und sich auf das Sofa gesetzt. Als er mit dem Essen und einer Flasche Weißwein hereingekommen war, hatte sie die Beine angezogen und ihm Platz gemacht.

»Was ist mit der Kontaktgruppe?«, fragte er.

»Weißt du, was sie da machen? Bist du mal auf so einem Treffen gewesen?«

»Ist die Frage dienstlich?«

»Jepp. Es geht um einen Fall, an dem ich zurzeit arbeite; möglicherweise müssen wir mit jemandem aus der Kontaktgruppe reden. Ich kann nicht viel sagen, aber es wäre eine große Hilfe, wenn du …«

»Das ist schon okay. Du musst mir nichts sagen. Aber ich weiß auch nicht viel; Stina und Anita sind meistens zu den Treffen gegangen, ich war nur ein Mal mit.«

»Anita ist …?«

Lisa erinnerte sich an die Namen von Thomas' Schwestern, aber ihr fiel nicht ein, welche am meisten unter dem Tsunami gelitten hatte.

»Anita ist die, die zum Psychologen geht. Stina kommt ganz

gut zurecht. Sie ist ein paar Mal mit Anita zu den Treffen gegangen, hat dann aber damit aufgehört. Ihr Job reicht ihr als Therapie, hat sie gemeint; durch die Treffen hat sie alles nur noch einmal durchlebt, sie haben sie nur noch wütender gemacht.«

Thomas griff nach dem Bild, das neben dem Sofa stand, und reichte es Lisa. Es war das gleiche, das sie schon einmal gesehen hatte, Thomas in der Mitte, die Arme um zwei Mädchen im Bikini gelegt. Sie sind schön, dachte sie. Die Mädchen trugen den gleichen Bikini in unterschiedlichen Farben, Anita in Schwarz, Stina in Weiß. Sie waren fast ebenso groß wie Thomas, schlank und braun nach den Tagen am Strand.

»Was macht sie?«

»Stina?«

»Ja.«

»Sie arbeitet in einer Bank, bei Kaupthing. Die expandiert zurzeit, und zu ihren Aufgaben gehört es, in ganz Europa neue Kontakte aufzubauen.«

»Ein seltsamer Name.«

»Zumindest kein üblicher. Aber das sind auch keine typischen Banker, sagt Stina, sehr informell und jung; ohne Schlips, sozusagen.«

»Klingt nach einem anstrengenden Job.«

»Sie liebt das. Das Reisen und die Hotels. Ich glaube, sie kennt überall jemanden.«

»Und Anita?«

Thomas schwieg. »Anita geht es schlecht. Aber der Psychologe tut ihr gut. Vor ein paar Monaten war ich mit ihr bei einem Treffen. Ich denke, es geht vor allem darum, Erfahrungen zu teilen und über die Dinge zu reden. Sie haben eine Homepage erstellt und eine Reise zurück nach Thailand organisiert, sie halten Kontakt zu Leuten, die nach dem Tsunami nach Phuket zurückgekehrt sind. Die Leiterin der Gruppe ist unermüdlich. Sie hat einiges an öffentlichen Geldern aufgetrieben.«

»Weißt du, wer sie ist?«, fragte Lisa.

»Ich bin ihr nur ein einziges Mal begegnet, aber ich habe ihre Handynummer. Alle Mitglieder haben die. Eine klasse Frau, so um die dreißig. Eine Einzelgängerin.«

Thomas griff nach seinem Handy, das auf dem Wohnzimmertisch lag, und öffnete das Adressbuch.

»Hier ist sie. Soll ich sie dir per SMS schicken?«

»Mach das. Ich rufe sie morgen an.«

Lisa streckte die Beine aus und zog Thomas zu sich heran. Er küsste sie auf die Wange.

»Sie ist also eine klasse Frau, ja?«

Thomas grinste in sich hinein.

»Sie hat Stil, ja. Natürlich nicht so wie du, aber sie ist durchaus attraktiv.«

»Wie kommt sie damit zurecht?«

»Wie es scheint, ganz gut. In gewisser Weise ist sie für die anderen zu einer Art Stütze geworden, zu einer Repräsentantin, sowohl was das Praktische als auch was das Emotionale angeht. Ziemlich imponierend, wenn man bedenkt, dass sie dabei noch ihre eigene Firma leitet.«

»Was macht sie?«, fragte Lisa, hauptsächlich, um etwas zu sagen, aber auch aus Neugier.

»Sie importiert Gewürze«, sagte Thomas. »Scheint ein cooler Job zu sein, auf jeden Fall exotisch.«

Lisa hörte draußen in der Diele ihr Handy piepen, wahrscheinlich die SMS von Thomas mit der Nummer.

»Wollten wir uns nicht einen Film ansehen?«

»Klar. *Man on fire* ist im DVD-Player, wenn du Lust hast; dann muss ich nicht aufstehen.«

Er lehnte sich noch weiter zurück, und Lisa legte einen Arm um seinen Hals.

29

»Herzen für die Damen, Blätter für die Herren.«

Sander hatte keinen Deckel auf die Becher getan, die er in der *Java Kaffeebar* im Ullevålsvei geholt hatte. In den Milchschaum hatte der Barrista das Muster gezeichnet, von dem bereits die ganze Stadt sprach. Lisa schmatzte mit den Lippen und schlürfte das köstliche Getränk, noch bevor Sander sich neben sie gesetzt hatte.

»Die Polizei scheint eine Vorliebe für Nissan zu haben«, stellte er fest. »Der silbergraue Primavera stinkt geradezu nach ziviler Polizei.«

»Die Autos sind auch okay«, antwortete Lisa. Sie fuhren Richtung Bispelok, um dann nach Ekeberg abzubiegen.

»Was hält William von Sandals Theorie?«, fragte Sander.

»Er findet sie zumindest nicht uninteressant. Außerdem geben die Listen ihm recht. Ein Antragsteller ist dreimal übergangen worden, das ist Grund genug, ihn zu überprüfen. Doch er und seine Frau sind um die fünfzig. Eigentlich kann ich mir nicht vorstellen, dass er der Mörder sein soll, den wir suchen.«

Ihr Argument war logisch. Sowohl Daniel als auch Ester Melby ließen sich als Täter mehr oder weniger ausschließen, wenn man in Betracht zog, wie die beiden Morde begangen worden waren.

»Am wichtigsten ist, herauszufinden, wie sie darauf reagiert haben, dass man ihn übergangen hat, und wie sie die Zeit nach dem Tsunami erlebt haben. Er ist krankgeschrieben, nicht?«

Lisa hatte Sander am Vortag kurz auf den neuesten Stand gebracht.

»Er ist seit Mitte April krankgeschrieben«, sagte Lisa. »Im Außenministerium wartet ein Job auf ihn, aber das ist natürlich kein Botschafterposten.«

»Man könnte den Eindruck gewinnen, sie wollten ihn abstrafen«, wunderte sich Sander. »Oder zumindest, dass es so aussehen soll.«

»Der Generalsekretär des Ministeriums für Auswärtige Angelegenheiten musste doch auch zurücktreten. Mit Sicherheit hat man Sündenböcke für die Medien gebraucht. Vielleicht ist Melby aber auch nur eine Figur in diesem Spiel. Nach der laut gewordenen Kritik musste im Außenministerium etwas passieren. Das Versetzen der Leute soll den Eindruck erwecken, dass die politische Führungsspitze noch handlungsfähig ist.«

Lisa sah sich um.

»War das der Solvei?«

»Ja«, sagte Sander. Vor weniger als einem Jahr hatte er hier mit einem Makler eins der neueren Häuser ein paar hundert Meter weiter die Straße hinunter besichtigt. Weiß, minimalistischer Beton, große Fensterflächen, in einer Reihe von Villen, von denen die meisten über fünfzig Jahre alt und in zurückhaltender norwegischer Tradition erbaut waren. Mit großen Veranden, Rasenflächen auf der abschüssigen Seite und einer fantastischen Aussicht über den Fjord.

»Nicht ganz billig die Gegend.«

Lisa parkte in der Auffahrt des Hauses, dessen Adresse man ihnen gegeben hatte. Gut gepflegte Blumenbeete und kleine Büsche säumten den mit Platten gepflasterten Platz vor dem Haus. Klar und durchstrukturiert, dachte Sander und sah die kontrastierenden Bilder vor seinem inneren Auge, von dem Chaos einerseits, aus dem Daniel und Ester Melby nach Hause gekommen waren, und der fast perversen Vorhersehbarkeit, der Strukturiertheit und Durchdachtheit ihres jetzigen Lebens.

»Hier gibt es nicht viele auf Abwege geratene Grashalme«, kommentierte Lisa, als hätte sie Sanders Gedanken erraten.

»Klingeln wir?«

Ester Melby schluckte und schluckte, als hätte sie einen Kloß im Hals.

»Es ist bestimmt schwer, darüber zu reden«, versuchte Sander ihr weiterzuhelfen. Sie hatte fast zehn Minuten davon geredet, wie sie den Tsunami und die Situation in Thailand nach Weihnachten und Neujahr erlebt hatten; von dem Moment an, als sie im Ananda Spa den Bescheid bekamen, bis zu dem Zeitpunkt, als klar wurde, dass sie im März nach Hause sollten.

Als sie von ihrer Rückkehr nach Norwegen erzählen wollte, von dem Augenblick, als sie begriffen, dass sie sich selbst überlassen blieben, dass man sie zu opfern gedachte, weil irgendeine Zeitung Blut sehen wollte, und dass niemand dagegen Einspruch erheben und sie verteidigen würde oder konnte, hielt sie inne.

Sie war die Wortführerin. Sie hatte sie auf der Treppe begrüßt, in den Wintergarten geführt und Kaffee und Kuchen serviert, während sie darauf gewartet hatten, dass Daniel Melby herunterkam. Und als er nach zehn Minuten endlich aufgetaucht war, hatte sie ihn an die Hand genommen und zu dem Stuhl geleitet, der neben ihrem stand, ohne seine Hand loszulassen.

Sie erzählte, während er hin und wieder etwas kommentierte. Sie waren ein Team; wenn der eine nicht weiterkam, übernahm der andere, dachte Sander. Je länger Ester redete, desto stärker entstand der Eindruck, dass die beiden als eine Person zu sehen waren.

Daniel rettete Ester. Er stand auf und legte ihr die Hand auf die Schulter, zog sein Jackett aus und setzte sich wieder hin. Das langärmlige, blaue Hemd mit den goldenen Manschettenknöpfen unterstrich die Bräune seines Gesichts. Die Hose mit den Bügelfalten, der braune Gürtel und die Schuhe zeugten schon von weitem von Klasse. Sander wäre nicht überrascht gewesen, wenn es sich um Maßanfertigungen gehandelt hätte.

Mit fester Stimme erzählte Daniel Melby, wie ein Gesuch für einen neuen Botschafterposten nach dem anderen abgelehnt worden war. Als sie nach Hause geflogen waren, hatten sie noch immer die vage Hoffnung gehabt, dass alles sich regeln würde. Doch als der Leitende Ministerialdirektor sie informierte, dass Daniel auf unbestimmte Zeit im Ministerium arbeiten sollte, war das, als würde jemand ihre Rettungsleine durchtrennen.

»Waren Sie wütend?«, fragte Sander.

Daniel sah überrascht aus. »Wütend?«, sagte er leise. »Ich hatte … wohl eher eine Depression.«

Er lächelte plötzlich, und Sander hatte den Eindruck, einem Mann gegenüberzusitzen, der auf dem Weg der Besserung war.

»Mein Arzt sagt, dass ich reagiert habe, nicht nur auf das, was hier passiert ist, sondern auf alles. Wir hatten nicht viel Zeit, die

Eindrücke zu verarbeiten, weder Ester noch ich. Aber wütend? Nein, wütend war ich nicht.«

»Bitter vielleicht? Es muss doch bitter gewesen sein zu sehen, dass andere die Posten bekamen, für die Sie qualifiziert sind«, fuhr Lisa fort.

»Ist das nicht natürlich?«

Ester hatte auf die Frage geantwortet. Sie sah Lisa direkt an, herausfordernd. Daniel beugte sich zu ihr. Lisa ließ die Frage auf sich beruhen.

»Kannten Sie Oldeide und Heffermehl? Sie haben zusammen den Diplomatenanwärterkurs besucht, nicht wahr?«, sagte Lisa.

»Die meisten kennen sich untereinander, jedenfalls die Diplomaten«, antwortete Daniel. »Die, die denselben Kurs besucht haben, kennen sich natürlich etwas besser und verfolgen mit Sicherheit genauer, wo die Kurskameraden landen. Ich wusste sehr wohl, wer Oldeide und Heffermehl waren. Wir haben uns in regelmäßigen Abständen gesehen.«

Lisa schwieg erneut. Nach irgendetwas mag sie nicht fragen, dachte Sander. Und er hatte recht.

»Das ist nur eine Routinefrage, aber ich muss nach Ihrem Alibi für die entsprechende Zeit auf Island und in Wien fragen; wo Sie gewesen sind, wer das bestätigen kann und so weiter.«

Sander merkte, wie Lisa sich auf dem Stuhl neben ihm wand. Bei ihrer Frage richtete Ester sich zu voller Höhe auf. Ein leichter Rotton breitete sich auf ihren Wangen aus, und Sander hörte, wie sie mehrmals schnell hintereinander einatmete.

»Glauben Sie, dass wir …«, begann sie.

»Ganz ruhig, meine Liebe. Du weißt, dass sie das fragen müssen.«

Daniel hatte nach ihrer Hand gegriffen.

»Nein …«, begann Ester.

»Natürlich bekommen Sie von uns die Informationen, die Sie brauchen«, sagte Daniel, um ihr zuvorzukommen. Sander hatte das Gefühl, dass etwas nicht stimmte.

»Das ist nicht gerecht«, sagte Ester mit Tränen in den Augen. »Wir lassen uns nicht schon wieder den Schwarzen Peter zuschieben. Das ist absurd, Daniel.«

Daniel Melby schien sich unwohl zu fühlen. Er sah seine Frau an und wusste offenbar nicht, was er sagen sollte.

»Du musst es erzählen«, sagte sie.

»Was erzählen?«, fragte Lisa.

»Das hat nichts mit uns zu tun, Daniel, das weißt du. Du musst es erzählen. Das schuldest du mir, Daniel.«

Sander war überzeugt, dass Ester zusammenbrechen würde, wenn Daniel nicht irgendetwas unternahm. Sie schluchzte, die Tränen rannen ihr in einem gleichmäßigen Strom die Wangen hinunter, und die makellose Fassade, die sie ihnen noch vor kurzem beim Öffnen der Tür präsentiert hatte, schien unendlich weit weg.

»Ich weiß nicht, Ester …«

Ester holte ein Taschentuch hervor und schnäuzte sich mehrmals hintereinander. Dann wischte sie die Tränen ab und richtete sich auf, als hätte sie einen Entschluss gefasst, der ihr half, während des Gesprächs die Fassung zu bewahren.

»Doch, Daniel. Das geht zu weit. Entweder du erzählst es oder ich. Es reicht jetzt.«

»Um was geht es eigentlich?«, fragte Lisa erneut.

Sander hörte einen Anflug von Ärger in ihrer Stimme, er hätte sie gerne gebeten, vorsichtig vorzugehen. »Wenn Sie über

Informationen verfügen, die für den Fall relevant sind, müssen Sie uns das sagen. Ansonsten machen Sie sich strafbar; es dürfte eigentlich unnötig sein, Sie darauf aufmerksam zu machen ...«

»Es reicht.«

Daniel Melbys Stimme klang scharf. Sie hatte eine Autorität, die Sander bisher nicht aufgefallen war.

»Sie brauchen uns nicht zu drohen.«

Lisa beugte sich vor. »Es war nicht meine Absicht ... Ich meine ... Es ist wichtig. Zwei Menschen sind tot, und wir versuchen herauszufinden, ob es sich um Straftaten handelt. Ich verstehe Ihre Situation, doch wenn Sie über Informationen verfügen, die Ihrer Meinung nach wichtig für die Ermittlungen sind, müssen Sie uns das sagen.«

Daniel Melbys Stimme klang jetzt milder und weniger herausfordernd. Doch ihre Autorität hatte sie nicht eingebüßt. Der Botschafter in ihm ist zurückgekehrt, dachte Sander.

»Ich glaube ehrlich gesagt nicht, dass Sie unsere Situation verstehen, aber das ist nicht von Interesse. Von Interesse dagegen ist, dass dieser ganze Fall außer Kontrolle geraten ist.«

Lisa und Sander sagten nichts. Sie ließen Daniel Melby seine Gedanken sammeln, während Ester Kaffee nachgoss.

»Wie Sie bereits erwähnt haben, besuchten Oldeide und Heffermehl denselben Diplomatenanwärterkurs. Was Sie offenbar nicht wissen, ist, dass sie gleich nach Abschluss des Kurses auch an denselben Ort berufen wurden, und zwar nach Manila auf den Philippinen. Ein ziemlich wichtiger Ort, wenn man bedenkt, wie viele Philippinos an Bord von Schiffen arbeiten, die in Norwegen registriert sind.«

Lisa sah überrascht aus.

»Sie sind also der Meinung, dass es einen Zusammenhang

zwischen den beiden Todesfällen gibt, der sich weit in die Vergangenheit zurückverfolgen lässt?«, sagte Lisa. Sie hatte plötzlich Stift und Block in der Hand. Sander war nicht aufgefallen, dass sie etwas mit aus dem Auto genommen hatte.

»Da Sie nicht wissen, dass die beiden zusammengearbeitet haben, wissen Sie natürlich auch nichts über die Botschaft in Manila zu dieser Zeit. Sie hätten zum Beispiel Erkundigungen einziehen können, wer zu dieser Zeit dort gearbeitet hat, ob es plötzliche Versetzungen gegeben hat oder ob sich Dinge zugetragen haben, die nicht in das übliche Karrieremuster eines Diplomaten passen.«

»Meinen Sie, dass ...?« Lisa hielt inne und sah Daniel an. »Was wollen Sie damit sagen?«

»Es ist zehn, vielleicht fünfzehn Jahre her, und die Angelegenheit ist heruntergespielt worden, so gut sich das machen ließ. Doch wenn Sie ein wenig nachforschen, werden Sie auf zwei weitere bekannte Personen stoßen, die damals in der Botschaft in Manila gearbeitet haben, und zwar auf einen Botschafter namens Christian Helmen und eine junge Diplomatin aus der Personalabteilung mit Namen Kjersti Hansson. Und wenn Sie Ihre Arbeit gründlich machen, wird Ihnen höchstwahrscheinlich auffallen, dass sowohl Karstein Oldeide als auch Jarle Heffermehl noch nicht mal ein Jahr in der Botschaft gearbeitet haben und dass beide gleichzeitig in aller Eile und ohne registrierte Begründung oder Versetzungsgesuche versetzt worden sind, allerdings an verschiedene Orte.«

Daniel trank die Hälfte seines Kaffees in einem Schluck aus und griff nach der Keksschale. Ester hatte sich wieder gefangen. Ihre Haut nahm langsam wieder eine normale Farbe an. Sie schob Daniel die Schale hin. Sie waren wieder auf Kurs.

»Offenbar gab es dafür einen Grund«, sagte Lisa, um den Botschafter zum Weiterreden zu animieren.

»Offenbar«, antwortete Daniel Melby, den Mund voller Kekse, nicht ohne Ironie. »Was dahintersteckt, ist banal, aber tragisch. Kurz bevor man Heffermehl und Oldeide versetzt hat, wurden sie beschuldigt, eine Haushaltshilfe vergewaltigt zu haben, die seit mehreren Jahren in der Botschaft arbeitete. Sie war siebzehn Jahre alt, schön und attraktiv und wurde von allen gemocht. Ich glaube, sie sprach auch ein wenig Norwegisch. Ein paar Tage nach einem Empfang hat sie Kontakt zu Hansson aufgenommen und behauptet, die beiden jungen Diplomaten hätten sich an ihr vergriffen, als sie nach der Veranstaltung aufgeräumt hat. Sie hatte ein ärztliches Attest, das belegte, dass sie misshandelt worden war, dass die Jungfernhaut kurz vor der ärztlichen Untersuchung gerissen war und dass die Scheidenwände kleine Risse und Verletzungen aufwiesen. Jemand hatte sie vergewaltigt, daran bestand kein Zweifel.«

»Aber das hätte doch jeder sein können«, unterbrach ihn Lisa.

»Das hätte jeder sein können, wäre da nicht die andere Haushaltshilfe gewesen, die zusammen mit dem jungen Mädchen aufgeräumt hat. Sie hat erzählt, dass Oldeide und Heffermehl als Einzige noch in der Botschaft waren, sie in der Küche angerufen und um saubere Gläser für ihren Whiskysoda gebeten haben und dass das junge Mädchen sie ihnen hinaufgebracht hat. Als sie nach dreißig Minuten noch nicht zurück war, hat sie nach ihr gesucht. Es sah also nicht gut aus für die beiden, um es einmal so zu sagen.«

»Und Oldeide und Heffermehl haben natürlich alles abgestritten«, sagte Sander.

»Natürlich. Doch die Indizien wie auch die physischen Beweise waren so erdrückend, dass es zu einer Ermittlung gekommen wäre – die inneren Verletzungen, die Hautabschürfungen, die der Arzt unter den Nägeln gefunden hat, sowie die Haare auf den Kleidern der jungen Frau. Wenn Oldeide und Heffermehl sich schuldig gemacht hatten, wäre das herausgekommen.«

»Und was ist bei der Ermittlung herausgekommen?«, fragte Lisa.

»Genau das ist der springende Punkt«, seufzte Daniel resigniert. »Es hat keine Ermittlung gegeben. Die beiden Diplomaten wurden versetzt, die Haushaltshilfen entlassen, und ich würde einiges darauf wetten, dass von irgendeinem Konto des Außenministeriums eine große Summe an die beiden Mädchen gegangen ist.«

»Oh Gott«, sagte Lisa, »das darf nicht wahr sein. Ich kann es nicht glauben.«

»Glauben Sie mir, ich könnte Ihnen noch ein Dutzend anderer Geschichten erzählen, zwar keine, in denen es um sexuelle Übergriffe geht, aber durchaus brisant genug, dass die Medien sich darauf stürzen würden.«

»Und jetzt macht sich jemand Sorgen«, sagte Sander. Er wollte den Schluss hören. Daniel fuhr fort.

»Als erst Oldeide und kurz darauf Heffermehl unter diesen merkwürdigen Umständen zu Tode kamen, tauchte natürlich diese Geschichte im Außenministerium wieder auf. Der Tsunami ist nur ein Nebenschauplatz. In Wirklichkeit haben sie Angst davor, dass eine der früheren Haushaltshilfen aus Manila dahintersteckt und dass die ganze Geschichte doch noch ans Licht kommt. Oder dass es überhaupt keinen Zusammenhang gibt, die Geschichte aber trotzdem herauskommt. Und die Beschuldigungen an sich sind nicht einmal das Schlimmste. Hätte jemand vor zehn Jahren die Verantwortung übernommen, hätte sich der Schaden auf zwei junge Diplomaten und etwas Geschrei in den Medien beschränkt. Was die Angelegenheit so heikel macht, ist die Verschleierung, bei der Helmen eine zentrale Rolle gespielt hat, dass Hansson ein Teilchen des Spiels war und viele andere, die heute wichtige Positionen innehaben, stillschweigende Zuschauer waren. Falls Sie glauben, dass der Tsunami das Außenministerium in Verruf gebracht hat, dann warten Sie mal ab, was passiert, wenn diese Sache publik wird.«

»Mein Gott, was für ein Chaos.«

Lisa drehte den Kopf, um rückwärts in den Solvei auszuparken.

»Stell dir mal vor, diese Nøst bekommt Wind von der Sache«, sagte Sander. »Glaubst du ihm?«

»Das Schlimmste ist, dass ich das tue«, antwortete Lisa. »Die Geschichte ist so haarsträubend, dass sie einfach wahr sein muss. Und eigentlich bin ich auch nicht wirklich überrascht. Das scheint eine Welt für sich zu sein, die Diplomaten und das Außenministerium.«

Sander gab ihr recht. Was den Kauf sexueller Dienste anging, hatten norwegische Entwicklungshelfer einen elenden Ruf. Er sah keinen Grund, warum die Diplomaten besser sein sollten, auch wenn sie scheinbar diskreter vorgingen, wenn die Dinge außer Kontrolle gerieten.

»Wir müssen auf jeden Fall noch einmal mit Helmen reden. Er dürfte in Erklärungsnöte kommen«, sagte Lisa. »Ich glaube übrigens nicht, dass wir die Tsunami-Spur ganz aufgeben sollten. Ich werde auf jeden Fall mit der Leiterin der Kontaktgruppe reden. Außerdem müssen wir zusammenfassen, was wir bisher haben. Ich vereinbare mit William einen Termin. Einverstanden? Je mehr Köpfe, desto besser.«

Sander war einverstanden. Er hatte neue Informationen zu der möglichen Täterin bekommen. Sie verliehen dem vorläufigen Profil, das er Lisa am Sonntag gezeichnet hatte, weitere Substanz.

Lisa setzte ihn vor seinem Haus in Bolteløkka ab. Sie versprach, Sander anzurufen, sobald sie einen Termin für die Besprechung mit William hatte. Sander warf einen Blick in seinen Terminkalender, in dem nur ein Patient für heute eingetragen war. Dabei sah er auf dem Display den kleinen Umschlag, der eine neue SMS ankündigte. Als er das SMS-Menü öffnete, erkannte er die Nummer von Ina Økland.

30

Lisa fuhr am St. Hanshaug entlang zurück, als William anrief. Sie hielt das Lenkrad mit einer Hand und das Handy in der anderen und sah sich um, ob keine Streifenwagen in der Nähe waren. Es war immer peinlich, von einem Kollegen angehalten zu werden.

»Ich mache mich gerade strafbar. Hat das nicht Zeit?«, fragte sie.

»Ich fasse mich kurz«, antwortete William. Er klang gehetzt, als redete er beim Gehen und als könne er nicht stehen bleiben. »Ich habe Helmen erreicht und darauf bestanden, sofort persönlich mit ihm zu reden. Als ich ihm gedroht habe, ihn zur Vernehmung abholen zu lassen, hat er zugestimmt.«

»Ach, ja.«

»Er war ziemlich im Stress, hatte gerade ein Arbeitsessen bei *Bølgen & Moi* in Briskeby. Dass er uns Dinge verheimlicht hat, ist allerdings so gravierend, dass ich ihn mit den neuen Informationen konfrontieren will, bevor er weiß, dass wir sie haben. So haben wir zumindest das Überraschungsmoment auf unserer Seite.«

»Das ist bestimmt nicht falsch. Wo bist du jetzt?«

»Wir treffen uns in zehn Minuten in Briskeby. Ich bin auf dem Weg dorthin. Wir holen Helmen aus der Besprechung und konfrontieren ihn mit den Fakten. Wenn er alles abstreitet, nehmen wir ihn mit.«

»Das gefällt mir«, sagte Lisa. Durch die Aussicht auf Action war ihr Körper freudig erregt. Das gehörte zu den Dingen, die sie aus ihrer Zeit in Uniform vermisste: die ständig wechselnden Aufgaben und die fast tägliche Dosis Adrenalin. In Ski und jetzt bei Kripos war der Alltag entschieden ruhiger und strukturierter.

Im nächsten Moment sah sie Helmen vor sich, die hohe Gestalt mit den femininen Zügen und dem eleganten Anzug, und sie kam schnell zu dem Schluss, dass die Aussicht auf ein Handgemenge oder einen Fluchtversuch eher gering war.

Fünfzehn Minuten später kam Christian Helmen aus der Beletage von *Bølgen & Moi* hinunter. William und Lisa hatten sich an vier Gästen vorbeigeschoben, die nach einem Tisch zum Mittagessen Ausschau hielten.

Als Helmen am Fuß der Treppe angekommen war, hatte er

die Krawatte fest und das Hemd unauffällig einige Zentimeter aus dem Jackettärmel gezogen. Er ging ebenso aufrecht wie bei ihrem ersten Treffen und sah, wenn überhaupt möglich, noch verärgerter aus.

»Das muss jetzt aber wichtig sein. Wenn dieses Vorgehen für Ihre Arbeitsweise repräsentativ ist, mache ich mir ernsthafte Sorgen. Wollen Ihre Vorgesetzten keine Resultate sehen?«

Er wandte sich an William und übersah Lisa. William ignorierte die versteckte Drohung, die in der Frage lag, und Lisa fragte sich, ob der Polizeidirektor später einen Anruf des Außenministeriums erhalten würde. Sie erinnerte sich, dass Helmen mit ihm befreundet war. Sie wusste aber auch, dass die Oberste Polizeiführung nur wenig Einflussmöglichkeiten hatte, wenn es um die Prioritäten in einer konkreten Ermittlung ging. Helmen konnte drohen, soviel er wollte. Sie befanden sich auf sicherem Grund, vor allem angesichts der neuen Informationen, in deren Besitz Lisa war.

William geleitete Helmen in den Restaurantbereich und winkte der Oberkellnerin, die sie umkreiste, seit der Gast aus der oberen Etage hinuntergekommen war. Als sie den Dienstausweis sah, den William aus der Tasche zog, und seine Bitte hörte, führte sie sie diskret zu einem Tisch in einer Ecke des Restaurants, der ein gutes Stück von den anderen Tischen entfernt stand.

»Ich bringe Ihnen Wasser und Kaffee, aber ich kann nicht versprechen, dass die Nachbartische leer bleiben«, sagte sie, während sie für Helmen den Stuhl zurückzog. »Ist das in Ordnung?«

»Völlig«, sagte William. Er setzte sich dem Leitenden Ministerialdirektor gegenüber und sah ihm in die Augen. Die Oberkellnerin verschwand, und Lisa hatte das Gefühl, nicht nur einer informellen Befragung mit dem Ziel, dic von Daniel Melby erhaltenen Informationen bestätigt zu bekommen, sondern auch einem Machtkampf zwischen William und Helmen beizuwohnen. Es war ungewohnt, William so verbissen und ernst zu erleben. Gewöhnlich hatte er, egal um was es ging, einen Witz oder ein paar befreiende Worte auf den Lippen, aber jetzt war das anders.

»Bei unserem letzten Gespräch haben wir Sie gefragt, ob Sie Jarle Heffermehl gekannt haben«, sagte William und beugte sich leicht vor.

»Ja?«

Helmen war noch immer gefasst, doch auf seiner Stirn hatte sich eine Falte gebildet. Ihm schwante Böses.

»Und Sie haben uns erzählt, dass Sie mit ihm zusammengearbeitet haben. Wo war das?«

»Auf den Philippinen. Habe ich das nicht erwähnt?«

»Sie haben lediglich erwähnt, dass Sie zusammengearbeitet und dass Sie ihn gekannt haben.«

»Ja?«

Lisa war fast ein wenig beeindruckt, wie lange der Mann das Spiel weiterspielte. Als wären seine Version und sein Verständnis der Wirklichkeit allein deshalb wahr, weil er daran glaubte und an seiner Darstellung festhielt.

»Ich habe da ein gewisses Problem …«, begann William. Lisa merkte, dass er langsam die Geduld verlor. Helmen wollte etwas sagen, biss sich jedoch auf die Lippe. Schlau, dachte sie.

William fuhr fort. Er sprach langsamer als gewöhnlich. »Wir ermitteln in zwei möglichen Mordfällen. Sie sind ein intelligenter Mann, daran habe ich keinen Zweifel, und deshalb werden

Sie sicher verstehen, dass das hier wichtig ist. Es kann sogar sein, dass Kollegen von Ihnen in Gefahr sind; potentielle Opfer, wenn wir es mit einem Täter zu tun haben, der nach Plan vorgeht. Ich meine, wenn das Motiv in der Vergangenheit liegt, ist es durchaus möglich, dass noch andere außer Oldeide und Heffermehl auf seiner Liste stehen, begreifen Sie das?«

Helmen wechselte auf seinem Stuhl die Stellung. »Was wollen Sie mir eigentlich sagen?«, fragte er.

»Ich will Ihnen sagen, dass ich nicht verstehe, warum Sie Informationen zurückhalten«, sagte William.

»Beschuldigen Sie mich der Lüge?«

»Ich beschuldige Sie, Informationen zurückzuhalten«, wiederholte William. »Das ist an sich nicht strafbar, es sei denn, Sie versuchen bewusst, die Ermittlungen zu behindern, indem Sie uns Dinge verschweigen. Tun Sie das? Gibt es etwas, das wir wissen müssten, Informationen, die für unsere Arbeit relevant sind und die Sie uns bisher vorenthalten haben?«

»Sie können nicht von mir erwarten, dass ich beurteilen kann, was für Sie relevant ist«, begann Helmen. Ohne weiter nachzudenken, hielt er zunächst an der Version fest, die er Ihnen vor einigen Tagen aufgetischt hatte. Dann schaltete sich der Verstand ein und an seinem Gesichtsausdruck konnte man nahezu ablesen, dass er begriffen hatte, dass dieses Verhalten zu nichts führte.

»Sie wissen von den Philippinen und Oldeide und Heffermehl?«, sagte er. »Und von Kjersti?«

Lisa verteilte drei Tassen, die die Oberkellnerin diskret gebracht hatte. Niemand sagte etwas, während sie Kaffee eingoss.

»Woher?«

»Das spielt keine Rolle«, sagte William. »Wichtig ist dagegen, dass Sie uns die nötigen Hintergrundinformationen liefern, um herauszufinden, ob diese Geschichte irgendetwas mit den Todesfällen zu tun haben kann.«

»Das ist ein einziges Chaos«, begann Helmen. Lisa erinnerte sich daran, was sie selbst vor einigen Stunden im Auto zu Sander gesagt hatte. »Ich gehe einmal davon aus, dass Sie Bescheid wissen, sonst säßen Sie nicht hier. Die Haushaltshilfe war jung, sechzehn oder siebzehn, und ihre Beschuldigungen waren schwerwiegend. Und wahrscheinlich wahr. Um den Schaden zu begrenzen und dem Medienzirkus zu entgehen, haben wir Oldeide und Heffermehl versetzt. Kjersti war für die Personalangelegenheiten verantwortlich und hat irgendetwas von wegen ausgebrannt erfunden. Dann haben wir mit den beiden Mädchen eine Abmachung getroffen und geglaubt, dass die Angelegenheit damit aus der Welt war.«

Lisa schüttelte langsam den Kopf. »Widerwärtig« war das Wort, nach dem sie suchte. Das Frauenbild Helmens und der beiden toten Botschafter und ihre missverstandene Loyalität gereichten Norwegen bestimmt nicht zur Ehre.

»Das haben wir geglaubt, bis Oldeide und Heffermehl umgebracht wurden.«

»Der Gedanke ist Ihnen also nicht fremd?«, unterbrach ihn William. »Dass es Mord war?«

»Natürlich war das Mord«, antwortete Helmen. »Es besteht jedoch kein Grund, diese Nøst vom *Dagbladet* mit noch mehr Informationen zu füttern, als sie ohnehin bei Kripos aufschnappt.«

William wandte den Blick ab. Helmen hatte soeben einen wunden Punkt berührt. »Und wie gedenkt das Außenministerium mit seinem Wissen umzugehen?« Er ging wieder in die Offensive.

»Wir sind bereits in Aktion getreten.« Helmen schien eingeschnappt zu sein. »Wir haben Kontakt zum Außenministerium der Philippinen aufgenommen und gebeten, die Frauen zu lokalisieren; ohne Aufsehen zu erregen, natürlich.«

»Und was haben sie geantwortet?«

»Sie sagen ... sie haben die Kollegin gefunden, die Haushaltshilfe, die zur selben Zeit in der Botschaft gearbeitet hat und der ebenfalls gekündigt wurde.«

»Und?«

»Sie sagt, dass sie seit vielen Jahren keinen Kontakt mehr zu ihrer Freundin hat und nicht weiß, wo sie sich aufhält. Das heißt, sie glaubt, dass sie im Ausland ist, dass sie einen Ausländer geheiratet hat, aber sie ist sich nicht sicher. Und das Außenministerium der Philippinen ist mit der alten Adresse, die wir ihnen geschickt haben, nicht weitergekommen. Wir hoffen, dass es ihnen gelingt, die Familie der Frau in den nächsten Tagen ausfindig zu machen.«

»Demnach kann diese Frau in Norwegen sein, und das schon seit vielen Jahren?«

»Ja.«

»Und sie spricht Norwegisch?«

»Sie konnte sich zumindest verständlich machen, als sie für uns gearbeitet hat.«

»Und das wollten Sie uns verschweigen?«

Jetzt wandte Helmen den Blick ab. »Ich mache mir Sorgen um Kjersti«, sagte er plötzlich.

»Dazu haben Sie auch allen Grund.«

William fühlte sich provoziert und wurde deutlich. »Ich brauche alle Informationen, die Sie haben«, fuhr er fort. »Über die Frau und die Situation in der Botschaft. Sofort.«

»Ich schicke sie Ihnen. Wir haben Kontakte auf den Philippinen, die über die Sache informiert sind. Sie helfen, so gut sie können. Und Kjersti?«

»Sie haben noch nicht mit ihr gesprochen?«

»Ich wollte sie nicht beunruhigen.« Lisa hörte an Helmens Stimme, dass er sich seiner Fehleinschätzung bewusst war. Er war nicht mehr ganz so arrogant, saß aber mindestens genauso aufrecht wie zuvor auf seinem Stuhl.

»Wir regeln das«, sagte William. »Sie bekommt oder hat bereits Personenschutz. Sie ist nicht in Gefahr.«

31

Es war ein dummer Fehler gewesen, sie leben zu lassen. Im Taxi nach Arlanda hinaus hatte sie ihre Gründe zu verstehen versucht. Eine augenblickliche Schwäche? Eine Versuchung? Der Wunsch, den Prozess zu verlängern? Die Hälfte war geschafft; jetzt fehlten nur noch zwei.

In ihrem tiefsten Inneren kannte sie die Antwort. Sie mochte Kjersti Hansson, und sie mochte das Gefühl, selbst jederzeit die Kontrolle verlieren zu können, wenn sie sich mitreißen ließ. Das Gefühl, dass diese Möglichkeit real bestand, auch wenn sie keinen Gebrauch davon machte.

Sie war vor zwölf zu Hause. Die Wohnung war warm und stickig, obwohl sie nur zwei Tage fort gewesen war. Die Blumen auf der Fensterbank ließen die Köpfe hängen. Eine halbtote Fliege schwirrte vor der Fensterscheibe herum.

Die Sonne machte ihr nichts. Sie saß drei Stunden in der

Vormittagshitze auf der Terrasse. Es war ein dummer Fehler gewesen, sie leben zu lassen, da sie wusste, dass kein Weg um ihren Tod herumführte. Kjersti Hansson hatte trotz allem ihr Schicksal selbst gewählt, ein Luxus, in dessen Genuss sie selbst nie gekommen war. Sie hatte es bestenfalls in die eigenen Hände genommen, wobei sie eigentlich nicht an Zufälle und höhere Fügung glaubte und daran, dass jemand seine Hand über alles hielt oder dass alles, was passierte, einen Sinn hatte.

Den Sinn schuf sie selbst und die Entscheidungen, die sie traf, waren ihre eigenen. Ihre Schuld bezahlte sie auf ihrem Weg, und wenn jemand ihr etwas schuldete, forderte sie es ein.

Eine Balance war alles, woran sie glaubte. Ein Gleichgewicht zwischen Gut und Böse, zwischen Plus und Minus. Das war etwas, wozu sie sich verhalten konnte.

Sie duschte sich den Schweiß ab und überlegte, ob sie ins Büro fahren sollte. Es warteten immer Neuigkeiten, unvorhergesehene Probleme oder ein Kollege, der einfach ein Schwätzchen halten wollte. Doch es war mittlerweile fast fünf, und sie entschied sich dagegen.

Stattdessen zog sie ein kurzes Sommerkleid an und ging hinunter Richtung Grønland, um einzukaufen. Der Wind war angenehm kühl auf der nackten Haut, und sie flirtete mit dem Türken in dem kleinen Laden, der ihr die Lebensmittel in eine Tüte packte und ihre Bezahlung entgegennahm.

Zu Hause in der Küche machte sie einen Salat aus kräftigen grünen Salatblättern, roten Zwiebeln, Paprika, Zuckererbsen, Oliven und Fetakäse. Zum Schluss mischte sie ein Dressing aus Joghurt und Limonensaft, Schnittlauch, Zucker, Salz und Pfeffer, das sie über den Salat gab.

In dem kleinen Arbeitszimmer summte der PC unten auf

dem Fußboden. Der Bildschirmschoner verschwand, sobald sie die drahtlose Maus neben der Tastatur bewegte. Während sie aß, las sie im Internet die Nachrichten. Dann trank sie den dickflüssigen Fruchtsaft aus dem Kühlschrank und loggte sich bei Hotmail ein, um eine E-Mail zu schreiben.

Es war nicht nur ein dummer Fehler gewesen, es war ein unnötiges Risiko, dachte sie plötzlich. Was, wenn Kjersti Hansson plötzlich nicht mehr wollte? Wenn ihr Mann oder die Kinder auftauchten? Wenn sie ein Anfall von schlechtem Gewissen überfiel oder ein Verdacht aufkam, der überall seinen Ursprung haben konnte, vor allem nachdem die Nachricht von Heffermehls Tod langsam in den verschiedenen Botschaften die Runde machte.

Ein Risiko, aber ein kalkulierbares. Und alles in allem machte sie sich keine große Sorgen.

»Danke, es war schön mit dir«, begann sie, hielt jedoch inne, bevor sie den Satz beendet hatte. Sie löschte alles und fing noch einmal an. »Allerliebste Kjersti, ich spüre noch immer deine Hände auf meinem Körper …«

32

Ina schrieb nur »Hallo, wie geht's? Ich habe Hunger«, doch das reichte, um Sanders Stimmung zu heben. Es erinnerte ihn auch daran, dass er selbst hungrig war, und statt zurück ins Haus zu gehen, setzte er sich ins Auto und fuhr Richtung Zentrum. Vielleicht hätte er den hellen und ein wenig formellen Anzug gegen etwas Lässigeres austauschen sollen, bevor er Lisa traf, doch eigentlich spielte es keine Rolle. Wenn er das Hemd über die Hose zog und das Sakko im Auto ließ, das er in der Ibsen-Garage parkte, war er leger und gut angezogen.

Er blieb vor dem Gerichtsgebäude stehen und überlegte, ob er ein neues Lokal ausprobieren sollte, entschied sich jedoch dagegen.

Wie üblich landete er im *Baltazar*, setzte sich aber nach draußen und bestellte ein Carpaccio mit Parmesan und einen Rucolasalat mit Mascarpone. Als er mit dem Schokoladenkuchen an marinierten Himbeeren und seinem Espresso zur Hälfte fertig war, klingelte sein Handy.

Dreißig Minuten später saßen ihm Lisa und William gegenüber und warteten auf ihre Pasta mit Hähnchen, Pancetta, Basilikum und Parmesan. Sander hatte zwei Minuten gebraucht, um William zu überreden, etwas anderes als Pizza zu bestellen, und versprochen, dass die Rechnung nicht auf Kripos gehen würde. Lisa zu überreden war nicht nötig gewesen. Sander freute sich, dass sie langsam auch etwas anderes als Fast Food zu schätzen wusste.

William erzählte Sander von ihrer Unterredung mit Helmen.

»Wir haben via Interpol eine Suche gestartet, natürlich auch in Norwegen. Das Problem ist nur, dass sie wahrscheinlich bei ihrer Heirat den Namen gewechselt hat. Wir müssen also darauf vertrauen, dass die philippinische Polizei ihre Familie findet und uns sagen kann, was aus ihr geworden ist.«

»Das wäre eine unglaubliche Geschichte. Nach fünfzehn Jahren kommt sie zurück, um sich an zwei norwegischen Diplomaten zu rächen«, sagte Sander.

»Und am schlimmsten ist, dass es mich nicht einmal überraschen würde«, warf Lisa ein. »Selbst wenn in den meisten Mordfällen der Mann seine Frau umbringt, kommt es immer wieder einmal vor, dass eine Aufklärung so weit hergeholt scheint, dass man plötzlich alles für möglich hält.«

William nickte. »Das kann ich aus meiner Erfahrung nur bestätigen. Doch wenn wir zusammenfassen wollen, was wir bisher haben, schlage ich vor, mit dem Anfang zu beginnen. Ich habe nur eine gute Stunde Zeit, dann muss ich meinen Chef informieren, der wiederum dem Direktor Rede und Antwort stehen muss. Im Moment ist es am wichtigsten zu sehen, was wir haben, und uns auf den nächsten Schritt zu einigen.«

Lisa und Sander erhoben keine Einwände.

William begann mit dem Seil und der Rückmeldung der Technik, dass sie nicht mehr herausgefunden hatten, als sie bereits wussten. Demnach machte es wenig Sinn, weitere Zeit für diese Spur zu verschwenden. Dann erörterte er die inzwischen unwahrscheinlichste Erklärung, dass alles ein Zufall war.

»Ich würde das nicht ausschließen, wenn wir bezweifelten, dass Heffermehl umgebracht wurde. Doch die nicht auffindbare Spritze und die Honigreste, die die Wiener Gerichtsmediziner auf seinen Lippen gefunden haben, eliminieren diese Möglichkeit. Demnach können wir diese Alternative ad acta legen«, sagte William und fuhr mit Sandals Theorie fort.

»Sollte Helge Sandals Hypothese sich als richtig erweisen, dass die bei dem internen Berufungsverfahren Übergangenen die möglichen Täter sind, hieße das, dass Ester und Daniel Melby auf die eine oder andere Weise hinter den Morden stecken.«

»Ester ist schön«, begann Sander.

»Aber es kommt mir unwahrscheinlich vor, dass sie zu zwei

Botschaftern, die sie kennen, eine Beziehung gehabt haben soll, ohne dass jemand etwas davon gemerkt hat«, fuhr Lisa fort.

»Und sie ist wohl auch nicht der Typ Frau, für den diese Männer so viel riskieren würden«, sagte William und sah Sander an. »Hast du nicht gesagt, dass die Mörderin höchstwahrscheinlich jung, sexy und schön ist?«

»Vielleicht habe ich es etwas anders ausgedrückt, aber es geht jedenfalls um eine Frau, die bei Oldeide und Heffermehl ein solches Verlangen zu wecken vermochte, dass sie sich auf ein Verhältnis eingelassen haben. Das gilt besonders für Oldeide, der nicht so viele Damenbekanntschaften hatte wie Heffermehl.«

Niemand erhob einen Einwand. Sander wollte etwas sagen, schwieg dann aber.

»Ja?«, sagte Lisa.

»Vergiss es, das ist zu weit hergeholt«, erwiderte Sander, fuhr dann aber trotzdem fort. »Es gibt doch Profikiller. Hier in Norwegen und bestimmt auch in den Ländern, wo die beiden stationiert waren.«

Lisa musste lachen, hielt jedoch inne, als ihr bewusst wurde, dass William sie ohne die geringste Andeutung eines Lächelns anstarrte.

»Far-fetched, ja, aber wir haben selbst vor wenigen Minuten gesagt, dass sich die unglaublichsten Erklärungen oft als nicht unglaublich genug erweisen«, sagte er.

»Sorry«, sagte Lisa und legte Sander die Hand auf den Arm.

»Das Interessanteste an Sandals Theorie ist möglicherweise die Verknüpfung mit dem Tsunami. Da kann etwas dran sein«, sagte William. »So viele Menschen, so viele Tragödien, so viele aufgebrachte Gefühle.«

Lisa gab ihm recht. »Ein Freund von mir war in Thailand, als es passiert ist«, sagte sie.

»Der, von dem du den Namen der Leiterin der Kontaktgruppe hast?«, fragte William.

»Genau der«, sagte Lisa.

Ein Freund?, dachte Sander, während Lisa fortfuhr.

»Er hat vor allem eine Episode mit Melby in Phuket erwähnt, doch die Beispiele, die er aufgezählt hat, und die betroffenen Menschen sind so zahlreich, dass wir wohl nur einen Zufallstreffer landen könnten. Und Heffermehl und Oldeide spielten beide eine zentrale Rolle im Katastrophenmanagement.«

»Was ist mit der Botschafterin in Stockholm?«, fragte Sander. »Hansson, heißt sie nicht so?«

»Ja, Hansson«, antwortete William. »Sie gehört zu denen, die nach dem Tsunami indirekt belohnt wurden, indem sie einen der Posten bekam, um die Melby sich beworben hatte. Vielleicht ist ein wütendes Opfer der Meinung, dass sie den nicht verdient hat?«

»Wir wissen nicht mit Sicherheit, ob Hansson in Gefahr ist. Wir haben sie sicherheitshalber unter Personenschutz gestellt, teils aufgrund Sandals Theorie, teils weil sie die Dritte im Kreis der Botschafter ist, die Melby überrundet haben. Vielleicht irren wir uns auch total, ich weiß es nicht.«

Lisa schien wirklich keine Ahnung zu haben, und Sander fragte sich, ob alle Ermittlungen in gewissen Phasen so verwirrend waren.

»Zwei Dinge sind jedenfalls sicher«, sagte William. »Gleich Anfang nächster Woche müssen wir mit Hansson reden, und wir müssen uns so bald wie möglich mit der Leiterin der Kontaktgruppe treffen.«

Er sah Lisa an. »Am besten morgen Vormittag.«

Die letzte Spur, die Haushaltshilfe von den Philippinen, war auch die frischeste; knapp sechs Stunden alt, aber trotzdem nicht unwahrscheinlicher als die Verknüpfung mit dem Tsunami. Nicht zuletzt deshalb, weil in beiden Theorien dieselben Personen auftauchten.

»Was meinst du?«, fragte William und sah Sander an. »Ist das logisch? Kannst du das vor dir sehen?«

Sander dachte nach, bevor er antwortete. »Eigentlich schon«, begann er, während er Wasser in ihre Gläser goss. »Als Lisa mir am Freitag von dem Fall erzählt hat, dachte ich zuerst, dass es nicht um Sex geht, sondern um Macht. Sieht man sich den letzten Mord an, der dem Muster des ersten folgt, sowie die Ähnlichkeiten zwischen Oldeide und Heffermehl, bietet sich die Schlussfolgerung an, dass die Vorgehensweise beides einschließt, Sex und Macht. Männer im wahrsten Sinne des Wortes in eine Honigfalle zu locken ist ja nicht neu, aber ich bin mir ziemlich sicher, dass das Ganze auch mit Sex zu tun hat.«

»Du meinst, die Opfer wären in der Badewanne ertränkt worden oder so, wenn es um den Tsunami ginge?«, sagte Lisa.

»Vielleicht nicht gerade in der Badewanne und auch nicht unbedingt ertränkt, aber du weißt, was ich meine. Ich denke, eine solche Rache wäre gewalttätiger, dem Leid und dem Trauma entsprechend, mit dem die Tsunamiopfer den Rest ihres Lebens leben müssen.«

»Das war mal etwas anderes«, sagte William und schob seinen Teller zur Seite. »Und es hat gut geschmeckt. Ich nehme an, das war keine gewöhnliche Batteriehenne, die vier Wochen im Käfig lebt und dann in Plastik verpackt und geschlachtet wird, und zwar in genau dieser Reihenfolge?«, lächelte er.

»Nicht wirklich«, antwortete Sander. Er hätte ihm erzählen können, wie der Bauer mit der Hühnerzucht begonnen, es aber drei Monate nicht übers Herz gebracht hatte, die Hühner zu schlachten, und wie sich das auf den Geschmack des Fleisches ausgewirkt hatte, ließ es jedoch. Er ahnte, dass William das nicht sonderlich interessieren würde und dass er damit zufrieden sein sollte, dass der prosaische Ermittler aus Ski überhaupt gemerkt hatte, dass er etwas nicht Alltägliches gegessen hatte.

33

Die Stimme des Moderators von Radio Oslo steigerte sich aus lauter Begeisterung, dass bald Wochenende war, langsam zur Fistelstimme. Lisa merkte, dass sie sich auf das abendliche Fest für Solveig Munch und auf die beiden freien Tage freute. Sie hatte keine Pläne, wusste aber, dass es Thomas' letztes Wochenende in Norwegen war, bevor er für seinen Job wieder auf Reisen ging. Gestern Abend am Telefon hatte er ihr erzählt, dass er erst nach Israel gehen würde, um eine Reportage über Siedler zu machen, die nichts von Ariel Sharons Beschlüssen hielten, sich aus einem Teil der okkupierten Gebiete zurückzuziehen. Dann wollte er für eine deutsche Zeitschrift nach Thailand, um über den Wiederaufbau nach dem Tsunami zu berichten.

Lisa war sich nicht sicher, wie sie dazu stand, dass Thomas fast sechs Wochen fort sein würde, behielt ihre Gefühle jedoch für sich. Solange sie nicht imstande war zu formulieren, was sie fühlte, beabsichtigte sie nicht, ihn daran teilhaben zu lassen. In gewisser Weise war sie auch froh, dass er so lange fort sein würde. So hatte sie Zeit, Rückschau zu halten und nachzudenken. Und wenn sie wirklich etwas für ihn empfand, das über das Begehren und die Freude hinausging, jemanden getroffen zu haben, in dessen Gesellschaft sie sich wohlfühlte, konnte sie später immer noch aus dieser Erkenntnis heraus handeln. Es bestand ohnehin kein Grund, die Dinge zu verkomplizieren, und deshalb freute sie sich einfach, dass sie verabredet hatten, sich nach der Feier im Restaurant *Ekeberg* zu treffen.

William parkte in einer Lücke vor dem alten Gerichtsgebäude in der Urtegate und murmelte etwas von einem langen Weg und schlechten Parkgelegenheiten. Lisa unterließ es, ihn daran zu erinnern, dass die Adresse, zu der sie wollten, nicht weiter als vier Minuten entfernt war und dass ein kleiner Spaziergang ihm gut tun würde. Abgesehen davon hätte er im Polizeipräsidium parken können, das minimal näher lag, doch dann hätten sie durch die Zugangsschleusen und an den alten Kollegen vorbei gemusst, die sie bestimmt angehalten und gefragt hätten, wie es so lief.

»Du bist wirklich fleißig«, sagte sie und lächelte, fast ohne jede Ironie.

»Ja, ja, ja«, murmelte William, während er hektisch auf den Schlüssel drückte, um die Zentralverriegelung zu aktivieren. »Ich habe heute Nacht nur drei Stunden geschlafen; erst habe ich bis zwei auf Oda gewartet und dann hatte ich eine längere Diskussion mit ihr, weil der Akku ihres Handys leer war und sie nicht verstehen konnte, warum ich auf sie gewartet habe, da schließlich kein Grund zur Sorge bestand.«

»Soso«, antwortete Lisa und beschloss, nicht weiter auf das Thema einzugehen. Im Lauf des Abends würde er ihr bei einer Flasche Wein bestimmt die ganze Geschichte in allen Einzelheiten erzählen. Jetzt konzentrierten sie sich besser darauf, so viel wie möglich von der Leiterin der Kontaktgruppe zu erfahren, mit der sie in drei Minuten verabredet waren.

Das Büro lag gegenüber der alten Feuerwache von Grønland. Es war in demselben Gebäude, in dem vor einigen Jahren das Norwegische Institut für internationale Beziehungen untergebracht gewesen war. Auf der Türklingel stand *Spice of Life*, was William zufolge eher nach einem New Age Center für frustrierte Hausfrauen klang als nach einer Importfirma. Die Frau, die ihnen öffnete, war um die vierzig, trug einen kurzen Rock und einen taillierten Blazer und ihr Erscheinungsbild ließ kaum auf alternative Aktivitäten schließen. William schien seinen ersten Eindruck offenbar zu revidieren. Er zeigte seinen Dienstausweis mit der einen Hand und gab der Frau die andere, den angebotenen Kaffee schlug er aus – sie brauche sich keine Mühe zu machen – und schließlich fragte er nach Katja Myhre.

»Was sollte das?«, flüsterte Lisa, als die Frau gegangen war, um Katja Myhre zu holen. »Ich *möchte* Kaffee und du auch.«

William grinste einfältig und schüttelte den Kopf. »Keine Ahnung. Sie machte so einen eleganten Eindruck, und ich bin es nicht gewohnt …«

Er schüttelte weiter den Kopf, während er sich umsah, und Lisa sagte sich, dass der Mann offenbar mehr als drei Stunden Schlaf brauchte. Sie hoffte für ihn, dass er ein Mittagsschläfchen machen konnte, bevor es weiterging.

Sie standen in einem kleinen Empfangsbereich mit einer Rezeption in Taillenhöhe. Hier residierte die Frau, die William gerade so verwirrt hatte. Links war eine Sitzgruppe mit dunklen Leinenbezügen, passend zu der restlichen Einrichtung. Die Farben beige und braun dominierten. Die Wände waren mit ethnischen Masken und Papyrusbögen hinter Glas und Seidenschals dekoriert, von denen Lisa annahm, dass sie aus Asien stammten. Auf einem niedrigen Schrank hinter dem Empfangsbereich standen diverse Reagenzgläser, jedes mit einer pulverähnlichen Substanz gefüllt, die einen starken, aber unbestimmbaren Kräutergeruch verströmten.

Nach einigen Minuten kam die Frau zurück und führte sie durch die einzige Tür in eine Bürolandschaft, die ebenso durchgestylt war wie der Empfangsbereich. Zehn Angestellte saßen an Telefonen. Am Ende des Raumes war eine Glaswand hochgezogen und dahinter lagen ein Büro auf jeder Seite und ein großer Besprechungsraum in der Mitte.

Katja Myrhe lächelte, als sie eintraten, machte jedoch keine Anstalten aufzustehen. Sie zeigte auf die zwei Stühle vor ihrem Schreibtisch, ließ sie Platz nehmen und gab ihnen durch eine Handbewegung zum Telefon hin zu verstehen, dass sie mit jemandem sprach.

Das gesamte Büro schien einem Möbelkatalog entsprungen. Lisa spürte, wie der Stuhl nachgab, als sie den Rücken gegen die Lehne drückte, um zu wippen. Es ging nicht. Stattdessen konzentrierte sie sich auf Katja Myrhe, die mit den Armen gestikulierte und resignierende Grimassen schnitt, während sie versuchte, das Gespräch zu beenden.

Sie ist schön, dachte Lisa. Katja Myrhe war um die dreißig, durchtrainiert, zurückhaltend geschminkt und sie duftete leicht nach Parfüm, wobei es auch sein konnte, dass sich der Kräutergeruch in den Wänden festgesetzt hatte. Sie machte den Eindruck einer energischen, aber gerechten Chefin, die bekam, was sie wollte.

Als Katja Myrhe ihr Gespräch beendet hatte, stand sie auf und gab ihnen die Hand.

»Sorry«, sagte sie und lächelte. »Manche Menschen verstehen kleine Andeutungen einfach nicht.«

Das rabenschwarze Haar fiel nach vorne und legte sich vor ihr Gesicht. Enge Jeans und eine knappe, hellblaue Bluse betonten den durchtrainierten Körper, und als sie sich wieder auf ihren Stuhl hinter dem Schreibtisch setzte, fiel Lisa die große Taucheruhr auf, die sie am Handgelenk trug.

»Es geht um den Tsunami, nicht wahr?«

Sie kam direkt zur Sache. Lisa sah ein kurzes und effektives Gespräch vor sich. William lehnte sich zurück und murmelte »hmm«.

»Das riecht gut«, sagte er. »Ich dachte, eine Importfirma trennt zwischen Lager und Büroräumen?«

»Das ist auch gewöhnlich so.«

Vielleicht wird das Gespräch doch nicht so kurz, dachte Lisa und versuchte, die Lehne noch weiter nach hinten zu drücken.

Nichts ließ darauf schließen, dass Katja Myrhe die Frage unangenehm berührte. »Und wir halten das ebenfalls so. Wenig beziehungsweise nichts von dem, was wir verkaufen, kommt in die Büroräume. Aber uns werden laufend Proben von neuen Posten und neuen Sorten zugesandt, deshalb lässt sich nicht ganz vermeiden, dass die Räume davon zeugen, womit wir handeln. Ich persönlich finde, das riecht nach Geld«, sagte sie und lachte. »Geologen lieben den Geruch der Mineralproben, die auf einen Ölfund schließen lassen. Und ich stehe auf Kardamom und Kümmel.«

»Ich soll Sie von Thomas grüßen«, unterbrach Lisa, bevor William darauf eingehen konnte. Offenbar musste sie die Unterhaltung steuern, um die Hoffnung nicht ganz aufgeben zu müssen, dass sich durch die ungewollte Koffeinabstinenz aus ihrem leichten Kopfschmerz keine Migräne entwickelte.

»Danke. Er hat mich gestern Abend angerufen, nachdem Sie Kontakt zu mir aufgenommen hatten. Sie haben wirklich Glück, dass ich zurzeit in Norwegen bin. Wir bereiten gerade eine Messe vor, die in einigen Monaten in Deutschland stattfindet. Aber Thomas meinte, dass es wichtig ist. Es geht um die Kontaktgruppe, nicht?«

»Stimmt«, sagte William und sah zu Lisa hin. »Wir können Ihnen keine detaillierten Informationen geben. Kurz gesagt, ermitteln wir in zwei Todesfällen. In beiden Fällen gehen wir von Mord aus und fragen uns nach dem jeweiligen Motiv. Wir wissen, dass beide Toten in den Wochen und Monaten nach dem Tsunami eine wichtige Position im auswärtigen Dienst innehatten, und versuchen herauszufinden, ob jemand, der die Katastrophe sowie die Handhabung derselben seitens des Außenministeriums am eigenen Leib zu spüren bekommen hat, involviert sein könnte.«

Lisa verstand nicht, warum William nicht einfach sagte, dass es bei den Ermittlungen um die beiden toten Botschafter ging, vor allem da Nøst und das *Dagbladet* bereits eine Verbindung hergestellt und direkt nach Heffermehls Tod diese Frage auf mehreren Seiten diskutiert hatten.

»Geht es um die beiden toten Botschafter?«, fragte Katja Myrhe und ließ die Katze aus dem Sack.

»Ja«, sagte Lisa, bevor William wieder ausweichend antworten konnte.

»Ich verstehe«, sagte Frau Myrhe. »Mir ist dieser Gedanke ehrlich gesagt bisher nicht gekommen. Aber ich habe die letzten

Tage auch nur selten Nachrichten gehört. Ich wäre allerdings nicht wirklich überrascht, nein.«

»Sie halten es also für möglich?«, sagte William.

Katja Myrhe sagte zunächst nichts. Sie schien wenig geneigt, ihm zu antworten. William versuchte, ein wenig nachzuhelfen.

»Wie gut kennen Sie die Mitglieder der Kontaktgruppe?«

»Ziemlich gut. Man kommt sich sehr nahe, wenn man so etwas zusammen erlebt hat – nicht nur die Welle selbst, sondern auch die darauffolgenden Tage. Natürlich kenne ich einige besser als andere, aber generell kenne ich alle ziemlich gut.«

»Was lässt Sie glauben ...«, begann Lisa, entschied sich jedoch anders. »Fragen wir einmal so: Weshalb schließen Sie diese Möglichkeit nicht sofort aus? Warum kommt Ihnen das nicht völlig unwahrscheinlich vor ...?«

»Ich weiß, worauf Sie hinauswollen«, sagte Katje Myrhe. Sie griff nach der halbvollen Mineralwasserflasche, die auf ihrem Schreibtisch stand, und trank mehrere Schlucke, während sie nachdachte.

»Die Wut«, sagte sie leise und sah Lisa direkt an. »Ein Grund ist die Wut, die viele von uns in den Tagen nach dem Tsunami gespürt haben. Die meisten waren vor allem frustriert, aber einige waren richtig aggressiv angesichts der ausbleibenden Hilfe und der Haltung des Botschaftspersonals, sowohl in der Botschaft in Bangkok als auch unten in Phuket.«

»War es wirklich so schlimm?«, fragte William. Im selben Moment wurde ihm klar, wie schwachsinnig diese Frage war. »Ich meine nicht die Katastrophe selbst und die Situation, sondern die Arbeit des Außenministeriums.«

Katja Myrhe hob nachsichtig die Augenbrauen und sprach zu William, während sie Lisa ansah.

»Ich weiß ehrlich gesagt nicht, wo ich anfangen soll«, sagte sie. »Haben Sie den Reinås-Bericht gelesen?«

William hätte ihn lesen sollen. Er starrte intensiv aus dem Fenster hinter Frau Myrhe, und Lisa wurde plötzlich klar, dass er keine Zeit gehabt hatte, sich die Dokumente anzusehen.

»Wir hatten in den letzten Tagen viele Außentermine«, sagte sie. Ihr war unwohl zumute. Als schuldeten sie es Katja Myrhe und den anderen Überlebenden, ihre Geschichten gelesen zu haben, bevor sie fragten, wie schlimm es wirklich gewesen war.

»Ich könnte stundenlang Beispiele anführen; von praktischen, konkreten Dingen, die getan oder nicht getan wurden, bis hin zu herzerweichenden Berichten von Teenagern, die tagelang alleine auf der Suche nach ihren verschwundenen Eltern und Geschwistern waren. Die Kurzversion ...«

Sie öffnete eine Schublade, zog eine beigefarbene Akte heraus und legte sie vor ihnen auf den Tisch. Unter einem Bild von der Welle und einer Gruppe flüchtender Menschen stand 26.12. Es war der Reinås-Bericht, den William hätte lesen sollen.

»In Italien haben sie seit Mitte der achtziger Jahre ein funktionstüchtiges Krisencenter, das kontinuierlich Risikoanalysen anfertigt und über die italienischen Bürger informiert ist, die sich im Ausland aufhalten. Als die ersten Meldungen am Morgen des 26. Dezember aus Thailand eingingen, war das gesamte Center im Lauf von wenigen Stunden einsatzbereit. Der Generalsekretär des Ministeriums für Auswärtige Angelegenheiten kam um neun. Fini, der italienische Außenminister, um zwölf. Er blieb mehr oder weniger ohne Unterbrechung bis zum 4. Januar. Mit Hilfe der Handygesellschaften wurde sofort ermittelt, wie viele Telefone in den betroffenen Gebieten in den Tagen vor der Katastrophe aktiv gewesen waren. Eine Liste von 12.000 Personen ließ sich auf knapp 8.000 reduzieren. Alle bekamen eine SMS mit der Frage, wie es ihnen ging, und mit der Information, wohin sie sich wenden konnten. 6.000 antworteten. Nach der Überprüfung mehrerer Listen, unter anderem bei der Grenzpolizei im Schengen-Gebiet, blieben noch 667 Personen, zu denen sich kein Kontakt aufnehmen ließ. Am 5. Januar lag die Zahl bei 338 und schließlich war man bei 200 Toten. Niemand wurde als vermisst bezeichnet, bevor er nicht gefunden oder für tot erklärt worden war, man hatte nur noch keinen Kontakt aufnehmen können, hieß es.«

Weder Lisa noch William sagten etwas. Sie hatten keine Ahnung, wie andere Länder mit der Katastrophe umgegangen waren, und in der Vorstellung gelebt, dass man auf eine solche Situation einfach nicht vorbereitet sein konnte. Offenbar hatten sie sich geirrt.

»In Norwegen«, fuhr Katja Myrhe fort, »lagen Stunden zwischen den ersten eingehenden Meldungen und der Vermutung des Außenministeriums, dass norwegische Staatsbürger umgekommen sein könnten. Die norwegische Außenministerin hat ihre Ferien nicht unterbrochen. Sie war in Schweden im Theater, während Tausende von Angehörigen stundenlang versuchten jemanden zu erreichen, der ihnen etwas zum Verbleib von Verwandten und Freunden sagen konnte. Es gab keinerlei System zur Registrierung Vermisster oder Toter. Die Leute mussten bei fünf bis sechs verschiedenen Instanzen nachfragen. In Thailand bekamen Opfer ohne Pass oder Geld den Bescheid, dass sie sich in der Botschaft neue Papiere ausstellen lassen mussten, bevor sie mit einem der Flüge nach Hause fliegen konnten – die übrigens erst nach mehreren Tagen organisiert wurden. Und es kam durchaus vor, dass Menschen, die nach Angehörigen suchten, die sie nie mehr wiederzusehen glaubten, die Nachricht erhielten, dass der Mann oder das Kind oder die Freunde gefunden worden waren …«

Katje Myrhe schwieg plötzlich und betrachtete die schwarze Lederunterlage auf dem Schreibtisch vor ihr. Sie schluckte schwer, bevor sie fortfuhr.

»… nur um dann beiseite genommen zu werden, um noch einmal zu bestätigen, dass sie diesen oder jenen suchten, und dann die gegenteilige Nachricht zu bekommen. Leider war der- oder diejenige doch tot.«

Lisa lief es kalt den Rücken hinunter. »Haben Sie …?«

»Meinen Lebensgefährten«, bestätigte Katja Myrhe leise. »Er ist tot. Es herrschte ein unglaubliches Chaos, und Sie können sich vorstellen, was für Berg- und Talfahrten die Menschen gefühlsmäßig durchgemacht haben. Ja, ich glaube schon, dass einige in den darauffolgenden Wochen imstande gewesen wären, ziemlich drastische Dinge zu tun.«

»Aber jetzt sprechen wir doch vor allem von einer ganz natürlichen explosiven Wut als Reaktion auf die erlebte Katastrophe«, sagte William.

»Ja?«

Katja Myrhe verstand nicht, was er meinte.

»Die Person, die wir suchen, hat vermutlich langwierigere psychische Schäden davongetragen. Wahrscheinlich in Verbindung mit dem Verlust eines nahestehenden Menschen unter dramatischen Umständen und dem anschließenden Erlebnis, im Stich gelassen zu werden.«

»Das passt doch auf viele von denjenigen, die jemanden verloren haben«, sagte Katja Myrhe. »Ich weiß nicht, wie ich …«

»Sie haben uns eigentlich schon geholfen, indem sie unsere Annahme bestätigt haben, dass die mit diesem Erlebnis verbundenen Gefühle so heftig waren, dass sie zu Handlungen wie den beiden Morden geführt haben könnten.«

Lisa fand, dass William wie ein Polizeibericht klang, und wünschte, er würde sich etwas direkter ausdrücken. Doch sie kannte dieses Verhalten von sich: Auch sie versteckte sich gerne hinter der Bürokratensprache, wenn etwas schwierig war, vermied den Augenkontakt mit den Angehörigen und versuchte ihre Arbeit so gut zu machen, wie sie konnte. Sie spürte, dass William die Situation als äußerst heikel empfand.

»Ich möchte Sie nur um eines bitten«, sagte William. »Und es liegt bei Ihnen, ob Sie uns helfen wollen oder nicht.«

»Ja?«

»Schätzen Sie die Menschen, die Sie durch Ihre Arbeit in der Kontaktgruppe getroffen haben, im Licht der Informationen ein, in deren Besitz Sie jetzt sind. Wenn Ihnen jemand einfällt, von dem Sie meinen, wir sollten ihn uns etwas genauer ansehen, rufen Sie mich an. Selbstverständlich werden wir das vertraulich behandeln. Ich kann aber auch gut verstehen, wenn Sie es nicht tun. Oft können sich scheinbar unwichtige Beobachtungen als entscheidend für die Ermittlungen erweisen.«

Katja Myrhe stand auf. Sie schien sich unwohl zu fühlen, und Lisa verstand, warum. Sie konnte sich an keine ähnliche Situation erinnern, in der jemand, der nicht zur Polizei gehörte, um Tipps auf einer so vagen Grundlage gebeten worden war.

»Ich … kann nichts versprechen. Ich befinde mich in einer sehr speziellen Situation. Als Leiterin der Gruppe wird mir viel unter dem Siegel der Verschwiegenheit erzählt, und meine Rolle in der Gruppe basiert größtenteils auf Vertrauen.«

William entdramatisierte das Ganze sofort. »Natürlich. Und wie gesagt, tun Sie es nur, wenn Sie dahinterstehen und wenn Sie auf eine Information stoßen, von der Sie glauben, dass wir sie haben sollten. Wenn nicht, vergessen Sie es einfach.«

Katja Myrhe sah auf die massive Taucheruhr. Das dicke Gummiarmband ließ ihr zierliches Handgelenk sehr zerbrechlich wirken. Noch vor einer halben Stunde hätte Lisa gewettet, dass sie die Uhr von einem Typen bekommen hatte, der seine Besitzansprüche deutlich machen wollte, indem er seine Freundin seine Uhr tragen ließ. Jetzt war sie sich nicht mehr so sicher. Die Leiterin der Kontaktgruppe machte nicht den Eindruck einer Frau, die man besitzen konnte. Ganz im Gegenteil. Eines Tages wird ein Mann diese Uhr tragen, dachte Lisa, und lächelte vor sich hin.

34

Der Briefumschlag wirkte exklusiv. Die Buchstaben in der Adresszeile schwangen über das dicke Papier und erinnerten an Hochzeiten und Begräbnisse. *Sander Mørk, Psychologe* stand da in dicken Lettern, doch nichts ließ Rückschlüsse auf Absender oder Inhalt zu.

Sander hatte den Großteil des Tages mit der Vorbereitung auf eine neue Patientin verbracht, deretwegen ein Kollege ihn am Morgen angerufen hatte. Ihre Patientenakte war per Kurier um halb neun bei ihm eingetroffen, gefolgt von einer E-Mail mit weiteren Informationen. Er hatte sich fünf Stunden konzentriert damit auseinandergesetzt, erst mit den Unterlagen, dann mit der entsprechenden Fachliteratur. Anschließend hatte er den Psychologen angerufen, der die Patientin bisher behandelt hatte.

Erst als er aufstand und einen leichten Schwindel spürte, merkte er, dass er Hunger hatte. Er schaffte es gerade noch, ein einfaches Omelett mit Parmesan und einigen darübergestreuten Zwiebelringen zu essen, bevor eine schwarz gekleidete junge Frau Mitte zwanzig zu ihrer ersten Sitzung bei ihm klopfte.

Als Sander vor ihr die Treppe zu seinem Büro hinaufging, spürte er seine Spannung. Er dachte an all das, was er von ihr noch nicht wusste, und dass bloß die kleinen Informationsteilchen, die sie ihm während der nächsten 45 Minuten liefern würde, ihn dazu befähigten, sich ein Bild von ihr zu machen und allmählich eine Strategie zur gemeinsamen Strukturierung des Chaos zu entwickeln, in dem sie sich verlaufen hatte.

Einen Sinn galt es zu finden, dachte Sander, und er wusste, dass das in gewisser Weise für ihn ebenso galt wie für sie.

Nach der Sitzung hatte er Shorts, ein T-Shirt und Joggingschuhe angezogen und war zum Parkplatz draußen auf Bygdøy gefahren. Nachdem er zwei Runden um den See und durch den Wald gelaufen war, musste er sich erst einmal neben das Auto setzen, als er wieder am Parkplatz war. Der Puls schlug im Hals, und die Muskeln wurden bereits nach wenigen Sekunden hart.

Er machte seine Dehnübungen, fuhr zurück nach Hause, duschte und zog den Anzug an, den er schon vorher herausgelegt hatte. Es war fast sechs. Lisa hatte ihm eine SMS geschickt, dass alle vor sieben in dem Restaurant sein sollten, in dem Solveig Munch zu einem – wie sie glaubte – Abendessen im kleinen Kreis auftauchen würde. Stattdessen wollten fast dreißig

Freunde, Kollegen und Polizisten sie mit einem Abschiedsessen überraschen, das der neue Gerichtsmediziner seit vielen Wochen geplant hatte.

Zehn nach sechs zog er die Tür hinter sich ins Schloss, in dem Wissen, dass er zu spät dran war. Auf dem Weg griff er nach dem Teil der Post, der nicht gleich als Reklame erkennbar war, und hielt eine Mischung aus Briefen, Rechnungen und Gemeindeinformationen in der Hand, während er die Pilestrede hinunterlief, um eine Bahn ins Zentrum zu nehmen.

Erst als er seinen Fahrschein abgestempelt hatte, der so alt war, dass er wahrscheinlich keine Gültigkeit mehr hatte, und ganz hinten in der Bahn saß, entdeckte er den besagten Umschlag mit der fetten Schrift auf der Vorderseite: *Sander Mørk, Psychologe*.

Er öffnete ihn, ohne sich zu schneiden, und fischte die kartonierte Karte heraus. Es war eine Einladung zu einem Abendessen im Restaurant *Annen Etage* am nächsten Mittwoch mit einer ihm unbekannten Person. Das Außenministerium würde sich geehrt fühlen, wenn er zusagte, und er hatte aus Sicherheitsgründen mindestens zwanzig Minuten vor Beginn des Essens vor Ort zu sein. Um Antwort wurde gebeten. Sander war überzeugt, dass jemand einen Fehler gemacht und ihn auf eine Liste gesetzt hatte, auf der er nichts zu suchen hatte.

Sicherheitshalber sah er noch einmal in den Umschlag. Unter dem Futter klemmte ein weiterer, einmal gefalteter Bogen mit einer Mitteilung in einer kaum lesbaren Handschrift. Sie war mit einem Füller geschrieben, der am Ende jeder Zeile einen kleinen Tintenklecks hinterlassen hatte.

»Sander, Sie sind bereits angemeldet, also vergessen Sie das RSVP. Das Abendessen bildet den Abschluss eines Seminars mit irgendeinem hohen Tier, von dem ich noch nie gehört habe; ungefähr 50 Leute nehmen daran teil. Der Außenminister kommt auch. Sagen Sie, dass Sie Psychologe sind und mit jungen Leuten arbeiten. Vergessen Sie nicht, Helge zu begrüßen, und wenn diese Nøst vom *Dagbladet* oder sonst jemand Sie irgendwann anruft und fragt, ob Sie jemals den Staatssekretär getroffen haben und warum, können Sie das bejahen, nur eben nicht bei Ihnen zu Hause. Sie sind übrigens mit Begleitung eingeladen. Genießen Sie es! Tove Sandal.«

Das gehörte mit Sicherheit zu den exklusiveren Tarnaktionen, bei denen Sander je mitgemacht hatte. Und wenn er es genau bedachte, war es eigentlich die einzige Tarnaktion, bei der er mitgemacht hatte.

Er spürte das Joggen in den Beinen, als er von der Haltestelle den Berg hinauf zu dem eleganten Gebäude ging, das noch vor wenigen Jahren eine Bauruine gewesen war. Die Veränderung war extrem und die Reaktion der Osloer Bevölkerung war überwältigend gewesen. Noch bevor das *Ekeberg-Restaurant* nach der Restaurierung zu Ostern 2005 aufgemacht hatte, gab es Tausende von Tischbestellungen und im Voraus gebuchter Veranstaltungen. Wie es Martin Meyer, so hieß der neue Gerichtsmediziner, gelungen war, so kurz nach der Eröffnung eine Reservierung für mehr als dreißig Personen zu bekommen, war ihm ein Rätsel.

In der Kaffeebar auf der ersten Etage war bereits Stimmung. Sander sah sich gerade nach Bekannten um, als zwei starke Arme von hinten nach ihm griffen, ihn von der Theke fort zu einem Stuhl zogen und ein Whiskyglas vor ihn auf den Tisch knallten. Wenige Sekunden später standen zwei weitere Gläser auf dem Tisch. Der Barkeeper goss sie mit Wodka randvoll, und Stian Kvist und Aksel Bjerknesli riefen im Chor »Prost«. Sander dachte »was soll's«, schloss die Augen und setzte sein Glas an die Lippen. Dann kippte er alles in einem Zug hinunter. Er war der festen Ansicht, dass das nicht gut gehen konnte, und wartete darauf, dass sich die Wärme vom Magen aus im Körper ausbreitete. Es dauerte nur wenige Sekunden. Er hielt die Augen geschlossen. Noch immer hatte er die beiden Ermittler aus Ski noch nicht begrüßt, mit denen er bei der Aufklärung des Tonje-Falls im Vorjahr zusammengearbeitet hatte. Bevor er ihnen die Hand geben konnte, hörte er die Flasche aufs Neue gegen das Glas klirren, Aksel kichern und Stian »Prost« rufen.

Wäre Solveig Munch nicht kurz darauf mit glänzenden Augen und strahlender Laune zur Tür hereingekommen, hätte die Situation leicht peinlich werden können. Um die Bar wimmelte es von Angestellten des öffentlichen Dienstes, die alle ein Reagenzglas oder ein Whiskyglas in der Hand hielten. Der Inhalt war jedenfalls der gleiche: reiner Wodka.

Während des Abendessens ging es etwas weniger hochprozentig zu und Sander merkte, wie sein Kopf langsam wieder klarer wurde, nachdem er in den vier Stunden, die das Essen dauerte, Wein und Wasser zu gleichen Teilen getrunken hatte. Er musste aufpassen, was er sagte, denn seine Tischdame, eine Kripos-Technikerin, die Lisa kannte und von Sanders Beteiligung an den Ermittlungen wusste, stellte Fragen, die ihm das Gefühl gaben, sie wäre die Psychologin und nicht er.

Lisa saß neben Martin Meyer und schien mehr als zufrieden damit zu sein. Meyer war ein deutscher Arzt um die dreißig, der in den neunziger Jahren wahrscheinlich über eine Jobvermittlung nach Norwegen gekommen war. Er war elegant, trug einen Anzug, den Sander durchaus auch angezogen hätte, und hatte schwarzes lockiges Haar, das so ungebändigt wuchs, wie ein Wissenschaftler sich das gerade noch erlauben konnte.

Sander äugte während des Essens immer wieder zu ihnen hinüber, ohne dass Lisa etwas merkte. Dessen war er sich sicher, denn sie blickte nicht ein einziges Mal in seine Richtung. Nachdem sie ihn fast drei Stunden lang ignoriert hatte, fragte er sich, ob sie sich mit Absicht so verhielt. Dann verwarf er den Gedanken als Anflug einer idiotischen Eifersucht. Wenn Lisa etwas verdiente, dann war das ein Typ, der es lange genug mit ihr aushielt, um zu begreifen, dass ihr grundlegendes Misstrauen und zeitweise brüskes Auftreten nur ein Schutz waren.

Im nächsten Augenblick unterbrach er die Quasianalyse der Freundin und Kollegin, lehnte sich zurück und leerte sein Weinglas.

»Prost«, rief Stian Kvist von der anderen Seite des Tisches und streckte seinen Daumen aus.

Ich brauche mehr Wasser, dachte Sander und hob die leere Mineralwasserflasche hoch, um einem vorbeikommenden Kellner ein Zeichen zu geben.

Nach dem Abendessen gab es Drinks an der Bar. Erst Cognac, dann Cocktails mit Namen, die immer weniger der Anwesenden aussprechen konnten, und schließlich Likörgläser mit farbigem Inhalt und einem Geschmack, der Sander an eine Medizin aus seiner Kindheit erinnerte.

Kurz vor halb eins bestellte das Personal ungefragt Taxen für die fünfzehn Leute, die noch da waren. Als Sander sich in einen Wagen setzte, der über Løkka ins Zentrum fuhr, fiel ihm auf, dass Dr. Meyer und Kriminalkommissarin Lunde nicht mit von der Partie waren. In gewisser Weise war er erleichtert. Das Taxi hielt am Birkelund und nach einem kurzen Gang zum Kiosk an der Ecke Seilduksgate/Thorvald Meyersgate, wo er die dringend benötigte Packung Kaugummi kaufte, machte er sich auf den Weg zur *Tamara Bar*.

An der Bar im Keller war es so voll wie immer. Sander wartete, bis sich eine Lücke auftat, zwängte sich hindurch zur Theke und stand mit seinem Hundertkronenschein in der Hand da, während die Leute um ihn herum bekamen, was sie bestellt hatten, ohne Stimme oder Blick zu heben. Wie in einem Déjà-vu griff plötzlich eine Hand nach seiner, und er sah Mona, wie sie sich vor ihn schob, und wie der Barkeeper ihnen wenige Sekunden später ein Glas Bier und ein Glas Wein reichte.

Er spürte die Wärme ihres Körpers. Der Rausch machte ihn träge und mutig. Statt einen Schritt zurückzutreten, beugte er sich zu ihr vor und flüsterte ihr ins Ohr: »Ich habe nach dir gesucht.«

»Ich weiß«, sagte sie. »Wohnst du weit von hier?«

35

Kjersti Hansson hatte die Botschaft am Freitagnachmittag um kurz nach fünf verlassen und hinterlegt, dass sie am Wochenende beschäftigt war. Das bedeutete mit anderen Worten, keine Telefonate oder Anfragen, es sei denn, niemand anderer konnte sich darum kümmern.

Sie brauchte Zeit für sich. Sie musste Ordnung in ihre Gedanken bringen, ihre Gefühle sortieren, das Für und Wider abwägen. Und das Gefühl genießen, die Erwartung, die Gewissheit, dass es eine Wiederholung geben würde, wenn sie das wollte.

Nachdem sie den kurzen Weg von Nobelstad bis zu ihrer Wohnung in Östermalm gefahren worden war, eskortiert von einem dunklen Volvo, setzte sie sich an den PC, loggte sich bei Hotmail ein und las die E-Mail noch einmal. Sie hatte noch die gleiche Wirkung auf sie wie letztes Mal, und sie genoss es. Um sich im nächsten Augenblick daran zu erinnern, wie unglaublich, verantwortungslos und unrealistisch das Ganze war.

Sie nutzte den Abend, um einige Bücherkisten auszupacken, die seit ihrem Umzug nach Stockholm unberührt dagestanden hatten. Wäre sie in die botschaftseigene Wohnung gezogen, hätte das wahrscheinlich schon lange jemand für sie erledigt. Da aber beide Mädchen und Hans auf einer Wohnung bestanden hatten, die die Bezeichnung privat verdiente, hatte sie weniger Hilfe.

Für sie war das in Ordnung. In vieler Hinsicht genoss sie die Privatsphäre und die Möglichkeit, wirklich alleine zu sein. Und wenn sie repräsentieren musste, wurde sie abgeholt und zurück in die Botschaft gefahren, ging ihrer Pflicht nach und fuhr später wieder nach Hause.

Am Samstag schlief sie aus, verbrachte lange Zeit unter der Dusche und frühstückte eine Stunde lang. Die Sonne schien direkt in die hohen Fenster. Sie nahm die Kaffeetasse und eine Schale mit geschnittenem Obst mit zum Wohnzimmertisch. Dort las sie *Dagens Nyheter, Dagens Industri* und *Aftenposten,* die ihr an den Wochenenden nach Hause geliefert wurden.

Die Zeit zwischen elf und zwölf verbrachte sie mit dienstlichen Unterlagen und Telefonaten, zu denen sie in der Woche nicht gekommen war. Dann ging sie den Kalender für die kommende Woche durch, markierte, was sie vorbereiten musste und was sie aus dem Stegreif erledigen konnte, und rief schließlich zu Hause in Norwegen an. Hans mähte gerade den Rasen und die Mädchen waren ins Zentrum gefahren, um Freundinnen zu treffen, Café latte zu trinken und »die wochenendlichen Ausschweifungen« zu planen, wie Hans das so gerne nannte.

Wenn er wüsste, dachte Kjersti Hansson mit einem Anflug von schlechtem Gewissen. Im nächsten Moment schob sie den Gedanken weg, klappte den Laptop zu und ging ins Schlafzimmer, um sich zum Mittagessen umzuziehen.

Das Restaurant *Lisa på torget* am Östermalmstorg war halb voll, als sie kurz vor halb eins ein Glas Chablis bestellte. Zwei Zivilpolizisten setzten sich ein paar Tische von ihr entfernt hin und versuchten, sich unsichtbar zu machen.

Wenige Minuten später bekam sie Gesellschaft von zwei Freundinnen, die nach einer Besprechung am Freitag dageblieben waren, um Kjersti noch treffen zu können. Alle schlugen bei Fish 'n' Chips über die Stränge und teilten sich eine Flasche Chablis. Es tat gut, an etwas anderes zu denken.

Nach drei Stunden mussten die beiden Freundinnen ein Taxi rufen, um ihr Flugzeug nicht zu verpassen. Kjersti kaufte in der Saluhalle unterhalb des Marktes fürs Wochenende ein und ging langsam zurück zu ihrer Wohnung, wobei sie sich fragte, ob man nach mehreren Gläsern Wein noch trainieren konnte.

Kein Problem. Sie zog den Jogginganzug an, dessentwegen die Mädchen sie immer gehänselt hatten, holte die Kayano-Schuhe heraus, die sie von Hans zum Geburtstag geschenkt bekommen hatte, und joggte anschließend langsam über den Karlaplan. Sie steigerte ihr Tempo auf dem Stück nach Djurgård hinunter und genoss das Gefühl, ihren Körper bis nach Skansen hinaus zu fordern, um dann das Tempo bis zum Rosendälsväg zu halten. Zum Schluss biss sie die Zähne zusammen, lief am Wasser entlang Richtung Zentrum, bog in die Artillerigata ein und blieb erst stehen, als sie durchgeschwitzt, mit schmerzenden Beinen und bar aller Kräfte vor ihrer Tür zusammensackte.

Sie winkte der Eskorte, die ihr den ganzen Weg im Auto gefolgt war. Die Schenkel schmerzten bei jedem Schritt die Treppe hinauf. Sie ging in die Küche, holte einen Sportdrink aus dem Kühlschrank und machte ihre Dehnübungen an der Arbeitsinsel in der Mitte des Raumes. Dann zog sie sich um, setzte sich in ihr Heimbüro und schaltete den PC ein.

Sie saß am Schreibtisch und fragte sich, wie sie anfangen sollte. Schließlich beschloss sie, es kurz zu machen.

»Dienstag ist gut, ich habe abends frei. Ruf mich an, wenn du landest.«

36

Er hatte das Gefühl, aus einer Nebelbank hinauszugleiten. Das Licht blendete ihn. Er streckte die Hand aus, doch das Bett neben ihm war leer. Sander drehte den Kopf nach rechts. Es tat weh, aber er hatte keinen Kater, er hatte Muskelkater. Die Muskeln schmerzten, die Schenkel taten weh und der Magen protestierte, wenn er atmete. Er fühlte sich, als wäre er viel zu schnell und viel zu lange gelaufen und als reagierte der Körper, indem er literweise Milchsäure ausschüttete.

Langsam kam die Erinnerung. Erst in flüchtigen Bildern wie in einem Film, dann in längeren Sequenzen und schließlich zusammenhängend.

Sie hatten sich in der *Tamara Bar* eine Flasche Wein geteilt. Er hatte ihr gesagt, wo er wohnte, und Mona hatte ein Taxi gerufen. Auf dem Weg zur Eingangstür hatte sie ihn an der Hand gehalten und ihm geholfen aufzuschließen.

Er erinnerte sich, wie sie die Treppe hinauf ins Schlafzimmer gestiegen waren, wie sein Kopf in den weichen Federn verschwunden war, als er sich rückwärts hatte aufs Bett fallen lassen. Mona hatte am Ende des Bettes gestanden und gelächelt. Bei dem Anblick der schönen Frau, die langsam ihre Bluse aufknöpfte, hatte er sich auf die Ellenbogen aufgestützt und sich gefragt, wie voll er eigentlich war. Nicht zu voll, hatte er gehofft, als sie die Bluse fallen ließ und sich zu ihm umdrehte, sodass er die runden Brüste und die kleinen Brustwarzen sah, die sie mit ihren Fingern streichelte.

»Kein Grund zur Sorge«, sagte sie. »Ich habe was, das du nehmen kannst. Es wird dich wieder fit machen.«

Sie drehte sich um und streifte den kurzen Rock ab. Auf dem Weg zu ihrer Tasche, die unter dem Fenster bei der Tür lag, zog sie ihren Tanga aus, und als sie zum Bett zurückkam, war sie nackt. In ihrer Hand hielt sie etwas, das Sander an die Reagenzgläser erinnerte, aus denen sie auf dem Fest für Munch den Wodka getrunken hatten.

»Du wirst davon nicht nüchtern, aber du fühlst dich besser. Vertrau mir«, sagte sie, lehnte sich zurück und streute weißen Stoff in und um ihren Nabel. »Durch die Nase, Sander. Mach es einfach.«

Er beugte sich hinunter und spürte die Wärme ihres Körpers. Er verschloss ein Nasenloch mit dem Finger und zog Luft und Pulver kräftig durch das andere hoch.

Dann zog er den Rest mit dem anderen Nasenloch hoch, schloss die Augen und wartete. Es hatte nur wenige Sekunden gedauert.

Etwas stimmte nicht. Die Datumsanzeige der Uhr zeigte das Datum von morgen und nicht von heute. Im nächsten Moment war ihm klar, dass der Samstag vorüber war. Es war Sonntag, fast Mittag. Und plötzlich erinnerte er sich, warum seine Muskeln schmerzten.

Sie hatte ihn ausgezogen, während das Gefühl, König zu sein, über die Welt zu herrschen und alles zu können, in ihm gewachsen war. Dann hatte sie drei Streifen für sich vorbereitet und sie in wenigen Sekunden geschnupft. Er sah ihr in die Augen, und als sie lächelte und langsam nach unten auf seinen Unterleib zuglitt, wusste er, was sie vorhatte. Und er zweifelte keine Sekunde daran, dass er es bringen würde. Die Unsicherheit, die ihn noch vor wenigen Sekunden gequält hatte, war verschwunden und nach einigen Minuten zog er sie auf sich, küsste sie und spürte, wie ihr feuchtes Geschlecht sich gegen seins presste.

Er erinnerte sich daran, dass sie sich geliebt hatten, bis sie außer Atem, verschwitzt und albern waren, und dass sie vor ihm eingeschlafen war. Als sie aufgewacht waren, hatte er einen Film eingelegt, *Hotel New Hampshire*. Sie hatte die Decke zur Seite gezogen und darauf gewartet, dass er wieder ins Bett kam.

Sie saß zurückgelehnt zwischen seinen Beinen, während sie sich den Film ansahen, und ließ sich gerade genug von ihm streicheln, dass ihre Spannung nicht ganz nachließ. Und bei der

Szene, in der Judie Foster zwölf Stunden mit ihrem Bruder, Rob Lowe, im Bett verbringt, griff Mona nach ihrer Tasche und nach der *Vanity Fair*, die auf dem Nachttisch lag, und bereitete vier neue Streifen vor, die sie gleichzeitig schnupften.

Die Wirkung war die gleiche, diesmal ohne Alkoholrausch.

Er konnte seit Freitag nichts mehr gegessen haben. Sein Magen rumorte und ihm war schwindelig, als er aufstand.

Das bin nicht ich, dachte Sander, während er die Treppe hinunterging. In einem Sommer vor fünfzehn Jahren hatte er versucht zu kiffen, aber keinen Geschmack daran gefunden. Und im Studium hatte er es auf einem Fest auch zu nicht mehr als ein paar Haschwaffeln gebracht. Wenn er sich eins vorgenommen hatte, dann das, sich von Kokain fernzuhalten.

»Das Zeug ist lebensgefährlich«, hatte Morten ihn eines Sonntags gewarnt, als er spät von einer Party nach Hause gekommen war und Sander Zeitung gelesen und am Küchentisch in ihrer Wohnung in Grünerløkka Brötchen gegessen hatte. »Das Problem ist, dass der erste Rausch, richtig dosiert, so wahnsinnig ist, dass du versucht bist, es noch einmal auszuprobieren. Und wenn du erst auf den Geschmack gekommen bist, dauert es nicht lange, und du bist nicht mehr du selbst.«

Sander hatte beschlossen, es gar nicht erst zu versuchen. Und nach den letzten vierundzwanzig Stunden mit ihren wahnsinnigen Erlebnissen hatte er allen Grund, seinen alten Vorsatz zu erneuern.

Er hatte keine Lust auf Essen, wusste aber, dass er etwas zu sich nehmen musste. Der Einfachheit halber schnitt er einen Apfel und eine Banane in Stücke, holte noch eine Dose Ananas heraus und träufelte Saft über das Obst. Zum Schluss gab er einen Vanillejoghurt über die Mischung und lehnte sich beim Essen gegen den Küchenschrank.

Vom Wohnzimmertisch aus hörte er sein Handy piepen, er hatte eine SMS erhalten. Inas Gesicht tauchte vor seinem inneren Auge auf, und er hatte ansatzweise ein schlechtes Gewissen.

Als er nach dem Handy griff und den Bildschirmschoner wegklickte, starrte er in Monas Augen. Ein schönes Porträt. Sander wusste nicht mehr, ob er es aufgenommen oder ob Mona es ihm als Gruß zurückgelassen hatte, bevor sie gegangen war.

»Danke für ein außergewöhnliches Wochenende. Und für die Einladung. Wir sehen uns Mittwoch, ich hole dich ab. Ich hoffe, ich habe ein Kleid für offizielle Anlässe, hahaha ...«

Sander grinste. Das war nicht er. Aber Tove Sandal würde zufrieden sein.

37

Als die neue Sekretärin Lisa am Freitag, kurz bevor sie zum Umziehen nach Hause gehen wollte, die Flugtickets gegeben hatte, hatte sie sich beherrschen müssen, ihr gegenüber nicht laut zu werden. Sie wusste, dass es diesen sogenannten »fakir-flight« gab, den ersten Morgenflieger nach Stockholm, und dass die Abteilung für Wirtschaftskriminalität immer ihre Witze riss, einen Großteil der norwegischen Finanzbosse dort antreffen zu können, wenn sie mit einem von ihnen reden mussten. Und sie stimmte auch zu, dass es keinen Sinn machte, erst mittags in Stockholm anzukommen, wenn sie ihre Aufgaben ohne eine

Übernachtung erledigen konnte. Doch sie auf eine Maschine um 6:35 Uhr an einem Montagmorgen zu buchen, ging eindeutig zu weit.

Lisa hatte die Sekretärin überredet, das Reisebüro anzurufen, um einen späteren Flug zu buchen und doch eine Übernachtung einzuplanen. Sie wusste aus Erfahrung, dass es sich lohnen konnte, mit den schwedischen Kollegen abends ein Bier zu trinken, um in einer weniger formellen Umgebung miteinander bekannt zu werden und Informationen auszutauschen.

Deshalb war es auch sieben und nicht vier Uhr morgens, als sie auf der Suche nach sauberen Klamotten ihren Schrank durchwühlte. Sie war erst vor einer halben Stunde von ihrem gemeinsamen Wochenende mit Thomas nach Hause gekommen und musste sich jedes Mal, wenn sie an ihrem Bett vorbeikam, zwingen, sich nicht hineinzulegen und die Augen zu schließen.

Thomas hatte sich gefreut, sie zu sehen, als sie Freitagnacht kurz vor eins vor seiner Tür gestanden hatte. Er war traurig gewesen, dass er bald abreisen musste. Und obwohl Lisa das Wochenende genossen hatte, dachte sie aus irgendeinem Grund nicht an Thomas, sondern an Martin Meyer, den neuen Gerichtsmediziner, als vier Slips und ein Paar Socken auf dem Kleiderhaufen neben der Adidas-Tasche landeten.

Sie hatte während des Essens im *Ekeberg-Restaurant* neben ihm gesessen, und sie hatten sich die ganze Zeit unterhalten, nur unterbrochen von den drei Gängen und dem Wein, der in regelmäßigen Abständen geleert werden musste. Er hatte ihr von Deutschland erzählt, von der kleinen Stadt, in der er aufgewachsen war, von seiner Familie, in der es sonst keine Akademiker gab, von dem toten Vater und der Mutter, die geweint hatte, als ihrem kleinen Jungen die Urkunde überreicht worden war, die ihn zu Doktor Meyer machte.

Lisa erkannte sich in seiner Erzählung wieder, stellte an den richtigen Stellen Fragen, lachte, weil sie es lustig fand, und nicht, weil es von ihr erwartet wurde, und vermied es, irgendetwas Wichtiges von sich selbst preiszugeben.

Anschließend hatten sie sich davongeschlichen, ein Taxi bestellt und sich bei *Delikatessen* unten am Schous-Platz eine Flasche Wein geteilt. Zum Schluss hatte er darauf bestanden, sie bis vor die Haustür zu bringen, wo er erst höflich ihre Hand genommen, sich dann aber besonnen und ihr einen Kuss auf die Wange gegeben hatte. Am liebsten hätte sie ihn hereingebeten, doch das musste bis zum nächsten Mal warten. Bis dahin konnte sie ihn vor sich sehen, das dunkle, lockige Haar, die Lachfalten um die Augen und die langen schlanken Finger, die ebenso gut hätten Klavier spielen wie tote Menschen aufschneiden können.

Sie lächelte über sich selbst und ihr kleines Tarnmanöver. Fünf Minuten später hatte sie sich aus der obersten Etage heruntergeschlichen und war auf einem Umweg zu Thomas gegangen.

Sie hatte den Hausschlüssel in der Hand und die Tasche über der Schulter, als William anrief. Das Taxi war vor zehn Minuten gekommen, und Lisa hatte eilig die letzten Sachen zusammengepackt, während sie das laufende Taxameter vor sich gesehen hatte. Sie konnte einfach nicht pünktlich sein. Gut, dass es nicht ihr Geld war.

»Ich gehe davon aus, dass du anrufst, um deine Sympathie zu bekunden, weil ich schon seit Stunden auf den Beinen bin«, witzelte sie. William schwieg. »Es war schön gestern, nicht? Habt ihr ein Ende gefunden, bevor alles aus dem Ruder gelaufen ist?«

Er sagte noch immer nichts, und Lisa spürte ein gewisses Unbehagen in der Magengegend.

»William?«

»Bist du noch in Oslo?«, fragte er mit einer Stimme, die sie sofort wiedererkannte. Das war die Stimme, mit der er Angehörigen beibringen musste, dass ihre Söhne oder Töchter oder Ehepartner, die noch vor wenigen Stunden quicklebendig aus dem Haus gegangen waren, nie mehr zurückkommen würden. Und dass er mit ihr so sprach, verursachte in ihr ein noch flaueres Gefühl als bei den Gelegenheiten, an denen sie ihn bei solch traurigen, aber wichtigen Gängen begleiten musste.

»Ja«, sagte Lisa. »Warum?«

»Ich weiß nicht richtig … wie … die Zentrale hat mich gerade angerufen. Am Wochenende ist eine Leiche aufgetaucht, ziemlich alt, im Fundament einer Garage. Sie haben den Körper gestern in der Gerichtsmedizin untersucht. Sie haben deinen Vater gefunden.«

38

Sander fühlte sich wie in eine Krimiserie versetzt. Sie hatten ihren Vater gefunden. Und als wäre das nicht genug, war er beim Abriss einer Garage auf einem kleinen Hof im Setesdal aufgetaucht. Er konnte sich die Reaktion der Handwerker lebhaft vorstellen, als sie das Fundament aufgehackt und die Leiche entdeckt hatten.

Er musste plötzlich an eine Folge von *Helmer und Sigurdsen* denken, eine Krimiserie aus den siebziger Jahren. Da hatten sie auch einen toten Körper im Zement entdeckt, der beim Eintreffen der Polizisten noch nicht ganz hart gewesen war.

Sander fuhr Richtung Ullevål Stadion, während ihm tausend Fragen durch den Kopf gingen. Einige davon konnte Lisa ihm bestimmt beantworten. Bei anderen war er nicht sicher, ob er sie überhaupt stellen konnte.

Sie hatte in kurzen Sätzen geredet, als versuchte sie das Bedürfnis nach einer längeren Erklärung zu unterdrücken. Sie hatte nicht geweint. Ganz im Gegenteil. Sander hatte sich einen Augenblick gefragt, ob sie wütend war – eine Reaktion, die er eigentlich hätte verstehen können. Wenn der Vater nur halb so übel gewesen war, wie sie ihn vorige Woche beschrieben hatte, war wohl den meisten damit gedient gewesen, dass er verschwunden und nicht wieder aufgetaucht war.

Jedenfalls war er tot, dachte Sander. Einen solchen Vater nach fünfzehn Jahren lebend wiederzutreffen, dürfte eindeutig schlimmer sein.

Er parkte an derselben Stelle wie vor gut einem Jahr, als er zusammen mit Lisa Dr. Munch besucht hatte, um sich die Leiche von Fillipa anzusehen, einem Mädchen, das Alfred Kant umgebracht, tiefgefroren und anschließend in einen Sumpf bei der Radiostation außerhalb von Ski geworfen hatte.

Lisa stand vor dem Eingang. Sie sah besser aus, als er befürchtet hatte, doch es bestand kaum ein Zweifel, dass der Fund sie mitgenommen hatte. Sie hielt die Arme über der Brust verschränkt und hatte den Reißverschluss ihrer dünnen Jacke ganz hochgezogen. Sie sah aus wie ein kleines Mädchen, das zum

Rektor zitiert worden war, um ausgeschimpft zu werden: verletzlich und ängstlich.

Als er sie umarmte, lehnte sie sich gegen ihn, die Arme noch immer verschränkt, und murmelte »danke«, und er antwortete »nicht der Rede wert«.

Sie gingen zusammen hinein und fragten an der Rezeption nach Martin Meyer. In dem Moment fiel Sander ein, dass es während des Essens so ausgesehen hatte, als wären Lisa und Martin in ihrer eigenen Welt versunken. Als Dr. Meyer sie in den engen Gang winkte, der zu seinem Büro führte, Lisa umarmte und ihr kondolierte, schienen sie sich nicht entscheiden zu können, wie sie sich verhalten sollten, und als Lisa ihn kurz darauf bat, die Leiche sehen zu dürfen, war es der Gerichtsmediziner und nicht Martin, der Privatmann, der antwortete.

»Ihn sehen?«

»Ja.«

»Da ist nicht viel zu sehen, Lisa.«

»Das spielt keine Rolle. Du brauchst mich auch nicht zu schonen, du weißt, dass ich schon Schlimmeres gesehen habe.«

»Ja, sicher, aber …«

Sie standen vor dem kleinen Büro, das im Vorjahr noch Dr. Munch gehört hatte, und Sander fiel auf, dass Martin Meyer bereits mehr Bücher und Papiere hineingezwängt hatte, als streng genommen hineingingen. In einer Ecke lag ein schwarzer Motorradhelm.

Perfekt, dachte Sander. Jung, gut aussehend, gut ausgebildet, und Motorrad fährt er auch noch. Der einzige Einwand dürfte der sein, dass er den Tag in einem Raum mit toten Menschen verbrachte, doch wenn jemand über dieses Detail hinwegsehen konnte, dann Lisa.

»Gut«, sagte Martin Meyer. »Gehen wir hinunter.«

»Kommst du mit, Sander?«, fragte Lisa. Er war auf die Frage vorbreitet und erinnerte sich nur zu genau, wie er das letzte Mal reagiert hatte, als Dr. Munch in einem offenen Kranium eine freigelegte Wirbelsäule an ihrem Ende herumgedreht hatte, nachdem das Gehirn entfernt worden war. Aber er hatte das Gefühl, nicht Nein sagen zu können.

»Natürlich«, sagte er. Vielleicht klang er aus Angst, Zweifel daran aufkommen zu lassen, ein wenig zu bestimmt, denn einen kurzen Moment schien Lisa ihn anzusehen, als würde sie lächeln, was Sander noch mehr verwirrte. Er war sich nicht sicher, ob er eine bestimmte Vorstellung von ihrer Reaktion gehabt hatte, doch wie sie sich jetzt verhielt, passte absolut nicht zur Standardversion von Trauer. Falls es denn eine gab.

Auf dem Weg in den Keller kam ihm plötzlich der Gedanke, dass William hätte hier sein sollen. Es sah ihm nicht ähnlich, eine solche Nachricht zu überbringen und Lisa dann alleine mit dem Arzt reden zu lassen.

»Er weiß, dass du hier bist. Ich habe ihm eine SMS geschickt, dass er nicht kommen muss. Sie haben gerade ein paar neue Informationen bekommen, denen sie dringend nachgehen müssen, und da du eingewilligt hast mitzukommen, hielt ich es nicht für notwendig, dass zwei Leute mich begleiten. Oder drei …«

Martin Meyer drehte sich um, griff nach der Klinke und öffnete die Tür zum Obduktionssaal. Er legte Lisa die Hand auf den Rücken, als sie an ihm vorbeiging.

Sander hatte noch nie eine so alte Leiche gesehen. Der Körper war mager und lang, bestimmt über 1,80 Meter, die Haut war bräunlich und wirkte an einigen Stellen, als hätte man sie stramm über die Knochen gezogen. Als Erstes musste Sander an die Moorleichen aus den Schulgeschichtsbüchern denken und an die Mumien im Museum in Kairo.

»Er hat sich kaum verändert«, sagte Lisa leise, als redete sie zu sich selbst.

»Alles okay?«, fragte Meyer Lisa, die nickte, während sie intensiv die Leiche anstarrte.

»Wurde er lange vermisst?«

»Seit ich vierzehn war. Etwa zwanzig Jahre. Ich hätte nie geglaubt … Man hat ihn in einer Garage gefunden? Im Setesdal?«

Martin Meyer blätterte in den Unterlagen. Sander wurde klar, dass der Gerichtsmediziner mit Sicherheit nicht alles über das Verschwinden der von ihm obduzierten Person und gar nichts über Lisas Vergangenheit wusste, das die Situation erhellen konnte. Wenn er genauer darüber nachdachte, war nicht auszuschließen, dass niemand genau wusste, was damals wirklich passiert war. Lisa hatte nichts von einer Anzeige oder dem Versuch gesagt, den Vater wiederzufinden, nachdem er in der fraglichen Nacht verschwunden war. Und es dürfte wohl auch am naheliegendsten gewesen sein, so zu tun, als ob nichts gewesen wäre, und zu hoffen, dass er für immer verschwunden blieb.

»Ja, im Fundament einer Garage. Auf irgendeinem Hof …«

Lisa griff nach den Unterlagen. Sie blätterte bis zu dem Polizeibericht und überhörte Meyer, der versuchte, auf den Namen des Fundorts zu kommen.

»Du kannst mir bestimmt mit der Identifikation helfen«, fuhr Meyer fort, der ein Formular auszufüllen und einen Job zu erledigen hatte.

Lisa ließ sich Zeit, arbeitete sich langsam durch die Unterlagen und blätterte in dem Stapel hin und her.

»Kenneth Borg«, sagte sie plötzlich. »Aus Hamar oder Lillehammer oder so. Ich bin mir nicht sicher.«

»Und er ist dein Vater«, fuhr Meyer fort.

»War«, korrigierte Lisa. Ihre Stimme hatte plötzlich eine Schärfe, die sie vor wenigen Sekunden noch nicht gehabt hatte.

»Ja, natürlich. Entschuldige, Lisa.«

»Die Todesursache? Ich finde keine Unterlagen, aus denen hervorgeht ...«

»Die steht in meinem Bericht. Der liegt natürlich noch nicht in dem Stapel. Aber wenn du eine vorläufige Meinung hören willst, ist das völlig verständlich.«

Er zeigte auf die Öffnung im Hinterkopf und steckte den Finger zwischen die spitzen Bruchflächen.

»Ist er gefallen?«, fragte Sander. »Oder hat jemand nachgeholfen?«

»Jemand könnte beim Fallen nachgeholfen haben«, antwortete Meyer und holte zwei Röntgenbilder, die auf einer Metallbank hinten an der Wand gelegen hatten. »Wie ihr seht, weist der Körper an mehreren Stellen Brüche auf. Der Riss im Kopf stammt aber nicht von einem Aufprall auf dem Boden oder auf einer Treppe. Ein solcher Bruch entsteht nur, wenn jemand dir mit aller Kraft mit einem langen, schmalen Gegenstand auf den Kopf haut. Zum Beispiel mit einem Schlagholz. Der Bruch ist konzentriert, die Schlagstelle kaum noch sichtbar, und die Risse im Schädel gehen in verschiedene Richtungen.«

»Er ist also gefallen, aber der Sturz hat ihn nicht umgebracht«, fuhr Sander fort, während er zu verstehen versuchte, was Martin Meyer erklärte.

»Der Sturz hat ihn nicht umgebracht. Das hat ein Mensch getan. Doch herauszufinden, wer das war, gehört nicht in meinen Aufgabenbereich.«

Meyer sah Lisa an. »Vielleicht hast du ja eine Theorie«, sagte er, noch immer in professionellem Tonfall und in übertrieben ruhiger Tonlage.

Lisa betrachtete Kenneth Borgs nackten Körper und tat, als hätte sie Meyers Frage nicht gehört.

»Verdammt«, sagte sie mit leise bebender Stimme. »Wir werden dich einfach nicht los.«

Als sie einige Minuten später wieder draußen standen, wirkte Lisa erleichtert. Sie war nicht mehr so bleich. Sie hatte den Reißverschluss ihrer Jacke geöffnet und hielt sich gerade und aufrecht.

»Geht es?«, sagte Sander.

»Ja, sicher«, antwortete Lisa. »Schon seltsam. Ich war fertig mit ihm. Und dann taucht er plötzlich wieder auf – einfach so!«

Sander wusste, wonach er fragen wollte, war sich aber nicht sicher, ob er das konnte. Andererseits hatte Lisa ihn einbezogen. Sie konnte unmöglich erwarten, dass er angelaufen kam, um sich eine halbe Stunde lang eine vergammelte Leiche anzusehen, ohne Fragen zu stellen. Davon einmal abgesehen, würde die Polizei sich das Gleiche fragen.

»Wart ihr nicht im Setesdal, als …?«

»Ja«, unterbrach ihn Lisa. »Da habe ich ihn das letzte Mal gesehen.«

»Und er wirkte … ich meine …«, stammelte Sander unbeholfen und ärgerte sich, dass er nicht geradeheraus fragen konnte, wie er das täglich bei seinen Klienten tat.

Lisa wollte gerade etwas sagen, als ihr Handy klingelte.

»Saved by the bell«, grinste sie. Sie wusste natürlich, was er sie hatte fragen wollen, und es sah ganz so aus, als hätte sie Probleme damit.

Sie redete mehrere Minuten, bis Sander allmählich begriff, dass sie mit William sprach. Nachdem sie ihm versichert hatte, dass sie okay war und sehr viel lieber arbeiten als nach Hause gehen und den Rest des Tages die Wände anstarren wollte, beendete sie das Gespräch mit einem zufriedenem Gesichtsausdruck.

»Nimmst du mich mit?«, fragte sie. »Ich muss zu Kripos.«

»Ja, klar.«

Sein Gesichtsausdruck musste ein einziges Fragezeichen gewesen sein, denn Lisa nahm plötzlich, ohne dass er danach gefragt hatte, den Faden wieder auf.

»Treffen wir uns nachher zum Mittagessen? Dann bekommst du den Rest des Puzzles. Ich war nicht ganz ehrlich, als wir letzte Woche darüber gesprochen haben.«

Sander biss sich auf die Zunge, um nicht trotzdem zu fragen.

»Das passt. Schick mir eine SMS, wenn du fertig bist, dann treffen wir uns. Was ist denn so eilig?«

»Die philippinische Haushaltshilfe.«

»Ja?«

Sie gingen zum Auto. »Ist sie auch tot?«, fragte Sander. Die Geschehnisse dieses Morgens hatten ihn auf das meiste vorbereitet.

»Nein, nein«, sagte Lisa. »Ganz so dramatisch ist es nicht. Aber die Polizei auf den Philippinen hat sie ausfindig gemacht.«

»Und?«

»Sie haben sie in Ålesund gefunden. Da hat sie die letzten sieben Jahre gewohnt. Sie ist mit einem Arbeiter auf einer Bohrinsel verheiratet, den sie über eine Partnervermittlung kennengelernt hat. Er hat sie nach Norwegen geholt.«

Lisas Stimme klang ganz normal.

»Nach Norwegen?«, sagte Sander. »Es kann also durchaus sein …«

»Das wissen wir eben nicht. Als die Polizei in Ålesund zu der angegebenen Adresse gefahren ist, um mit ihr zu reden, war niemand zu Hause. Ihr Mann ist seit zehn Tagen draußen auf Ekofisk, und er sagt, dass sie seit über einem Jahr nicht mehr zusammenleben.«

»Und er weiß nicht, wo sie ist?«

»Nein. Er hat seit mehreren Monaten keinen Kontakt mehr zu ihr.«

Sander dachte nach und versuchte einen Zusammenhang zu sehen.

»Eins verstehe ich nicht. Wenn die Mörderin Philippinin ist, hätte dem Hotelpersonal dann nicht ihr asiatisches Aussehen auffallen müssen? Sie ist schließlich in Reykjavik und in Wien gesehen worden.«

»Möglich«, antwortete Lisa, ohne dass die Frage ihren Enthusiasmus angesichts der Neuigkeiten zu schmälern schien. »Es ist unglaublich, an was sich die Leute nicht erinnern oder was sie manchmal ganz einfach nicht sehen. Und wenn sie fließend Norwegisch spricht, sich schminkt, das Haar färbt oder eine Perücke trägt … Sie kann ihr Aussehen auf jeden Fall so verändert haben, dass es schwer war, sie einzuordnen. In Wien ist dem Personal doch auch nur aufgefallen, dass sie schön und rothaarig war. Und in Reykjavik erinnerte man sich, dass sie dunkelhaarig war, aber norwegisch aussah. Die Sprache kann verwirren, genau wie die Haarfarbe. Wir sollten uns diese Möglichkeit also offenhalten.«

Sander verstand, was sie meinte.

Im morgendlichen Verkehr brauchten sie fast eine halbe Stunde bis Bryn. Sie schwiegen die meiste Zeit. Als Lisa vor dem Eingang von Kripos hinaussprang, umarmte sie Sander kurz und versprach, am späteren Mittag anzurufen.

Sander wendete und fuhr Richtung Zentrum. Vor seinem inneren Auge sah er eine Asiatin, erst mit dunklen, dann mit roten Haaren. Im einen Moment trug sie eine Perücke, im nächsten hatte sie fahle, helle Haare, die ihm überall aufgefallen wären.

In der vergangenen Woche war er überzeugt gewesen oder hatte es zumindest als gegeben angenommen, dass sie nach einer Norwegerin suchten. Jetzt musste er Lisa und William recht geben und die Möglichkeit ins Auge fassen, dass Oldeide und Heffermehl ihrem Schicksal begegnet waren, weil sie sich vor über zehn Jahren auf die gleiche Weise hatten in Versuchung führen lassen. Ironie des Schicksals nannte man das wohl, dachte Sander und schaltete das Radio ein.

39

Ester Melby wusste nicht, was sie glauben sollte. Der Umschlag war braun, gefüttert und mit einer Heftklammer verschlossen. Als sie ihn vor zehn Minuten aus dem Briefkasten geholt hatte, hatte sie zunächst angenommen, dass es der Schlüssel war, den Daniel vor einigen Wochen bei einem befreundeten Ehepaar vergessen hatte. Dann hatte sie den überlangen Zylinder ertastet und einen kurzen Moment lang vermutet, jemand hätte ihnen eine Bombe geschickt, so eine Rohrbombe, von denen man hin und wieder in der Zeitung las. Schließlich hatte sie begriffen, was da vor ihr auf dem Esstisch lag. Und sie wusste nicht, was sie davon halten sollte.

Daniel war nicht so ruhig gewesen, wie es bei der Besprechung mit den zwei Polizisten den Eindruck erweckt hatte. Nachdem sie gegangen waren, hatte er unten im Garten bei den beiden Johannisbeersträuchern gestanden und fast eine halbe Stunde lang die Boote draußen auf dem Fjord angestarrt. Dann war er wieder hereingekommen, hatte eine Kanne Kaffee aufgesetzt und sich auf einen Stuhl neben dem Küchenschrank gesetzt.

Sie selbst regte sich immer schnell auf, war aber nie lange wütend. Bei Daniel war das anders. Er machte die Dinge mit sich selbst aus, mochte nicht erzählen, was ihn quälte, und schwieg so lange, bis er es nicht länger aushielt. Dann kochte er für sie oder führte sie zum Essen aus und redete lange um den heißen Brei herum, bevor er ihr in einem ununterbrochenen Strom aus Für und Wider, relevant und irrelevant, Gefühl und Verstand alles erzählte. Anschließend saß er erschöpft, verzweifelt und ratlos da und wartete, dass sie das Chaos für ihn strukturierte.

Erst am Sonntag hatte er den Punkt ereicht, dass er nicht länger alleine damit zurechtkam. Mitten am Tag holte er den Lammbraten heraus, den er am Samstag bei *Jacobs* gekauft hatte, und schnitt mit einem langen Fischmesser tiefe Kerben hinein, die er mit gepresstem Knoblauch füllte. Bevor er den Braten in den Ofen schob, pinselte er ihn mit Olivenöl und einer Mischung aus Kräutern ein, die Duftwolken und Vorfreude im ganzen Haus verbreiteten. Er briet ihn von allen Seiten an, steckte ein Bratthermometer bis zur Mitte hinein und schob alles in den Ofen.

Ester fragte sich, ob sie Zessi eine SMS schicken und sie einladen sollte, sah aber ein, dass sie Daniels Vorhaben damit wahrscheinlich sabotieren würde. Vier Stunden später saßen sie einander im Wohnzimmer gegenüber – mit Kerzen, obwohl es bis zur Dämmerung noch lange hin war, einem zwanzig Jahre alten Rioja und einer Sauce, in deren Zubereitung Daniel total versunken gewesen war und die er sie dreimal hatte probieren lassen. Moosbeeren, Kirschgelee, Minze, Kraftbrühe, Sahne und viel Butter. Unmöglich, mit diesen Zutaten kein gutes Ergebnis zu erzielen, meinte er, doch Ester wusste, dass die Sauce ohne sein Sachverständnis, seine kompromisslose Haltung und seine Fähigkeit, genau zu wissen, wann der Geschmack perfekt war, nicht so geworden wäre. Perfekt für sie, dachte sie und spürte eine gewisse Erleichterung. Vielleicht hatte das Gespräch mit der Polizei etwas ins Rollen gebracht. Vielleicht konnte er bald in die Zukunft blicken und nicht mehr nur in sich hinein.

Als er Kaffee und Portwein eingeschenkt hatte und es fast elf Uhr war, meldeten sich Zweifel bei ihr. Doch dann begann er über den Himalaya zu reden, über die gemeinsamen Tage, bevor CNN sich in ihr Ferienidyll gedrängt und ihre gemeinsame Zeit beendet hatte. Er bedauerte, nicht für sie dagewesen zu sein. Nach dem Tsunami nicht und in den folgenden Monaten auch nicht. Und dann fand er kein Ende. Er redete über den Tsunami, über die Entschlüsse, die er gefasst hatte, ohne zu wissen, ob sie richtig oder falsch waren, über all die gegensätzlichen Nachrichten, über die Kommunikation mit Oslo, die die Verwirrung nur noch gesteigert hatte, über die Flugzeuge, die nie eingetroffen, die Touristen, die immer zahlreicher und immer wütender geworden waren, und zum Schluss sprach er von den Leichen. Von den toten Körpern am Weg zum Strand hinunter, den Sammelplätzen, und wenn er vorher nicht gewusst hatte, wie die Hölle aussah, dann wusste er es jetzt.

Sie wartete mit ihrer Frage, bis er fertig war. Und obwohl sie die Antwort fürchtete, gab es keinen Weg darum herum. Was jetzt?

Man konnte nur abwarten, sagte er. Der Außenminister würde bei der nächsten Wahl gehen, Sandal hatte eine Karriere, an die er denken musste, und der Rest der politischen Führungsspitze wurde in Abständen von vier oder acht Jahren ausgetauscht. Er hatte Zeit. Die Mühlen der Gerechtigkeit mahlen langsam, sagte er. Unsere Leute sind noch da, sie werden wiederkommen. Dann schenkte er zwei Gläser des Cognacs ein, dessen Preis er nicht zu verraten bereit war. Sie hatte im Katalog des Wein- und Spirituosenmonopols nachgeschlagen und gesehen, dass er 5.000 Kronen kostete.

Er lächelte. Seit langem das erste Mal. Als sähe er das Ende von etwas oder vielleicht auch den Anfang. Sie wusste nur nicht, was das Ende und was der Anfang war.

Die Mühlen der Gerechtigkeit mahlen langsam. Die Worte gingen ihr nicht wieder aus dem Kopf, und je länger sie den Umschlag und seinen Inhalt anstarrte, desto klarer erinnerte sie sich an seinen Gesichtsausdruck, seine Haltung und seine Augen, die sie bei diesen Worten voller Energie angesehen hatten.

Ein Geräusch von der Tür her holte sie in die Gegenwart zurück. Ihrer Erfahrung nach konnte er schon mehrere Minuten dort gestanden haben. Ohne Zweifel hatte er gesehen, was vor ihr auf dem Tisch lag.

»Ich verstehe nicht …«, sagte er und betrat den Raum. Sie tat nichts, sagte nichts, saß ganz ruhig da und wartete auf seine Reaktion.

»Eine Spritze. Ich erinnere mich an einen Touristen, der so eine hatte. Injiziert man sich damit nicht ein Medikament gegen einen allergischen Schock?«

40

»Eins musst du verstehen, Sander. Für mich war er seit zwanzig Jahren tot. Ihn da liegen zu sehen, dürr, leblos und ungefährlich, fast wie eine Mumie, mit denselben Haaren, denselben Zähnen und derselben Tätowierung, beruhigt mich mehr, als dass es mich aufregt. Das ist eigentlich ganz einfach. Ich brauche mir keine Sorgen mehr zu machen, mich nicht zu fragen, ob es Spuren oder Hinweise oder Indizien gibt, die auf Mama hindeuten. Und mir hat sie erst nach so langer Zeit davon erzählt, dass man mich wohl kaum dafür belangen kann, dass ich den Mund gehalten habe. Außerdem wird niemand erfahren, dass ich es gewusst habe. Nicht?«

Sander war zu verwirrt, um darauf zu antworten. Aber es überraschte ihn merkwürdigerweise nicht.

Als Lisa sich über den Tisch lehnte und die Frage wiederholte, nicht wie eine Drohung, sondern eher wie eine Erinnerung daran, dass sie ihn etwas gefragt hatte, nahm er sich zusammen.

»Natürlich nicht. Ich war nur … ich war nicht wirklich darauf vorbereitet.«

»Aber du scheinst auch nicht wirklich überrascht?«

»Vielleicht nicht. Vielleicht habe ich in gewisser Weise gespürt, dass an der Geschichte, die du mir letztes Mal erzählt hast, noch mehr dran war. Ich weiß es nicht; vielleicht ist es auch nur so, dass ich es gewohnt bin, mit Leuten zu reden, die nicht immer die ganze Wahrheit sagen. Zumindest nicht auf einmal.«

Lisa lehnte sich zurück und atmete tief durch. »Was für ein Tag. Können wir jetzt essen? Ich müsste eigentlich schon im Bett sein.«

Lisa war vor einer Stunde den Markvei heruntergelaufen gekommen und hatte sich in dem Moment bei *Essen und Wein* zur Tür hereingedrängt, als ein leichter, aber konstanter Nieselregen in einen Guss und schließlich ein Gewitter überging. Innerhalb weniger Sekunden war die Straße draußen menschenleer gewesen, und noch bevor die Fenster des Restaurants richtig nass waren, hatten sich auf dem Bürgersteig kleine Pfützen gebildet.

Sander wartete bereits seit über einer Stunde mit zwei Zeitungen, die er erst überflogen und dann gründlich gelesen hatte, unterbrochen von einer SMS, mit der Lisa ihre Verspätung entschuldigte. Sie hatte Probleme mit der Umbuchung ihres Tickets nach Stockholm. Die Angestellte des Reisebüros wollte sie ein weiteres Mal auf den Fakirflieger buchen.

Als sie endlich vom Laufen verschwitzt und mit Regentropfen in den blonden Haaren vor ihm saß, kam er zu dem Schluss, dass er sich keine Sorgen zu machen brauchte. Nichts deutete auf einen Zusammenbruch hin. Jetzt interessierte ihn vielmehr der Rest der Geschichte, die sie ihm letzte Woche nur teilweise erzählt hatte.

Sie einigten sich darauf, mit dem Essen zu warten und sich zunächst eine Flasche Wein zu teilen. Während Lisa hinunter zur Toilette ging, bestellte er eine Flasche Latour. Als sie wiederkam, lehnte er sich bewusst zurück, ohne etwas zu sagen, und roch an dem Wein.

Lisa schnupperte, die Nase nur wenige Zentimeter über dem Glas, lächelte, schüttelte den Kopf und trank mehrere kleine Schlucke hintereinander. Dann ließ sie die Schultern sinken und sah Sander direkt an.

Ihre neue Version passte ganz gut zu einer der Versionen, die Sander im Laufe des Tages selbst konstruiert hatte.

Bis zu der Konfrontation zwischen Mutter und Vater in dem Haus im Setesdal, wo Lisa sich mit der Mutter versteckt hatte, stimmte ihre Geschichte. Dann war sie in einigen Details von der Wahrheit abgewichen. So war zum Beispiel der Vater die Treppe hinuntergefallen und nicht die Mutter – dies jedoch erst nachdem er ihr einige Brüche zugefügt hatte, die später ihre Aussage untermauerten, dass sie gestürzt war.

Lisa hatte das Handgemenge von ihrem Versteck auf dem Speicher aus beobachtet und war sich nicht sicher gewesen, wer am Ende der Treppe gelegen hatte, bis die Mutter sie holte. Sie erzählte ihr, dass der Vater fort war und dass der Bruder vorbeikommen würde, um sie ins Krankenhaus zu bringen. Als er kam, brauchten sie erstaunlich lange, um ins Auto zu kommen. Zu dem Zeitpunkt wusste Lisa noch nicht, dass die Leiche des Vaters die Ursache dafür war.

Erst später, in den Tagen nach Weihnachten, als sie öfter den

Alptraum gehabt hatte, dass der Vater plötzlich zurückkommen würde, erzählte ihr die Mutter von dem Sturz, einem Unfall, und wie sie den Vater mit einem schmiedeeisernen Leuchter erschlagen hatte, als er wehrlos am Boden lag.

Sie hatte ihren Bruder angerufen und der hatte ihr geholfen, die Leiche zu beseitigen, aufzuräumen und das Blut wegzuwischen. Dann hatte er sie ins Krankenhaus gebracht, war zu sich nach Hause gefahren, wo er gerade eine Garage baute, und hatte die Leiche im Gartenhäuschen versteckt. Anschließend hatte er die Mutter im Krankenhaus wieder abgeholt und nach Hause gebracht. Am darauffolgenden Tag verschwand Lisas Vater im Zementboden, der ohnehin an diesem Tag gegossen werden sollte, und seitdem hatte keiner mehr über das, was damals passiert war, ein Wort verloren.

»Bis auf Mama und mich. An besagtem Weihnachtsfest und später noch ein paar Mal.«

»Und ihr Bruder?«

»Der ist seit langem tot.«

»Und die Alpträume haben aufgehört?«, fragte Sander. »Ich meine, manche Leute bekämen Alpträume von dem, was du mir gerade erzählt hast.«

»Ich bin darüber hinweggekommen und ich habe geschlafen wie immer. Wenn du gesehen hättest, wozu er imstande war … was er Mama angetan hat … Er war ganz einfach kein guter Mensch, und manchmal ist es besser, dass solche Leute sterben und nicht ihre Opfer. Findest du nicht?«

Sander stimmte dem zu. Trotzdem musste er noch etwas zu der paradoxen Sache sagen, dass Lisa mit ihrem Hintergrund bei der Polizei gelandet war und Menschen wie ihre eigene Mutter überführte.

»Das siehst du falsch«, entgegnete sie. »Ich habe bei der Polizei angefangen, um Menschen wie Mama zu beschützen. Ich wollte dafür sorgen, dass sie nie in eine Situation kommen, in der sie tun müssen, was Mama getan hat. Sie hat es für mich getan, dessen bin ich mir sicher. Sie wollte sichergehen, dass er nie die Möglichkeit bekam …«

»Du hast gesagt *wollte*.«

»Häh?«

»Du hast gesagt, dass du dafür sorgen wolltest, dass niemand in diese Situation kommt. Wollte. Das ist die Vergangenheitsform.«

Sander goss Wein nach, als das Essen kam. Sie hatten bestellt, als Lisa sich dem Schluss von Version zwei ihrer Geschichte genähert hatte.

»Lamm«, lächelte sie.

Eigentlich war keine Saison, jedenfalls nicht in Norwegen, doch Neuseeland lag auf der anderen Seite der Erde, und der Kellner hatte behauptet, das Gericht ein paar Stunden zuvor selbst probiert zu haben. Das Wurzelgemüse, das Kartoffelpüree und der füllige Rotwein ließen Sander in Kombination mit dem Regenwetter an dunkle Abende und den Geruch von nassem Herbstlaub denken.

»Ich weiß es nicht mehr«, sagte Lisa und nahm den Faden wieder auf. »Das will ich noch immer, nur … Man verliert so leicht den Mut, wenn man sich all das ansehen muss, vor dem andere die Augen verschließen können.«

»Aber du kannst dich auf die Menschen konzentrieren, denen du wirklich hilfst. Im Lauf eines Tages muss doch einiges zusammenkommen, das du als positiv verbuchen kannst; ich meine, wenn nicht, wäre das Ganze doch sinnlos.«

»Sicher«, sagte Lisa, schien aber nicht wirklich überzeugt. »Vielleicht war Kripos nicht die richtige Entscheidung. Wir werden immer erst eingeschaltet, wenn jemand ermordet worden ist, wenn der Schaden bereits passiert ist. Helfen können wir wohl am ehesten den Hinterbliebenen, die Gewissheit brauchen.«

»Und vielleicht denen, die ihr vor einem Täter schützt, der sonst erneut zuschlagen könnte«, meinte Sander. Er sah Lisa nicht gerne deprimiert, aber er verstand, dass im Moment vieles zusammenkam und dass es normal war, wenn sie resignierter wirkte als sonst.

»Die wenigsten Täter wiederholen ihre Tat«, antwortete sie und entzog Sanders Optimismus den Boden. »Die meisten Morde passieren im Affekt, in so extremen Situationen, dass es zweifelhaft ist, dass das ein zweites Mal passieren könnte. Andererseits hast du recht …«

»Dann müssten die Botschaftermorde doch motivierend sein. Hier geht es genau darum, die Täterin an weiteren Morden zu hindern. Wenn das keinen Sinn macht, muss ich wohl mit dir in Resignation versinken.«

Lisa richtete sich auf und hob ihr Glas. »Trinken wir auf ein sinnvolles Leben.«

Sander prostete ihr zu, und bevor er es verhindern konnte, hatte Lisa so laut mit ihm angestoßen, dass die Gäste am Nachbartisch sich zu ihnen umdrehten, Sander sich innerlich krümmte und Lisa laut lachte.

Als sie bezahlten und zu dem wartenden Taxi hinausgingen, fragte Sander sie nach Martin Meyer. Zu seiner großen Überraschung reagierte Lisa weniger abweisend, als er erwartet hatte.

Dass sie Interesse für einen Mann bekundete, brachte Sander dazu, ihr von seinem eigenen Wochenende zu erzählen. Sie holte auch das kleinste Detail aus ihm heraus und freute sich ganz offensichtlich, dass er in seine eigene kleine Honigfalle getappt war.

Sie fragte nach Monas Aussehen und Sander, der das Visier ohnehin schon ganz heruntergelassen hatte, zeigte ihr das Bild auf dem Handy und erzählte ihr von der Einladung, die er von Helge Sandals Frau bekommen hatte.

Schließlich beschlossen sie, sich mit Martin und Mona zu einem Abendessen zu viert zu treffen, um später ihre Eindrücke von den beiden unter vier Augen auszutauschen. Wenn es nicht funkte, konnten sie immer noch Mona und Martin miteinander verkuppeln und selber abhauen.

41

Lisa hatte die fünfzig Minuten geschlafen, die der Flug von Gardermoen nach Stockholm dauerte. Sie ging vom Flugsteig direkt zum Arlanda Express-Terminal und döste auf dem Weg ins Zentrum noch eine weitere halbe Stunde. Über einen Lautsprecher im Hintergrund hieß irgendein Promi sie in der Stadt willkommen. Neben ihr saß ein junger Mann in einem dunklen Anzug, einem rosa Hemd und einem Schlips von fast identischer Farbe. Er roch stark nach Seife oder Aftershave, das ihr jedes Mal in die Nase stieg, wenn er sich mit der Hand durchs Haar fuhr oder Unterlagen aus seiner Tasche holte.

Vor dem Stockholmer Hauptbahnhof am Vasaplan stellte sie

sich direkt an den Taxistand und sah sich um. Ihr war eine Fahrgelegenheit vom Zentrum zur Botschaft in Aussicht gestellt worden, doch sie hatte vergessen zu fragen, wer sie abholen kam.

Überall glitten Autos und Menschen an ihr vorbei. Nach einigen Minuten begann sie sich unwohl zu fühlen und sah auf die Uhr. Als sie ihren Transport gerade selbst in die Hand nehmen wollte, bog ein dunkler Saab um die Ecke und parkte auf dem Bürgersteig vor dem Bahnhof. Eine junge Frau ihres Alters stieg aus. Sie hatte langes blondes, zu einem Pferdeschwanz gebundenes Haar, trug enge Jeans und ein weißes Top unter einer hellbraunen Lederjacke. Sie entdeckte Lisa innerhalb von Sekunden.

Die Frau stellte sich als Åsa Hamrell vor. Ihr Kollege hieß Bengt Sjödin. Die beiden gehörten zu Kjersti Hanssons Bewachungsteam. Auf dem Weg zur norwegischen Botschaft, die laut Bengt auf der anderen Seite der Djurgårdsbrunnsvik lag, brachten sie Lisa kurz auf den neuesten Stand, was die Organisation der Bewachung und die Gewohnheiten der Botschafterin anging. Es schien keine besonders schwierige Aufgabe zu sein.

Das Büro der Botschafterin war in Licht gebadet, und Lisa blinzelte aus den großen Fenstern, die eine Aussicht auf einen gut gepflegten Garten boten. Das Gebäude war diskret und moderner, als sie erwartet hatte, nachdem Hamrell und Sjödin über die Nobelgata mit ihren alten Villen zur norwegischen Botschaft gefahren waren. Rote Ziegel, hohe Fenster, Kiefernholz und Kupfer boten eine willkommene Abwechslung zu den anderen Häusern aus dem 18. Jahrhundert und wirkten gleichzeitig zwischen den zwei riesigen Gebäuden, für die Lisa sich nicht weiter interessierte, total fehl am Platz.

»Ich habe nur sehr wenig Zeit. Kurz nach zwölf findet ein Empfang für einen neuen Botschafter statt. Soweit ich das mitbekommen habe, sind Sie bis morgen hier.«

Kjersti Hansson ließ Lisa auf einem der zwei blauen Stühle Platz nehmen, die vor einem langen Salontisch ganz hinten im Büro standen. Die Einrichtung sah nach den sechziger Jahren aus, und was sie bis jetzt von der Botschaft gesehen hatte, entsprach kaum ihrer Vorstellung von nordischem Design.

Lisa versuchte sich an die Flugzeiten am kommenden Tag zu erinnern. Dass sie noch einmal herkommen musste, um das Gespräch mit Kjersti Hansson fortzusetzen, spielte keine Rolle. Sie würde ohnehin eine gewisse Zeit bei der Reichskriminalpolizei verbringen, um die dortigen Kollegen über die Ermittlungen zu informieren und ihnen eine Vorstellung davon zu geben, vor wem die Botschafterin geschützt werden musste.

»Ich denke, das lässt sich ohne Weiteres einrichten«, antwortete Lisa. Ihr gefiel die Art, wie Kjersti Hansson gefragt hatte, in einem freundlichen Ton, ohne im Vorhinein davon auszugehen, dass Lisa ihrem Wunsch nachkommen würde. »Ist es sehr lästig? Ich meine den Personenschutz.«

Kjersti Hansson goss Kaffee in zwei Tassen, die aussahen, als stammten sie noch aus den Anfängen der Botschaft in den fünfziger Jahren, bevor sie sich auf dem Sofa zurücklehnte. Ihre Kleidung war formell, aber lässig. Wenn sie redete, sah sie Lisa direkt an. Sie lächelte oft und war voller Energie, fast als würde sie mit ihr flirten, dachte Lisa, verwarf den Gedanken jedoch sofort.

»Nein, nein. Ich bin es gewohnt, mit Sicherheitspersonal zu

leben. Indonesien war nicht immer der sicherste Ort, vor allem in der Zeit nicht, als sich der Nahostkonflikt zuspitzte und die Muslime mehr als gewöhnlich dämonisiert wurden. Wir waren zeitweise völlig isoliert; damit verglichen ist das hier der reine Luxus. Gestern haben mich die Gorillas auf meiner Joggingrunde begleitet, ohne Auto. Sie sind gut in Form.«

Sie lachte laut und nickte zur Tür hin. Ein Leibwächter stand draußen vor dem Büro, der andere unten an der Rezeption. Darüber hinaus warteten Åsa Hamrell und Bengt Sjödin auf einer Sitzgruppe unten in einem der Zimmer – die Botschaft war wahrscheinlich nie sicherer gewesen.

Lisa wusste nicht genau, wo sie anfangen und welche Prioritäten sie setzen sollte, da die Zeit so knapp war. Sie war neugierig auf die Geschichte von den Philippinen. Sie musste mehr darüber erfahren, was Kjersti Hansson während des Tsunamis in Indonesien gemacht hatte, ob die Ernennung überraschend gekommen war und ob sie eine Theorie hatte, wer hinter den Morden stecken könnte.

»Sie wissen, um was es geht?«, begann sie. Es war wichtig, sich zu versichern, dass die Botschafterin den Ernst der Lage begriff.

»Helmen hat mich letzte Woche angerufen. Und schließlich wissen alle von Oldeide und Heffermehl, alles andere als angenehm, dass diese Sache wieder aufgetaucht ist. Die Verbindung zu dem Tsunami kann ich jedoch nicht ganz nachvollziehen. Meinen Sie, dass einer unserer eigenen Leute wegen irgendetwas, das in der Zeit passiert ist, auf dem Rachefeldzug sein könnte? Oder ein wütender Tourist, der nicht die Hilfe bekommen hat, die er hätte bekommen sollen?«

»Wir wissen es nicht«, antwortete Lisa. »Das ist das Problem.

Weder aus Reykjavik noch aus Wien haben wir eine Beschreibung oder Kameraaufnahmen, die gut genug sind, um uns konkrete Informationen zur Person zu liefern oder dazu, wie die Frau aussieht. Deshalb ist es auch so wichtig, dass Sie vorsichtig sind, denn wir wissen nicht, bei welchen Gelegenheiten Sie in Gefahr sind. Falls Sie überhaupt in Gefahr sind«, fügte sie schnell hinzu, um die Situation zu entdramatisieren.

»Ich fühle mich eigentlich ziemlich sicher. Ich werde natürlich meine Vorkehrungen treffen und mich nicht zu heimlichen Verabredungen mit Menschen schleichen, die ich nicht kenne.«

Sie lachte wieder, ebenso laut wie das letzte Mal. Lisa mochte sie. In dem Moment klingelte ein Handy. Kjersti Hansson sprang vom Sofa auf und war mit drei Schritten an dem großen Schreibtisch. Bevor sie das Gespräch entgegennahm, sah sie auf das Display, lächelte Lisa entschuldigend zu und verschwand auf den Gang hinaus.

Nach wenigen Minuten kam sie mit roten Wangen und einem hektischen Gesichtsausdruck zurück.

»Es tut mir leid, aber es wird Zeit für mich«, sagte sie, ohne sich erneut hinzusetzen. »Ich muss vorher noch nach Hause, um mich umzuziehen. Wenn das okay ist? Ich verspreche, mich in der Zwischenzeit ordentlich zu benehmen.«

Lisa bejahte und fragte sich, weshalb Kjersti Hansson es so eilig hatte. Wahrscheinlich war es so, wie sie sagte, und ihr blieb wirklich nur wenig Zeit zum Umziehen und für den Weg. Doch etwas an ihrem Verhalten ließ Lisa bezweifeln, dass die Botschafterin die ganze Wahrheit sagte.

»Du musst deine Intuition ernst nehmen«, sagte William immer, und dieser Rat hatte sich bei mehr als einer Gelegenheit als nützlich erwiesen. Doch ihr leiser Verdacht reichte nicht, um etwas zu unternehmen oder eine unschuldige Frage zu formulieren.

Stattdessen gab sie Kjersti Hansson die Hand, verabredete sich mit ihr für den kommenden Tag zum Mittagessen und ging zu Hamrell und Sjödin hinunter. Wenige Minuten später waren sie auf dem Weg zum Reichskriminalamt in der Polhemsgata.

42

Das Mittagessen in der italienischen Botschaft war eine entspannte Angelegenheit, doch Kjersti hatte weder die Ruhe, den schönen Sommertag zu genießen noch die informellen Gespräche auf dem Rasen vor dem früheren Heim von Prinz Wilhelm und seiner russischen Ehefrau, Prinzessin Maria Pavlova.

Sie hatte zuerst darauf bestanden, zu Fuß zu gehen – die Botschaft lag nur fünfzehn Minuten entfernt in Djurgård, direkt bei Waldemarsnudde – doch die beiden Gorillas hatten sich unnachgiebig gezeigt. Jeglicher Transport hatte per Auto zu erfolgen, und sie hatte immer das Fahrzeug der Botschaft und denselben Fahrer zu benutzen. Sie selbst folgten in einem dunklen Volvo, einem Modell aus den neunziger Jahren –, von dem sie bezweifelte, dass es ihnen folgen könnte, wenn sie Carl den Befehl erteilte, das Gaspedal voll durchzutreten.

Ein Spaziergang wäre herrlich gewesen, wenn auch nur aus dem einen Grund, die Rastlosigkeit und die Erwartung aus ihrem Körper zu vertreiben. Jetzt blieben ihr stattdessen nur fünf Minuten mit Carl.

Obwohl sie als eine der Ersten ging, war es fast vier. Carl war zurück und parkte draußen. Er wartete mit laufendem Motor und geöffneter Tür. Er sah sie mit einem neugierigen Gesichtsausdruck an, aber sie wusste, dass er viel zu sehr Profi war, um zu fragen. Und sie hatte absolut nicht vor, ihm etwas zu erklären.

In der Botschaft machten sich die Leute langsam auf den Heimweg, und es war still in den hellen Büros um sie herum, als sie sich an den Schreibtisch setzte, um die Dinge zu erledigen, die keinen Aufschub duldeten. Sie musste sich das Konzept ansehen, das nach dem Besuch des Ernährungsministers Mitte August ausgearbeitet worden war, die Sekretärin hatte eine Akte mit einem Brief herausgelegt, der unterschrieben werden sollte, ein Stapel Hauspost aus Oslo wollte gelesen werden, und sie musste auf eine E-Mail von Stine antworten, die sie am Vorabend bekommen hatte. Ein Anhang zeigte die jüngste Tochter mit einem ihr unbekannten Hund, der sich als der neue Königspudel der Schwägerin erwies. Er war bei ihrer Familie, während seine Besitzer eine Ferienwoche an der Amalfiküste verbrachten.

Als sie mit allem fertig war, nahm sie die Mappe mit den unterzeichneten Unterlagen und brachte sie ins Nachbarbüro. Zwei neue Wachleute hatten die vorigen abgelöst. Sie saßen auf dem Sofa, tranken Kaffee und lasen Zeitung.

Sie versicherte ihnen, dass sie ruhig sitzen bleiben konnten, während sie in den Keller hinuntersprang, um ihre Trainingssachen zu holen, die sie dort nach der gestrigen Joggingrunde zum Trocken aufgehängt hatte. Sie hatte im Bad der Botschaft geduscht, das sonst niemand benutzte. Die beiden Beamten sahen sich kurz an, als führten sie telepathisch eine Diskussion darüber, wer oder was sich in der unteren Etage verstecken könnte, erhoben aber keine Einwände.

Kjersti ging an der Rezeption vorbei und knallte mit einer der Türen, damit sie keinen Verdacht schöpften. Anstatt die Trainingssachen zu holen, öffnete sie leise die Eingangstür, schlich sich hinaus und machte die Tür ebenso leise hinter sich zu. Sie ging davon aus, dass es auf jeden Fall einige Minuten dauern würde, bevor sie darauf reagierten, dass sie nicht wieder auftauchte. Mit dem Fahrrad würde sie in der Zeit fast oben am Östermalmstorg sein.

43

Die Stühle um den Besprechungstisch im Reichskriminalamt waren genauso unbequem wie die bei Kripos und Lisa versuchte sich das Kreuz zu massieren, während das warme Wasser unter der Dusche des Hotelzimmers die Muskeln weicher werden ließ.

»Birger Jarl ist okay«, hatte Åsa Hamrell gesagt, als sie Lisa nach der Besprechung zum Hotel gefahren hatte. Als sie den Koffer vor der Rezeption auf den Bürgersteig gestellt hatte, hatte sie gefragt, ob Lisa später mit ihr ein Bier trinken wollte, und sie hatten verabredet, sich kurz vor neun am Zeitungskiosk am Norrmalmstorg zu treffen. Das gab Lisa drei freie Stunden und ihr rumorender Magen ließ keinen Zweifel daran aufkommen, was sie damit anfangen wollte.

An der Hotelrezeption hatte ein junger Mann Anfang zwanzig mit Bartstoppeln, glattem, zurückgekämmtem Haar und einem Schlipsknoten in der Größe eines kleinen Fußballs sie willkommen geheißen.

»Sie sind aufgestiegen«, hatte er gelächelt, woraufhin sie sich gefragt hatte, was er ihr damit sagen wollte.

Es stellte sich heraus, dass man sie von einem gewöhnlichen Zimmer in eine Suite umquartiert hatte, und der Mann setzte zu einem längeren Vortrag an, dass alle größeren Räume des Hotels von bekannten schwedischen Designern entworfen worden waren und dass sie diese Nacht in den Genuss der Gestaltung von *Svensk Tenn* kommen sollte, einem der bekanntesten und wichtigsten schwedischen Designunternehmen.

Sander hätte das zu schätzen gewusst, dachte sie im Aufzug. Doch als sie die Tür mit der Plastikkarte geöffnet hatte und in der kleinen Diele stand, wurde sie plötzlich unsicher. Sie hatte keine Ahnung, wer oder was *Svensk Tenn* war, doch die Hotelsuite sah aus wie die Wohnung von Lisas Oma nach deren Tod und ließ in keiner Weise die Handschrift eines Designers vermuten. Schwere, geblümte Gardinen, ein kleines Sofa von einem verblichenen Rot und Billigmöbel, die per Versand hätten gekauft worden sein können. Wenn das die Designerzimmer waren, für die Sander in ganz Europa astronomische Summen ausgab, machte es ihr nicht das Mindeste aus, auf Staatskosten in Standardzimmern zu übernachten.

Wenigstens war im Bad keine primitive Dusche installiert, und Lisa stand lange unter dem wohltuenden Strahl, bevor sie ins Restaurant hinunterging, um etwas zu essen.

Vierzig Minuten später starrte Lisa in die Augen eines toten Fischs, der auf wundersame Weise im Ganzen auf ihrem Teller gelandet war. In einer kleinen Stahlschüssel hatte der Kellner ihr neue Kartoffeln mit Petersilie und Gemüse serviert, und je länger sie den Fisch ansah, desto sicherer war sie, dass sie nichts außer Kartoffeln und Gemüse essen würde.

Zu Hause hatte ihre Mutter es zur Regel gemacht, einmal die Woche Fisch auf den Tisch zu bringen. Gewöhnlich gab es jeden Mittwoch gefüllte Seelachsfilets. Oder, wenn Lisa ihren Wunsch früh genug angemeldet hatte, Fischstäbchen mit Ketchup und Kartoffelpüree.

Wenn Gäste kamen, konnte es auch Lachs oder Forelle sein, aber immer ohne Gräten und bis zur Unkenntlichkeit filetiert.

Sie versuchte mit dem Messer ein Stück auszulösen, das eins der Filets sein musste und keine Gräten zu haben schien. Aus irgendeinem Grund dachte sie dabei an Martin Meyer – wahrscheinlich weil die Art, wie sie das Messer hielt, um essbare Stücke aus dem Fisch herauszuschneiden, sie an ihn erinnerte –, und obwohl der Gedanke an Obduktionen und Leichen nichts bei ihrem Essen zu suchen hatte, lächelte sie vor sich hin.

Sie hatte sich direkt an die Fenster zur Straße gesetzt, um Abstand zu einer Gruppe Italiener zu halten, die auf einem Großbildschirm mitten im Raum ein Fußballspiel verfolgten. Trotzdem machte der Lärmpegel es schwierig, Åsa Hamrell zu verstehen, die auf ihrem Handy anrief, als sie gerade einen Bissen im Mund hatte, der zu gleichen Teilen aus Gräten und Fisch bestand.

Während Lisa den Fisch unauffällig in die Stoffserviette spuckte und hoffte, dass niemand es sah, berichtete eine atemlose Åsa Hamrell, dass Kjersti Hansson sich aus der Botschaft geschlichen hatte und mit dem Fahrrad abgehauen war.

Lisa wusste nicht, was sie dazu sagen sollte. Manchmal nahm eine Ermittlung Wendungen, die einfach unlogisch waren, und sie hatte das Gefühl, ein Puzzle zusammensetzen zu müssen und nun Teile in der Hand zu halten, die nicht hineinpassten.

Warum sollte Kjersti Hansson verschwinden? Natürlich weil sie etwas zu verbergen hatte, doch Lisa hatte absolut keine Idee, was das sein könnte, es sei denn …

Sie durchquerte mit schnellen Schritten die Rezeption, während sie Williams Nummer wählte und ihn informierte, was passiert war. In der Ferne hörte sie Sirenen, die immer näher kamen, und als das Polizeiauto um die Ecke bog und vor ihr scharf bremste, konnte sie William gerade noch bitten, Hanssons Verhalten in den letzten Monaten zu überprüfen.

Lisa kam sich wie eine Amateurin vor und fluchte leise vor sich hin, weil sie das Offensichtliche übersehen hatte: dass Kjersti Hansson keine andere Wahl gehabt hatte als mitzuhelfen, die Episode mit Heffermehl und Oldeide in Manila zu vertuschen, und dass ein schlechtes Gewissen und Wut sie zu einer ebenso wahrscheinlichen Täterin machten wie das tatsächliche Vergewaltigungsopfer.

44

Von ihrer Suite im *Lydmar* hatte Kjersti Hansson Aussicht auf den Humlegård-Park und das alte *Scandic-Hotel* auf der anderen Straßenseite. Der Raum war ursprünglich das Frühstückszimmer des Hotels gewesen und später zu einem großen Luxuszimmer umgebaut worden, um die Ansprüche der Rockstars zufriedenzustellen, die im *Lydmar* abstiegen, wenn sie in Stockholm spielten.

Kjersti spürte die Wärme des Körpers hinter ihr und ließ die zarten Finger ihre letzten Kleidungsstücke ausziehen. Soweit sie wusste, konnte man vom Park aus sehen, was in dem Zimmer passierte, doch es kümmerte sie nicht.

»Wenn du wüsstest, was ich mir alles einfallen lassen musste, um hierherzukommen«, sagte Kjersti und schubste die andere einen weiteren Schritt von der kleinen Erhöhung vor dem Fenster hinunter Richtung Bett.

»Ich weiß. Du wirst es nicht bereuen.«

»Ich habe keine Angst, etwas zu bereuen«, antwortete Kjersti. »Ich habe Angst, die Kontrolle zu verlieren, abhängig zu werden. Von dem, was du mit mir machst.«

Die Bettdecke war aus Seide und fühlte sich kühl auf der nackten Haut an. Sie ließ sich fallen und spürte, wie das Gewicht der anderen, die sich rittlings auf sie setzte, die Matratze zum Schaukeln brachte. Dann streckte sie die Hände aus, griff nach dem weißen Baumwolltop, zog es der Frau, für die sie so viel riskiert hatte, über den Kopf und genoss den Anblick des rabenschwarzen Haars, das um ihr Gesicht floss.

Sie massierten sich gegenseitig mit Öl ein, ohne sich um die Flecken zu kümmern, die die Flüssigkeit auf der Seide hinterließ. Schließlich waren die Muskeln so weich und die Haut so glatt, dass sie einander nicht länger festhalten konnten. Kjersti lachte und versuchte, einen Arm zu fassen zu bekommen, doch er entglitt ihr. Sie spürte das Kitzeln einer Zunge, die spielerisch über ihren Magen glitt, vorbei an Brüsten und Hals, bis sie die ihre fand.

Als sie das Kissen auf ihrem Gesicht bemerkte, verschwand das Zimmer um sie herum. Die Erregung elektrisierte ihren Körper.

Langsam nahm der Druck zu. Sie erinnerte sich an das Telefonat mit Helmen, bei dem er ihr von Oldeides Sexspiel erzählt hatte, das kein Spiel gewesen war. Der Sauerstoffmangel sollte den Genuss noch erhöhen, doch stattdessen fühlte Kjersti eine inständige Furcht, als die andere das Kissen weiter auf ihr Gesicht drückte und sie keine Luft mehr bekam. Sie griff nach den Armen, die sie festhielten, fand jedoch keinen Halt. Das Öl machte jegliche Verteidigung unmöglich. Sie wollte schreien, spürte die Panik, die Verwirrung und dachte, dass das, was gerade passierte, nicht wahr sein konnte.

Als alles schwarz zu werden begann, versuchte sie der Frau, die auf ihr saß, das Knie in den Rücken zu rammen. Doch sie hatte das Gefühl, sich unter Wasser zu bewegen. Nichts passierte, und lange bevor ihr Bein sich von der Matratze hob, hatte Kjersti Hansson die Kontrolle über ihren Körper und ihr Leben verloren.

45

Das Polizeiauto bog mit eingeschalteter Sirene auf die Birger Jarlsgata ein und raste Richtung Stureplan, Lisa hielt sich dabei an dem Griff über dem Fenster fest und Åsa Hamrell telefonierte. Die Rushhour war vorbei, doch der Verkehr Richtung Zentrum zäh, und der Fahrer manövrierte in hohem Tempo slalomartig zwischen Autos und Bussen hindurch, sodass Lisa dankbar war, nicht mehr von dem Fisch gegessen zu haben, bevor ihr Telefon geklingelt hatte.

»Wir haben ihr Handy im Gebiet um den Stureplan lokalisiert, aber es ist fast unmöglich zu sagen, wo genau sie sich befindet.«

Åsa Hamrell sprach schnell. Das Auto stand an der Kreuzung in der Kungsgata. Sie konnten nichts tun, sondern nur darauf warten, dass der Streifendienst, die Suche nach Handysignalen und die Arbeit mit den Telefonlisten der Botschaftsangestellten Resultate erbrachten.

»Zehn Streifenwagen und mehrere Zivilbeamte suchen das Gebiet ab«, redete sie weiter, während der Wagen, in dem Lisa saß, neben einem anderen Polizeiauto hielt. Das Geräusch der Sirenen klang wie ein Echo durch das Zentrum. Hin und wieder fuhr ein Polizeiauto schnell an ihnen vorbei. »Hanssons Handy wird überwacht, aber wir kommen nie näher als bis zum nächsten Sendemast.«

»Und die Botschaft?«, fragte Lisa. Sie spürte den Puls im Hals und den Schweiß, der unter ihren Achseln ausbrach.

»Wir telefonieren uns durch die Liste, um herauszufinden, ob jemand etwas weiß oder jemanden nennen kann, den Hansson in diesem Teil der Stadt kennt. Möglicherweise hat sie nur jemanden besucht und hatte die Überwachung satt.«

Hamrell klang hoffnungsvoll. Sie war sich vollkommen darüber im Klaren, dass sie und ihre Kollegen eine größere diplomatische Krise heraufbeschwören würden, falls der norwegischen Botschafterin etwas passierte.

Lisa glaubte nicht an diese Theorie. »Dafür ist sie viel zu erfahren«, sagte sie und merkte, wie die Schultern der schwedischen Ermittlerin um weitere Zentimeter sanken.

»Wenn sie verschwunden ist, hat sie etwas zu verbergen. Ich weiß nur nicht, was das sein könnte.«

Fünf Minuten vergingen, ohne dass etwas passierte. Sie telefonierten gerade Hotels und Restaurants in der Polhemsgata ab, als Bengt Sjödin plötzlich neben ihnen hielt und das Fenster herunterkurbelte. Hinter ihm fuhren drei Autos mit hoher Geschwindigkeit Richtung Sturegata weiter.

»Das *Lydmar*. Der Fahrer der Botschaft hat gesagt, dass er vor ein paar Stunden einen Gast für Frau Hansson dort hingebracht hat. Wahrscheinlich ist sie da.«

Die Autos setzten sich in Bewegung, bevor Sjödin den Satz beenden konnte, und in weniger als einer Minute standen sie vor dem Hotel. Lisa folgte Åsa, die zur Rezeption stürzte. Fast wäre sie mit einem der Tische des Cafés kollidiert, das im Eingangsbereich untergebracht war.

Der Aufzug beförderte bereits eine Gruppe Polizisten nach oben. Lisa sprintete mit Åsa und Bengt die breite Treppe hinauf, griff bei jedem Absatz nach dem Geländer, zog sich um die Kurve und lief zur nächsten Etage weiter.

Kurz bevor sie oben waren, hörten sie, wie einer der Polizisten eine Tür eintrat. Wenige Sekunden später rannte Lisa in den Raum.

Bis auf Kjersti Hansson, die leblos und nackt auf dem großen Bett lag, war er leer.

46

Das Telefon klingelte und nach dreißig Sekunden begriff sie, dass etwas nicht stimmte. Kjersti Hansson bewegte sich seit einigen Sekunden nicht mehr. Die Arme taten ihr weh, nachdem sie das Kissen über eine Minute auf Kjerstis Gesicht gepresst hatte. Als das Geräusch von Sirenen von der Straße her ins Zimmer drang, zögerte sie nicht länger.

Ihre Vernunft sagte ihr, dass sie nachprüfen musste, ob Kjersti Hansson wirklich tot war, doch zum ersten Mal, seit alles begonnen hatte, wurde das Gefühl der Kontrolle von Panik verdrängt. Sie zog ihre Kleider über die ölig glatte Haut, packte die wenigen Sachen zusammen, die sie aus der Tasche geholt hatte, und knallte kurz darauf die Tür hinter sich zu.

Den Aufzug zu nehmen war zu riskant. Wenn sie nicht vor Eintreffen der Polizei hinauskam, wäre sie ohne Rückzugsmöglichkeit gefangen. Stattdessen lief sie die Treppe hinunter, während sie sich mit dem Handtuch, das sie aus dem Zimmer mitgenommen hatte, das Öl vom Gesicht wischte.

Auf dem letzten Absatz vor der Rezeption blieb sie stehen, um auf Stimmen und Sirenen zu hören. Dann atmete sie tief durch und ging die letzten Stufen hinunter.

Als sie auf die Straße hinaustrat, hörte sie mehrere Autos scharf bremsen, sich öffnende Türen und schwere Stiefel auf dem Asphalt. Langsam und beherrscht drehte sie ihnen den Rücken zu, spürte das Herz in der Brust rasen und ging ruhig die Humlegårdsgata hinauf zum Östermalmstorg. Wenige Minuten später saß sie in einem Taxi, ohne zu wissen, wohin sie wollte, und bemühte sich, kontrolliert zu atmen.

Sie war erleichtert und zornig zugleich. Dass sie entdeckt worden war, bedeutete, dass sie nicht zurück nach Oslo fliegen konnte. Sie konnte nicht riskieren, dass ein Foto von ihr, aufgenommen von der Hotelkamera, möglicherweise der Sicherheitskontrolle in Arlanda vorlag.

Das Taxi war noch nicht losgefahren und plötzlich beschlich sie das Gefühl, dass etwas nicht stimmte. Der Fahrer starrte auf das Taxameter, drückte einige Knöpfe, und mit einem Mal wurde ihr klar, dass er auf eine Adresse oder einen Hinweis wartete, wohin sie wollte.

»Zu Avis in der Vasagata«, sagte sie erleichtert, und während das Taxi den Strandväg entlangfuhr, versuchte sie die Schultern zu lockern und ihren Atem unter Kontrolle zu bringen.

47

Lisa beendete das Gespräch mit William und sah sich nach etwas Essbarem um. Die Uhr über dem Eingang des kleinen Glaskäfigs, in dem die Krankenschwestern sich aufhielten, zeigte fast zwölf. Die Notaufnahme des Karolinska Krankenhauses war so steril und unpersönlich wie alle Notaufnahmen dieser Welt. Es gab nichts anderes zu essen als das, was sich hinter den kleinen Fenstern des Automaten mit Schokolade verbarg, und da sie bereits zwei Tassen Kaffee getrunken hatte, war ihr das Kleingeld ausgegangen.

Als sie aufstand, um sich von Åsa Hamrell ein paar Münzen zu leihen, kam der behandelnde Arzt in Begleitung von zwei Krankenschwestern auf sie zu. Er fing ihren Blick ein und bedeutete ihr durch eine Kopfbewegung, dass sie ihm in einen kleinen Raum folgen sollten, in dem es einen Tisch, vier Stühle und eine Plastikblume gab.

Auf seinem Namensschild stand Dr. Huldt. Der Schlips und das weiße Hemd verrieten Lisa, dass er nicht bloß ein gewöhnlicher Arzt war. Huldt schien um die sechzig zu sein und hatte nur noch wenig Haare auf dem Kopf, die jedoch durch den

Wuchs in Nase und Ohren reichlich kompensiert wurden. Er trug einen Ehering, der ganz so aussah, als würde er sich nicht mehr abziehen lassen. Seine hohe Stimme passte absolut nicht zu seinem kräftigen Körper.

»Sie wird durchkommen, dank der Wiederbelebungsmaßnahmen vor Ort.«

Als sie den Raum gestürmt und den leblosen Körper entdeckt hatten, hatte einer der Polizisten sich sofort neben das Bett gekniet und mit Mund-zu-Mund-Beatmung begonnen. Lisa hatte eine Herzmassage vorgenommen.

»Das ist gut«, sagte Lisa. »Wann können wir mit ihr reden?«

»Das dürfte schwierig werden«, sagte Dr. Huldt, der zwar bereit war zu helfen, aber nicht so recht wusste, wie. »Sie liegt in einem künstlichen Koma, um die Schäden zu begrenzen, die entstehen können, wenn das Gehirn durch Sauerstoffmangel anschwillt. Das kann Tage dauern. Außerdem ...«

»Ja?«

»Die Schäden können so umfassend sein, dass sie sich weder erinnert noch imstande ist, über das zu reden, was passiert ist. Der Schock, das Trauma ... und selbst wenn sie in der Lage wäre, mit Ihnen zu sprechen, könnte sie an Gedächtnisverlust leiden: posttraumatischer Stress. Es tut mir wirklich leid, aber ...«

»Das ist schließlich nicht Ihre Schuld«, unterbrach ihn Åsa Hamrell, und Lisa unterstrich die Worte ihrer Kollegin mit einem Nicken. Sie merkte, wie die Frustration sich an zwei Punkten im Nacken aufbaute. Sie konnten nur hoffen, dass die Fahndung draußen in Arlanda Resultate brachte, obwohl sie kein Bild zur Identifikation der Frau hatten.

»Ist es nicht möglich ... ich meine, sie für kurze Zeit zu wecken, um herauszufinden, ob sie uns etwas erzählen kann?«

Die Frage kam von Hamrell, und Lisa war froh, dass sie sie nicht hatte stellen müssen. Es war gewagt und wahrscheinlich gefährlich, aber sie waren gezwungen, alle Möglichkeiten durchzugehen. Huldt ließ sich nicht aus der Ruhe bringen, vielmehr antwortete er weiterhin höflich auf ihre Fragen.

»Das ist ausgeschlossen. Wenn wir irgendetwas tun, bevor die Schwellung auch nur leicht zurückgegangen ist, riskieren wir einen irreparablen Schaden. Aber ich verspreche Ihnen, dass wir ihren Zustand in zwölf und in achtzehn Stunden noch einmal neu beurteilen werden und dass wir alles tun, um ein Verhör sobald es geht zu ermöglichen. Aber die Patientin hat natürlich die höchste Priorität.«

»Natürlich«, sagte Lisa und gab dem Arzt die Hand. Sie standen auf und verließen den Raum.

Draußen war es noch immer nicht richtig dunkel, doch die Luft war frischer als noch vor wenigen Stunden.

»Ich bringe dich ins Hotel«, sagte Åsa Hamrell und legte Lisa eine Hand auf den Arm. Die letzten Stunden hatten eine Gemeinschaft zwischen ihnen geschaffen, wie sie sonst erst nach Jahren entsteht.

»Wir trinken ein Bier und machen morgen weiter.«

48

»Man hat mich zum Verhör bestellt.«

»Ja? Ist das … okay? Ich meine, das war kein Schock für dich, oder?«

Sander versuchte herauszufinden, ob Lisa aufgeregt oder nervös war und wenn ja, ob das an dem gestrigen Abend und der Nacht lag oder daran, dass William sie um halb acht mit der Nachricht geweckt hatte, dass sie zum Fund ihres Vaters befragt werden sollte. Er hatte sich auf einer Art Stuhl bei *Kiman på Paleet* niedergelassen, wo er sich nach einem passenden Anzug für den heutigen Abend umschauen wollte.

»Nein, natürlich nicht. Aber es ist schon irgendwie seltsam. Auf der anderen Seite des Tisches zu sitzen, meine ich.«

»Wirst du die Wahrheit erzählen?«

»Nein.«

»Aber es war nicht deine Schuld, und deine Mutter … das war Notwehr.«

»Ihn die Treppe hinunterzustoßen war laut gesetzlicher Definition Notwehr. Ihm mehrere Male einen Leuchter über den Kopf zu ziehen, um sicherzugehen, dass er mir nie mehr etwas tun konnte, fällt wohl kaum darunter, was man unter einer ›eindeutigen und unmittelbaren Gefahr‹ versteht. Außerdem haben sie nichts in der Hand, wenn ich sage, dass ich nicht mehr weiß als das, was ich vom Speicher aus gehört habe. Der Fall wurde schließlich zu den Akten gelegt.«

»Aber …«

Sander war sich nicht sicher, ob er Lisas Strategie für so gut hielt, vor allem wenn er bedachte, dass sie jetzt die Möglichkeit hatte, den Fall richtig abzuschließen und sicherzustellen, dass er nicht irgendwann einmal wie aus dem Nichts wieder auftauchte und neue Probleme schuf.

»Ich bin damit durch, Sander. Ich schaffe es nicht, das Ganze noch einmal durchzukauen. Noch ein paar Jahre und alles ist verjährt, dann ist es sowieso egal.«

Er sagte nichts weiter dazu. Wenn sie nicht wollte, konnte er nichts machen. Auch wenn sie sich ihm als Freund und nicht als Psychologe anvertraut hatte, würde er niemals das Vertrauen enttäuschen, das sie in ihn gesetzt hatte.

»Wie geht es der Botschafterin?«, fragte er stattdessen. Lisa hatte ihn aus dem Karolinska angerufen und ihm alles erzählt. »Jetzt besteht zumindest kein Zweifel mehr, dass die Fälle zusammenhängen.«

»Stimmt«, antwortete Lisa. »Es gibt einen Zusammenhang, und mein Verdacht, dass Kjersti Hansson diejenige sein könnte, die auf Rache aus ist, hat sich als völlig falsch erwiesen, glücklicherweise vielleicht. Es sähe alles andere als gut aus für die Ermittlungen, wenn jemand herausfände, dass wir sie nicht schon früher als mögliche Täterin ausgeschlossen haben.«

»Ist sie noch immer bewusstlos?«

»Jepp. Sie ist um zwölf untersucht worden, und obwohl eine Besserung festgestellt werden konnte, haben sie sie noch nicht geweckt. In ein paar Stunden, um sechs, wird sie noch einmal untersucht.«

»Da speise ich mit der Machtelite«, lachte Sander und sah, wie Kim, der Geschäftsinhaber, mit einem braun gestreiften Anzug auf ihn zukam. »Aber schick mir eine SMS, dann schleiche ich mich raus.«

»Ich werde es versuchen. Wenn ich nach Hause komme, müssen wir ohnehin reden und die neuen Informationen durchgehen. Dann hast du etwas, womit du arbeiten und vielleicht sogar ein richtiges Profil erstellen kannst.«

49

Sie war kurz vor fünf Uhr morgens in Oslo eingetroffen, hatte das Auto im Parkhaus am Hauptbahnhof abgestellt, gecheckt, ob sie nichts darin vergessen hatte, das Rückschlüsse auf sie zuließ, und ein Taxi nach Hause genommen.

Sie war direkt ins Bett gefallen, noch klebrig vom Öl, aber zu erschöpft, um erst unter die Dusche zu gehen.

Kurz vor drei war sie aufgewacht, als draußen die Kinder aus der Schule nach Hause kamen. Ihr Körper fühlte sich an wie zerschlagen, die Arme schmerzten nach der körperlichen Anstrengung des gestrigen Abends. Im Bad musste sie sich dreimal einseifen, um das Öl abzuwaschen, und trotzdem hatte sie das Gefühl, dass der Geruch von Pinie oder Minze oder was auch immer wie ein Schatten an ihr haftete. Sie schwankte, ob sie versuchen sollte, ihn mit Parfüm zu überdecken oder ihn einfach zu ignorieren. Doch alles in allem spielte das keine Rolle. Bald würde es vollbracht sein, und wie sie roch, war bei ihrem Plan nur ein unwichtiges Detail.

Sie brauchte fast zwei Stunden, um sich fertig zu machen. Als sie vor dem Spiegel stand und sich begutachtete, war sie mit ihrem Anblick zufrieden. Der Gürtel, der unter ihrem Kleid saß, war nicht zu sehen, wenn man nicht wusste, dass sie ihn trug. Die dicht am Körper entlanglaufenden Leitungen fühlten sich kalt und unangenehm an.

Um die Aufmerksamkeit von dem Gürtel abzulenken, hatte sie sich für ein Kleid mit einem tiefen Ausschnitt entschieden und das Haar offen gelassen. Jetzt breitete es sich wie ein Fächer über ihrem Rücken aus. Sie wusste aus Erfahrung, dass sie die Blicke auf sich ziehen würde wie ein Fliegenfänger die Fliegen.

Gegen fünf griff sie nach dem Schlüsselbund, das draußen in der Diele lag, ihrer Brieftasche und einem Lipgloss und packte alles in eine kleine Chanel-Tasche. Dann schloss sie die Wohnung ein letztes Mal hinter sich ab, nahm den Aufzug nach unten und ging langsam die zehn Minuten bis zur Straßenbahnhaltestelle, an der die Bahn aus Nordstrand hielt.

Sie hatte immer das Gefühl gehabt, das Leben einer anderen übernommen zu haben, nicht wirklich zu leben. Obwohl sie unendlich dankbar war, war sie immer fest davon überzeugt gewesen, dass es eines Tages ein Ende haben würde. Deshalb hatte sie es auch nie gewagt, zurückzukehren. Sie hatte Angst, dass nichts sich verändert hatte, Angst, dass die Schwestern und Brüder, die Mutter, die Tanten und Onkel noch immer da waren und auf sie warteten und dass alles nur ein Traum gewesen war. Sie wagte einfach nicht zu glauben, dass das neue Leben, das ihr geschenkt worden war, wirklich ihr gehörte.

Daraus resultierte, dass sie wie Jeppe in Holbergs Theaterstück dauernd über die Stränge schlug. Sie hatte das Stück einmal im Königlichen Theater in Kopenhagen gesehen, hatte ganz still dagesessen, die Lippen aufeinandergepresst, völlig in die Handlung versunken, und sich gewünscht, allen um sie herum erzählen zu können, dass es ihr genauso ging. Warum konnte sie nicht einfach alles als selbstverständlich nehmen? Warum musste sie so dankbar, so loyal sein? Sie hatte es sich schließlich verdient nach den Jahren der Armut, des Hungers, der Sorgen und des Jobs in der Botschaft, der sie ganz allmählich aufgefressen hatte.

»Wer arm geboren wird, stirbt auch arm«, hatte ihr Vater immer gesagt. Das war der Wille des Propheten oder das Schicksal, und beides ließ sich gleich schwer ändern. Doch dann hatte sie die Möglichkeit bekommen und sie ergriffen, ohne sich darüber klar zu sein, dass ihr eines Tages die Rechnung präsentiert werden würde für dieses Leben, das eigentlich nicht ihres war.

Sie stieg in der Pilestrede aus und spürte die Blicke, die ihr nach Bolteløkka hoch folgten. Alles lief nach Plan.

Sie blieb einige Minuten vor dem großen Haus mit dem kleinen Garten stehen und horchte in sich hinein. Es war der Wille des Propheten, ihr Leben war nur geliehen, daran ließ sich nichts ändern.

Als Sander Mørk gleich nach ihrem Klingeln öffnete, küsste sie ihn so lange und intensiv, dass er verwirrt wie ein Welpe aussah, dem der Leckerbissen des Abends vor der Nase weggeschnappt wird, nachdem gerade noch jemand damit gewunken hat.

»Wir haben keine Zeit«, sagte sie und lächelte ihn provozierend an. »Der Rest muss warten.«

Sander Mørk fuhr mit der Hand über seinen Schlipsknoten und griff nach seinem Sakko, das über einem Stuhl in der Diele hing.

»Ich bin fertig«, sagte er.

50

Als Kjersti Hansson zum ersten Mal nach über vierundzwanzig Stunden die Augen aufschlug, hatte Lisa dafür gesorgt, dass ihr Mann und ihre Töchter an ihrer Seite waren. Hinter ihnen standen zwei Ärzte und ein Krankenpfleger und dahinter, fast ohne etwas sehen zu können, drängten sich Åsa Hamrell, Bengt Sjödin und Lisa Lunde. Sobald die Botschafterin dazu imstande war, Fragen zu beantworten, wollten sie die Szene betreten.

Nach einigen schnellen Tests deutete alles darauf hin, dass Kjersti Hanssons mentale Fähigkeiten keinen Schaden durch den Stress genommen hatten. Sie redete, sie wusste, wer sie war, sie erkannte die Familie und die Tränenkanäle funktionierten, wie sie sollten.

Nach dreißig Minuten war Lisa kurz davor einzugreifen und zu sagen, dass sie nicht länger warten konnten. In diesem Moment kam einer der Ärzte zurück ins Zimmer und teilte der Familie mit, dass Kjersti Hansson sich nicht überanstrengen durfte und dass die Polizei auch etwas Zeit brauchte. Mann und Kinder verabschiedeten sich, und Lisa setzte sich auf den Stuhl am Kopfende des Bettes.

»Soll ich Sie etwas aufrichten?«, fragte sie und half Kjersti, als diese nickte.

»Es tut mir leid«, sagte Kjersti Hansson, als sie sich zurechtgelegt hatte. »Das ganze Chaos, das ich verursacht habe. Es war idiotisch von mir, darüber bin ich mir vollkommen im Klaren. Ich werde natürlich die Konsequenzen tragen.«

»Von mir aus muss das nicht sein«, antwortete Lisa. Sie konnte es kaum erwarten, die Fragen zu stellen, auf die sie eine Antwort brauchte. »Aber ich gehe davon aus, dass das Außenministerium bestimmt eine Erklärung fordert. Und ich glaube nicht, dass Helmen sich in dieser Situation mit etwas anderem als mit der Wahrheit zufriedengeben wird, oder was glauben Sie?«

»Helmen ist im Moment mein kleinstes Problem, er schuldet mir einiges für die Philippinen. Ich mache mir mehr Sorgen um meinen Mann, meine Töchter und die Familie.«

Eine Träne rann Kjersti Hansson aus dem Augenwinkel, und Lisa steuerte auf den Grund ihres Gesprächs zu.

»Ich interessiere mich vor allem für die Person, die das getan hat, das werden Sie sicher verstehen. Was können Sie uns über sie und dazu sagen, dass Sie sich trotz unserer Warnung mit ihr getroffen haben? Ich stimme Ihnen übrigens zu, dass das idiotisch war.«

»Ist sie denn nicht …?«, fragte Kjersti Hansson und versuchte, sich mit dem Oberkörper von der Matratze aufzurichten. »Ich dachte … hat die Polizei sie denn nicht in dem Hotelzimmer festgenommen?«

»Sie ist uns entkommen. Und deshalb sind wir sehr daran interessiert, was Sie uns zu erzählen haben.«

»Mein Gott, das ist … Ich habe die Gelegenheit genutzt, mich mit ihr zu treffen, weil ich sie kenne, seit sie ein kleines Mädchen war, fast ein ganzes Leben lang, seit sie elf oder zwölf war. Dass sie etwas mit den Morden an Oldeide und Heffermehl zu tun haben könnte, war mir unvorstellbar, sie gehört immerhin zur Familie.«

»Zur Familie?«, sagte Lisa. Sie verstand immer weniger, wovon Kjersti Hansson sprach.

»Wir alle, alle Diplomaten, die im Ausland stationiert sind, sind in gewisser Weise wie eine Familie mit Kindern, Lebensgefährten und Ehepartnern, Liebhabern und Geliebten. Obwohl wir über die ganze Welt verstreut sind, ist das Netz sehr eng geknüpft. Und als Ester und Daniel das kleine Mädchen in Kairo adoptiert haben, hat die Neuigkeit innerhalb weniger Wochen die Runde gemacht. Einige haben sich richtig für sie gefreut, viele wussten, wie wichtig Ester das war. Andere haben den Kopf geschüttelt und gesagt, dass es idiotisch ist, sich zu involvieren. Später mochte sie jeder, überall auf der Welt, und sie mochte die anderen auch, daran bestand nie ein Zweifel. Das Verhältnis zwischen ihr und Daniel war immer besonders eng. Und als sie sich für mich interessiert hat … sie wusste bestimmt, dass ich während des Studiums eine kurze Beziehung zu einer Frau hatte. Doch dass sie diejenige sein soll … ich weiß nicht, ob das in meinen Kopf geht.«

Lisas Gehirn arbeitete auf Hochtouren. Sie wusste, dass Daniel und Ester Melby eine Tochter hatten, aber weder sie noch William noch irgendein anderer, der mit dem Fall betraut war, war auf die Idee gekommen, sie zu überprüfen.

»Wie heißt sie?«

»Mona. Sie haben den Namen beibehalten, den sie bei ihrer Adoption in Kairo trug. Aber alle nennen sie Zessi. Prinzessin.«

»Können Sie sie beschreiben? Ich muss wissen, wie sie aussieht.«

Ein wachsender Verdacht ließ Lisas Herz schneller schlagen.

»Ich kann sogar noch mehr. Ich habe ein Foto von ihr in der Brieftasche.«

Kjersti Hansson sah sich nach ihrer Tasche um. Åsa Hamrell, die sich während des Gesprächs im Hintergrund gehalten hatte, stand plötzlich auf, ging auf die andere Seite des Zimmers und griff nach der leeren Tasche und einer durchsichtigen Plastiktüte, in die sie den Inhalt umgeräumt hatte. Auf dem Weg zum Bett holte sie die Fotos heraus, die in der Brieftasche gesteckt hatten, und gab sie Kjersti. Die suchte schnell nach einem Ausdruck in DIN-A-4-Größe und zeigte ihn Lisa.

Lisa atmete tief durch, murmelte »verdammt« und griff nach ihrem Handy. Das Foto, das Kjersti ihr gezeigt hatte, hatte den letzten Zweifel beseitigt. Lisa drückte hektisch Williams Nummer, um ihm zu sagen, dass Sander gerade in diesem Augenblick an einem Abendessen im Außenministerium teilnahm und zusammen mit Mona und dem Außenminister an einem Tisch saß.

51

Sander hatte bereits ein Taxi bestellt, als Mona klingelte. Der Kuss, den sie ihm in der Tür gab, ließ ihn an das Wochenende denken und sich auf den Abend freuen. Er hatte sich noch nicht entschieden, ob sie zurück nach Bolteløkka fahren oder sich ein Zimmer im Continental nehmen sollten, aber sichergestellt, dass beide Alternativen möglich waren. Das Hotel war gut belegt, aber nicht ausgebucht. Wenn er die Reservierung noch offenlassen wollte, war das kein Problem, hatte man ihm bei seinem Anruf vor ein paar Stunden gesagt.

Zwei Fackeln und ein Portier hießen sie vor dem Hotel willkommen, und noch bevor sie an der Garderobe waren, beschlich Sander das Gefühl, dass Mona ihm etwas verheimlicht hatte. Überall grüßten sie Leute, und eine Dame um die fünfzig blieb auf dem Weg zur Bar stehen, um Mona zu umarmen. Tove Sandal schaute aus, als sähe sie ein Gespenst, als sie sie von der anderen Seite des Raumes aus entdeckte.

Sie griff resolut nach dem Arm ihres Mannes und zog ihn mit sich, um sie zu begrüßen.

»Ich muss schon sagen, Sander«, sagte sie, während sie Mona anlächelte und ihr die Hand gab. »Sie fangen ganz oben an, wie ich sehe.«

Helge Sandal gab ihm die Hand und umarmte Mona, bevor er sich damit entschuldigte, dass der Außenminister und sein Ehrengast gerade um die Ecke bogen. Alle sollten vorher ihre Plätze eingenommen haben, und Tove zog Mona mit, um sie an ihren Tisch zu begleiten.

»Ihr sitzt direkt neben uns. Der Minister sitzt zwei Plätze weiter auf der anderen Seite. Wir müssen uns unbedingt nachher noch unterhalten, das musst du mir versprechen«, sagte sie mit übertriebener Betonung auf dem »musst« und einer koketten Handbewegung, als würde sie nach einer Fliege schlagen.

Mona stimmte zu, dass sie das unbedingt mussten, und zog Sander zu den ihnen zugeteilten Plätzen.

»Was hat das zu bedeuten?«, fragte Sander. Er war sich nicht sicher, ob er wütend, sauer oder nichts von beidem sein sollte. »Ich habe den Eindruck, als hättest du mich mitgenommen und nicht umgekehrt.«

»Es gibt da ein paar Dinge, die ich dir nicht erzählt habe«, begann Mona, während sie sich umsah und sich die Plätze um den Tisch langsam füllten. Sie saßen auf der Empore mitten im Raum, höher als die anderen Gäste und mit guter Aussicht auf das Restaurant.

»Mir sind Abendessen mit Leuten aus dem Außenministerium nicht ganz unbekannt«, fuhr sie fort.

»Langsam verstehe ich. Du bist Diplomatin?«

»Nicht ganz. Meine Eltern sind Diplomaten.«

»Deine Eltern?«

»Mein Vater, um ganz genau zu sein. Er ist Botschafter.«

»Ja?«

Sander wartete auf die Fortsetzung.

»Er war Botschafter. Mein Vater war Botschafter in Thailand, bis der Verräter, den wir gerade begrüßt haben, und sein Chef ihm nach dem Tsunami in den Rücken gefallen sind und ihn geopfert haben. Jetzt sitzt er zu Hause und sieht sich auf *Discovery Channel* Katastrophenfilme an. Und das restliche Außenministerium wird mit Posten belohnt, die er hätte bekommen sollen – was aber nicht geschehen ist, weil die Führungsspitze Handlungskraft zeigen und den Eindruck erwecken wollte, dass aufgeräumt wird.«

Sander überraschte die Wut, die wie aus dem Nichts aufgetaucht war, und etwas sagte ihm, dass er allen Grund hatte, sie ernst zu nehmen.

»Melby?«, sagte er. »Ist das dein Vater?«

»Natürlich. Und wenn Karstein und Jarle sich nicht um die Posten beworben oder sich zumindest zurückgezogen hätten, als sie merkten, wie das Spiel aufgehen sollte, würden sie heute noch leben. Aber sie konnten der Versuchung nicht widerstehen. Dem Posten nicht und mir auch nicht.«

In diesem Moment begriff Sander, mit wem er am Tisch saß. Und er begriff, dass das nächste Opfer soeben auf der anderen Seite dieses Tisches Platz genommen hatte. Sein erster Gedanke war der, zu Helge Sandal Blickkontakt aufzunehmen, um ihm zu signalisieren, dass etwas nicht stimmte.

»Das wäre nicht klug«, sagte Mona und beugte sich vor, um an den Brotkorb und den Teller mit der Butter zu kommen. Sander folgte der Bewegung, und sein Blick fiel in den tiefen Ausschnitt. Im nächsten Moment wurde ihm bewusst, dass sie sich extra vorgebeugt hatte, dass sie wollte, dass er es sah.

Unterhalb ihrer Brüste saß ein Gürtel, den er zunächst für eine Korsage gehalten hatte. Doch jetzt bemerkte er die Leitungen und erinnerte sich an die Dokumentation, von der er in der letzten Woche Teile im schwedischen Fernsehen gesehen hatte. Und wenn der Sprengstoff um Monas Bauch auch nur annähernd die gleiche Sprengkraft wie der in dem Film hatte, musste das Continental sich bald nach einem neuen Restaurant umsehen.

52

»Warum ausgerechnet Sander?«, fragte William. Lisa konnte sich kaum in dem BMW festhalten, der auf dem Weg vom VIP-Terminal in Gardermoen in die Stadt an Geschwindigkeit zulegte. Sie musste das drahtlose Headset aufsetzen und sich den Knopf ins Ohr stecken, bevor sie antwortete.

»Erinnerst du dich an den Artikel von dieser Nøst und an den kleinen Unterartikel über Sander? Das muss die Verbindung sein. Sie muss ihn überprüft haben. Es kann nicht so schwer gewesen sein, herauszufinden, was wir wussten und in welche Richtung die Ermittlungen gingen. Und dass sie schließlich eine Einladung zu einem Abendessen mit dem Außenminister bekommen hat, der mit Sicherheit von Anfang an auf ihrer Liste stand, kann nur ein Zufall sein. Sie kann nicht gewusst haben, dass Sandals Frau Sander einladen würde.«

»Zufälle sind Scheiße«, seufzte William.

»Wo bist du jetzt?«, fragte Lisa. Ihr fehlte es an Informationen, da sie eine knappe Stunde im VIP-Jet der schwedischen Regierung zugebracht hatte, mit tiefen Sitzen, einer diskreten Stewardess und Bordtelefonen, die gerade repariert wurden. Im Grunde genommen spielte das keine Rolle. William war für die

Situation vor Ort zuständig. Doch falls es zu Verhandlungen mit Mona kommen sollte, wollte er Lisa in seiner Nähe haben. Deshalb die Hubschraubertour nach Arlanda, das Regierungsflugzeug und der Monster-BMW, der während ihres Telefonats mit William Richtung Oslo raste.

»Wir haben ein Krisenzentrum in einem Raum über dem Restaurant eingerichtet und ein Sondereinsatzkommando wartet unten an der Rezeption. Alle, die aus dem Restaurant kommen, werden abgefangen, aber es sieht nicht so aus, als hätte Sanders Tischdame menschliche Bedürfnisse. Sie hat sich zumindest die letzten drei Stunden nicht von der Stelle gerührt, und wir wissen noch immer nicht, was sie vorhat.«

»Das kann alles Mögliche sein, von gar nichts bis zu einem Angriff mit einem Messer, mit Säure oder mit einer Pistole. Sie wartet wahrscheinlich nur auf den richtigen Zeitpunkt. Wir können uns nicht ewig Zeit lassen.«

»Ich weiß«, antwortete William. »Aber ich habe wenig Lust, eine Einheit direkt ins Restaurant zu schicken. Sie wird sie entdecken, bevor sie überhaupt in ihrer Nähe sind. Falls Mona bewaffnet ist, wenn auch nur mit einem Messer, hat sie ausreichend Zeit, anzugreifen, bevor wir sie daran hindern können.«

»Wir müssen sie überraschen, das ist unsere einzige Chance. Der Raum ist bestimmt zu groß, um Gas hineinzuleiten oder alle mit einer Art Leuchtbombe außer Gefecht zu setzen.«

Das war mehr eine Feststellung als eine Frage. Sie erinnerte sich an die Bilder von dem Theater in Moskau, in dem mehrere hundert Zuschauer von Terroristen als Geiseln genommen worden waren. Bevor das russische Militär den Saal gestürmt hatte, war Gas hineingepumpt worden, das die Terroristen und die meisten Geiseln getötet hatte. Der Vorfall wurde in Situationen, in denen jemand geopfert werden musste, um andere zu retten, noch immer als Beispiel herangezogen, doch die zivilen Verluste waren so groß gewesen, dass sie die Beweisführung schwierig machten.

Sie mussten Mona überrumpeln, doch viele Möglichkeiten hatten sie nicht. Plötzlich erinnerte sich Lisa an einen Film, den sie vor einigen Jahren im Fernsehen gesehen hatte. Sie sah die Schlussszene vor sich, ein Abendessen mit einer großen Anzahl schwedischer Militärs.

»Hast du *Feind des Feindes* gesehen?«, fragte Lisa.

William sagte zunächst nichts. Dann erwachte er schlagartig zum Leben. »Du hast recht. Das ist genial. Und verblüffend einfach. Warum sind wir nicht schon früher darauf gekommen?« .

53

Sander war völlig durchgeschwitzt. Er verstand nicht, warum Helge Sandal, der ihm direkt gegenübersaß, die Schweißperlen nicht bemerkte, die ihm die Stirn hinunterrannen. Gleichzeitig betrieb Mona höflich nach allen Seiten Konversation und war so unverdächtig, wie nur ein Schuldiger das sein kann.

In regelmäßigen Abständen sah sie Sander mit einem Blick an, der jeden Zweifel ausräumte, dass es ihr ernst war. Sie hatte ihm auch zu verstehen gegeben, dass sie es auf den Außenminister abgesehen hatte und nicht auf die übrigen Gäste, und wenn Sander sich ruhig verhielt, bestand kein Grund, dass noch andere zu Schaden kamen.

Das Abendessen erstreckte sich bereits über fünf Gänge. Jedes Mal, wenn Teller und Besteck hinausgetragen wurden, hegte Sander die Hoffnung, dass der nächste Gang das Dessert sein würde. Doch jedes Mal war ein weiteres Fisch- oder Fleischgericht aufgetragen worden, und er spürte, wie die Resignation von ihm Besitz ergriff. Als endlich der Käse serviert wurde, sah er ein Licht am Ende des Tunnels aufscheinen, denn wenn die Küche sich nicht auf eine neue Menüfolge geeinigt hatte, musste der nächste – und letzte – Gang das süße Dessert sein.

Eine neue Gruppe Kellner umkreiste den Tisch und räumte benutzte Teller und Besteck ab. Gleichzeitig tauchten Wagen mit Desserttellern auf, auf denen Windbeutel mit Beerenfüllung und Puderzucker wie hohe Berge thronten. Zwei Kellner bewegten sich jeder von seiner Seite um den Tisch herum und gossen Dessertwein ein.

Sie trafen sich ungefähr in der Mitte und standen hinter Mona, als einer der anderen Kellner stolperte und einen Dessertwagen mitriss, sodass er die Treppe von der Empore hinunterkippte. Mona murmelte so leise »Idiot«, dass niemand es hören konnte. Im nächsten Augenblick stürzten sich die beiden Kellner auf sie, griffen jeweils nach einem Arm und zogen sie brutal von ihrem Stuhl hoch.

»Achtung, Bombe!«, schrie Sander so laut, dass er das Gefühl hatte, seine Stimme würde brechen. Aus dem Augenwinkel nahm er wahr, wie der Außenminister, der Generalsekretär des Ministeriums für Auswärtige Angelegenheiten und Helge Sandal von anderen Kellnern, die vorher auch nicht dagewesen waren, aus dem Restaurant gezogen wurden.

In der entstehenden Verwirrung wurde Sander umgerannt

und aus seiner neuen Position unter dem Tisch sah er Tove Sandal über den Boden auf ihn zu kriechen. Nach einigen Minuten rief jemand »Gefahr vorbei«, und als Sander zu Tove hinüberschaute, brannten ihre Wangen und ihre Augen funkelten vor Wut.

»Haben Sie das gesehen? Haben Sie das gesehen, Sander? Das geht, verdammt noch mal, zu weit!«

Sander war sich nicht sicher, was er gesehen hatte und ob es möglicherweise nicht das Gleiche war, was Tove Sandal gesehen hatte, er konnte seine Verwirrung jedoch nicht zum Ausdruck bringen, weil sie auch schon fortfuhr.

»Das geht verdammt noch mal zu weit! Da sitzt eine Frau mit einer Bombe drei Meter von uns entfernt, und als sie auffliegt, retten sie Helge und übersehen mich einfach. Jetzt reicht es, so ist das immer. Er zählt, ich nicht. Doch dieser Mann hätte, verdammt noch mal, nicht eine saubere Unterhose, wenn ich nicht jedes Mal, wenn eine Haushaltshilfe kündigt oder sich einen Freund sucht oder jemand mit einem höheren Lohn winkt, eine neue einstellen würde und …«

Der Wortstrom wurde immer undeutlicher. Schließlich ging er in Schluchzer über, bevor Tove Sandal den Kopf gegen Sanders Schulter lehnte und lautlos weinte.

Die Restaurantleitung reagierte auf die Situation, indem sie alle mit einem Gratisdrink versorgte. Sander hatte seinen Cognac gerade halb ausgetrunken, als Lisa sich neben ihn an die Bar setzte und ihre Hand auf seinen Oberschenkel legte.

»Gibt es nicht diesen Spruch ›Glück im Spiel, Pech in der Liebe‹?«, fragte sie und sah ihn schief an.

»Und mit Spiel meinst du wohl Geld«, antwortete Sander.

»Das hatten wir doch schon mal in einem Zusammenhang, an den ich im Moment lieber nicht denken möchte. Du hältst mich also für einen hoffnungslosen Fall, für jemanden, der sich immer wieder mit irgendwelchen Verrückten einlässt, die aus irgendwelchen Gründen hinter ihm her sind?«

»Noch vor ein paar Wochen wäre das eine gute Beschreibung meiner Person gewesen«, antwortete Lisa.

»Vor Martin?«

»Jepp. Natürlich, ohne vorschnell Schlüsse zu ziehen. Aber auch für dich muss noch Hoffnung bestehen. Ich gehe übrigens davon aus, dass du in Begleitung zu unserem Abendessen erscheinst. Wir können es ja um ein paar Wochen verschieben, dann hast du noch etwas Bedenkzeit.«

Beide lachten erschöpft, und Lisa stand auf.

»Die Bombe war übrigens keine Bombe«, sagte sie. »Nur ein Gürtel mit ein paar Leitungen. Der wäre nie explodiert, egal was Mona getan hätte. Wahrscheinlich sollte er ihr auch nur helfen, bis zum Außenminister vorzudringen. Es sieht ganz so aus, als hätte sie keinen richtigen Plan gehabt, als wäre sie nur einer Idee gefolgt oder als hätte sie die Möglichkeit ergriffen, die sich ihr plötzlich geboten hat, ohne richtig darauf vorbereitet zu sein.«

54

»Sie hat Daniel immer sehr nahegestanden. Als hätte sie gewusst, dass er Himmel und Hölle in Bewegung gesetzt hat, um sie aus Kairo mitnehmen zu können. Und sie hat ihn immer verteidigt, wenn jemand ihn kritisiert hat, hat es sich sehr zu Herzen genommen, wenn sie Gerüchte oder Spekulationen aufgeschnappt hat, bei denen er schlecht wegkam.«

»Es ist nicht ungewöhnlich, dass Kinder ihre Eltern beschützen wollen, obwohl meistens sie den Schutz der Eltern brauchen«, antwortete Sander. »Aber angesichts ihrer Kindheit, angesichts dessen, was sie vor der Adoption erlebt hat, muss Mona damals für ihr Alter schon ziemlich erwachsen gewesen sein.«

Ester rutschte auf dem Stuhl vor dem Schreibtisch hin und her und zeigte auf eins der Dachfenster. »Können wir das aufmachen?«

»Natürlich.«

Sander griff nach der Fernbedienung.

»Es heißt ja, dass man keine Kinder adoptieren soll, die älter als zwei oder drei Jahre alt sind. Sie tragen zu viel mit sich herum, wenn Sie verstehen, was ich meine. Zu viele Erlebnisse, die sie nicht vergessen können. Die sie bereits geprägt haben, nicht wahr?«

»Und Mona?«

»Ich meine, wir hätten uns schon nach psychologischer Hilfe umsehen sollen, als sie in die Pubertät kam. Daniel hielt das für unnötig. Aber ich war mit ihr zu Hause und habe gesehen, wie es ihr ging. Und ich fand nicht, dass es ihr gut ging. Aber ich bin nie zu ihr durchgedrungen.«

»Im Gegensatz zu Daniel?«

»Er konnte sie immer trösten, wenn sie nicht aus ihrem Zimmer kommen mochte, oder überreden, wenn sie nicht in die Schule gehen wollte. Als kenne er den geheimen Kode.«

»Haben Sie sich jemals gefragt …?«

Sander wusste nicht, wie er die Frage formulieren sollte.

»Haben Sie sich jemals gefragt, welche Rolle Daniel bei alldem gespielt hat? Ich meine, schließlich hat sie ihn gerächt. War das ihre eigene Idee oder hat sie bei ihm einen Wunsch gespürt, von dem er selbst nicht einmal wusste, dass er ihn hatte? Es ist ganz schön drastisch, jemanden umzubringen, weil er dem Vater geschadet hat.«

Ester schwieg fast eine Minute lang, bevor sie antwortete. »Das weiß ich ehrlich gesagt nicht, und ich weiß auch nicht, ob ich es wissen will. Aber Mona hat bereits einen Vater verloren, das hat sie geprägt. Vielleicht wollte sie auf diese Art verhindern, dass sie noch einen verliert. Ich weiß es nicht.«

Die Sitzung war fast vorüber, und Sander wollte nicht zu lange überziehen. Seit der Sitzung, als Ester sich zum ersten Mal auf den Stuhl vor seinem Schreibtisch gesetzt hatte, war schon vieles zutage getreten, das es zu bearbeiten galt. Tove Sandal hatte Ester eine Gesprächstherapie vorgeschlagen, und sie hatte sich überreden lassen, nachdem sie mehrere Wochen deprimiert gewesen und Daniel erneut krankgeschrieben worden war.

»Mir geht eine Frage nicht aus dem Kopf«, sagte sie, als Sander aufstand und den letzten Schluck Wasser aus dem Glas auf dem Schreibtisch trank.

»Ja?«

»Was glauben Sie, wird mit Mona passieren?«

»Besuchen Sie sie?«

»Natürlich. Fast jeden Tag.«

»Macht sie den Eindruck, dass sie begreift, was sie getan hat?«

»Manchmal. Manchmal nicht.«

»Ich glaube, man wird sie als psychisch unzurechnungsfähig einstufen und zur Behandlung in eine Anstalt einweisen, aber sie wird keine Gefängnisstrafe bekommen. Ich glaube, sie braucht Hilfe, sehr viel Hilfe, und ich bin mir nicht sicher, ob sie jemals wieder ganz gesund wird.«

Er war gnadenlos ehrlich mit ihr. Er hatte das Gefühl, dass alles andere falsch wäre. Außerdem mussten sie im Lauf der Therapie ohnehin über diese Dinge reden, und er konnte Ester ebenso gut direkt damit konfrontieren.

Sie putzte sich die Nase, bevor sie den hellen Mantel anzog und Sander die Hand gab. »Dann sehen wir uns nächste Woche, ja?«

»Das entscheiden Sie«, antwortete Sander. Sie musste selbst wissen, ob sie weitermachen wollte oder nicht.

»Ja, das entscheide ich«, sagte Ester Melby.

55

»Hier werden die Seeleute beerdigt. Das Seemannsheim hat einen eigenen Bereich da drüben, aber ein Urnengrab in der Gedenkwand erschien mir angemessener. Ich denke, ich werde nicht oft hierherkommen.«

Lisa setzte sich neben Sander und streckte die Beine aus. Sie hatten sich am Rand der City verabredet und waren zu Fuß zum Friedhof in Gamleby gegangen, während der Rushhourverkehr immer dichter wurde.

»Das ist schon seltsam«, sagte sie.

»Was?«

»Ich weiß nicht … er ist ja nichtsdestotrotz mein Vater. Und obwohl er den größten Teil meines Lebens nicht da war, hat wohl niemand meine Kindheit und Jugend mehr geprägt als er, besonders nachdem …«

Sie beendete den Satz nicht. Sander wusste, was sie meinte.

»Und ich muss auch an Mona Melby denken«, fuhr sie fort. »Sie war bereit, für ihren Vater zu töten. Dabei war er nicht einmal ihr richtiger Vater. Der war ja tot.«

»Vielleicht gerade deshalb«, antwortete Sander.

»Wie meinst du das?«

»Sie war zehn, als sie adoptiert wurde. Sie muss das als eine Art Rettung erlebt haben. Und wenn du dann noch bedenkst, was Ester bei der Befragung erzählt hat …«

Er musste aufpassen, keine Informationen aus den Therapiegesprächen mit Ester preiszugeben. Andererseits hatte sie William und Lisa viel von Monas Kindheit und Jugend erzählt. Es war nicht so schwer, zwei und zwei zusammenzuzählen. »Die ersten zehn Jahre ihres Lebens haben die nächsten zwanzig bestimmt stark geprägt. Die Bindung an den Vater, der Beschützerinstinkt lässt sich wohl damit erklären, dass sie weiß, wie es ist, einen Vater zu verlieren. Einmal reicht, um es einmal so auszudrücken. Und als sie gesehen hat, wie Daniel in sich zusammenfiel, was er zweifellos getan hat, nachdem sie aus Thailand zurückgekommen sind …«

Im Hintergrund hörte er die Geräusche der Stadt, die zum Abend hin leiser wurden. Eine leichte Brise wehte vom Meer herüber, doch der Friedhof war wie eine kleine Welt für sich, abgesondert von Alltag und Trivialitäten.

»Sie muss krank sein«, sagte Lisa.

»Sie stellen bestimmt eine Diagnose. Die Frage ist eher die, ob sie wieder gesund wird.«

»Was glaubst du?«

»Ich weiß es nicht. Und ich glaube eigentlich nicht, dass ich Lust habe, mich mit ihr auseinanderzusetzen. Mir reichen meine eigenen Patienten.«

Lisa sagte nichts, sondern lehnte den Kopf gegen Sanders Schulter. Sie legte eine Hand auf seinen Oberschenkel, und er wusste nicht, wie er reagieren sollte. Dann legte er seine Hand auf ihre.

»Und jetzt?«, sagte sie.

Sander lachte leise.

»Warum lachst du?«

»Vor einem Jahr hast du mich genau das Gleiche gefragt, vor dem Einkaufszentrum in Ski, mit zwei McDonalds-Tüten in der Hand auf dem Weg zurück ins Büro.«

Lisa brummte etwas zur Bestätigung und drehte ihre Hand, sodass ihre Finger zwischen seine glitten.

»Seitdem ist viel passiert«, sagte sie.

»Bist du zufrieden?«

»Größtenteils, ja.«

»Mit dem Job?«

»Ja. Und du?«

»Größtenteils, ja«, entgegnete Sander und spürte, wie er in ihrer Gesellschaft zur Ruhe kam. »Und in puncto Liebe?«

Zuerst antwortete sie nicht, presste ihre Finger nur fester gegen seine. Dann seufzte sie. »Du meinst Martin, nicht?«

Er nickte. Mehrere Minuten saßen sie schweigend da. Leute holten Wasser von dem Becken, an dessen Rand eine Reihe Gießkannen stand. Der Geruch von frischen Blumen und Erde weckte bei Sander die Erinnerung an seine Eltern, die im Abstand von wenigen Monaten in Ski begraben worden waren. Er merkte, dass er sich zurücksehnte. Er vermisste die stillen Wege in Hebekk im Sommer, die zufälligen Begegnungen mit Leuten, die er viele Jahre nicht gesehen hatte, die Fahrten nach Hobøl hinaus, am Rand der Felder entlang oder durch den Wald. Er träumte von etwas anderem, ohne genau den Finger darauf legen zu können, von was. Aber es war ein Traum, und er war kostbar.

»Wird noch etwas aus unserem Abendessen?«, fragte Lisa plötzlich und stand auf. Sander tat es ihr gleich. »Mit Ina, heißt sie nicht so?«

»Ina, ja. Ina Åkland, Seilmacherin und Fahrzeugmechanikerin. Und du bringst Martin mit?«

Lisa reichte ihm die Hand, als wollte sie ihr Abkommen besiegeln. Sander griff nach ihrem Handgelenk und zog sie an sich. Ein paar Sekunden stand sie steif wie ein Stock, dann entspannte sie sich und lehnte sich gegen ihn.